Hildegunde Artmeier

FEUERROSS

Hildegunde Artmeier

FEUERROSS

Vierter Fall für Lilian Graf

KRIMI IM GMEINER-VERLAG

Bibliografische Information
der Deutschen Bibliothek
Die Deutsche Bibliothek verzeichnet diese
Publikation in der Deutschen Nationalbibliografie;
detaillierte bibliografische Daten sind im Internet
über http://dnb.ddb.de abrufbar.

Besuchen Sie uns im Internet:
www.gmeiner-verlag.de

Im Ehnried 5, 88605 Meßkirch
Telefon 0 75 75/20 95-0
info@gmeiner-verlag.de

1. Auflage 2006

Lektorat: Claudia Senghaas, Kirchardt
Umschlaggestaltung: U.O.R.G. Lutz Eberle, Stuttgart
unter Verwendung eines Fotos von pixelquelle.de
Gesetzt aus der 10,5/14 Punkt GV Garamond
Druck: Fuldaer Verlagsanstalt, Fulda
Printed in Germany
ISBN 13: 978-3-89977-692-8
ISBN 10: 3-89977-692-5

Für Amelie
Als Dank für ihren wunderschönen Titel

1

Lieber Papa,

heute Nacht ist es wieder durch meine Träume galoppiert. Lodernd, gewaltig, bedrohlich. Eine Gestalt aus Feuer. Warum ist es nicht weiß oder silbern? Dieses flammende Schwarz macht mir Angst. Erbarmungslos zerstört es jeden Strauch, jeden Baum, jedes Leben. Sogar dieses andere Bild, das der großen Hände. Näher und näher tasten sie sich, unaufhaltsam. Warum hab ich trotzdem Angst? Nein, weg mit euch! WEG! Ich ... muss schreien, keine Luft, nein, nein ... NEIN!

Licht, ich brauche Licht. Wo ist der Schalter? Ich sehe, wo ich bin. Alles noch am gleichen Platz. Meine Bücher, auf dem Schreibtisch die Bilder, der Koffer in der Ecke, fertig gepackt. Trotzdem klopft mein Herz immer noch so schnell. Bumm bumm, bumm bumm, bumm bumm. Sei doch still! Aber es rattert und rattert. Was soll ich nur tun?

Wo bist du, Papa? Frieden, endlich Frieden. Sonne, nasses Gras, Kiesel unter den Zehen, meine Fußsohlen auf feinem Sand, weiße Wolken, die mich sicher tragen und nach Vergessen duften. Das wünsch ich mir. Und kein nass geschwitztes Nachthemd, keine Angst mehr, kein Galopp in meinen Träumen.

Ich bin traurig. Ich will mit dir reden. Aber ich kann nicht, du bist so weit weg. Warum hast du mich allein gelassen?

2

Lilian Graf, Kriminaloberkommissarin bei der Kripo Regensburg, schreckte hoch. Es dauerte einen Moment, bis sie realisierte, wo sie war. Es war dunkel, nur die Straßenlaterne leuchtete durchs Fenster. Alles in Ordnung. Sie war dort, wo sie sein sollte, lag friedlich in ihrem Bett. Irgendwo schlug eine Autotür zu, ein Motorrad knatterte über die nachtstille Straße, eine Katze miaute. Doch diese Geräusche hatten sie nicht geweckt. Sie spürte, wie ihr der Schweiß über den Rücken rann, das Nachthemd am Körper klebte, sie immer noch zitterte, das Herz in rasender Geschwindigkeit pochte. Eine Erinnerung durchzuckte sie, blieb hängen, ganz hinten im Kopf. Eine Erinnerung an zwei Arme, die sie hielten, umfingen, trugen. Danach kam die Angst, wie immer.

Sie setzte sich auf, zwang sich, ruhig und gleichmäßig zu atmen, merkte irgendwann, wie die Zähne aufhörten zu klappern und ihr Pulsschlag sich langsam beruhigte. Ein Traum. Nur ein schlechter Traum. Sie warf einen Blick auf die Uhr. Halb drei. Also noch genug Zeit, erst um sechs musste sie aufstehen. Dann begann ihr letzter Arbeitstag. Beim Gedanken daran spürte sie Erleichterung, Vorfreude sogar. Ob sie wieder einschlafen konnte? Sicher nicht in diesem feuchten Nachthemd. Also stand sie auf, holte sich ein frisches, kuschelte sich ins Bett und zog sich die Decke bis über die Ohren.

Fünf Minuten später war sie wieder eingeschlafen.

»Ist das dein Ernst?«

Freitag, fünfzehnter Mai, halb acht Uhr morgens, zwei Tage vor Pfingstsonntag. Dann würde Lilian in ihrem wohlverdienten Urlaub in der Toskana sein, bei Sonne, Sand, Meer und allem, was dazu gehörte. Inklusive David. Punktum.

»Ich werde meinen Urlaub nicht um noch eine Woche verschieben«, lautete ihre Antwort.

»Du weißt, dass ich im Allgemeinen sehr darum bemüht bin, die Urlaubswünsche meiner Mitarbeiter zu respektieren. Deshalb machen wir ja die Planung schon im Januar.« Ihr Chef, der Kommissariatsleiter Schindlbeck, schnaubte unüberhörbar. »Aber keiner kann damit rechnen, dass ausgerechnet drei Kollegen auf einen Schlag für längere Zeit ausfallen. Ein Bandscheibenvorfall, ein Autounfall, der dritte hat solche Panikattacken, dass man ihn auf keinen Fall allein lassen kann.«

»Die drei wären in der Sache mit dem Antiquitätenhändler sowieso nicht zu gebrauchen, weil sie nicht von Anfang an dabei waren.« Ihr Lächeln war süßer als Zucker. »Aber Hakan war am ersten Tag am Tatort. Er kann Helmut unterstützen. Was jetzt zu tun ist, ist reine Routinearbeit. Da kommt ihr auch ohne mich zurecht.«

»Hakan ist gerade erst von der Computerschulung zurück. Seit er sich in das Thema Internetkriminalität einarbeitet, kann ich ihn nicht wie sonst einsetzen.«

Schindlbeck strengte sich wirklich an, ein besorgtes,

fast unheilschwangeres Gesicht zu machen. Im Geiste zollte Lilian ihm Respekt.

»Eine Woche, Lilian!«

»Nicht mal einen Tag. Mir hängt noch dieser letzte Fall nach. Ich brauche dringend Erholung – das weißt du so gut wie ich.«

Kindesmissbrauch mit Vergewaltigung und schlimmsten Misshandlungen, die ganze Litanei von vorne bis hinten, inklusive Duldung durch die Eltern. Nicht bloß Augen zudrücken und wegschauen – im Gegenteil, gute Gelegenheiten einfädeln. Bis schließlich der ältere Bruder die Rolle der Großen übernommen und den Großvater erstochen hatte. Nein, abgestochen wie das Schwein, das er gewesen war. Lilian drehte sich jetzt noch der Magen um bei der Erinnerung an die endlosen Gespräche mit dem schüchternen Jungen und dem kleinen Mädchen. Sie war so behutsam gewesen wie möglich, aber in solchen Fällen konnte man nie einfühlsam genug sein. Die Wunden waren so tief, dass auch noch nach Jahrzehnten die Narben aufbrechen und ein scheinbar intaktes Gewebe zerstören konnten. Ein Scheiß-Job war das. Manchmal. Aber nicht heute. Heute war ihr letzter Arbeitstag für die nächsten zwei Wochen, daran würde niemand etwas ändern.

»Dann setz dich bitte mit Hakan und Helmut zusammen, damit es da keine Unklarheiten gibt.« Schindlbeck nickte ergeben. »Am besten jetzt gleich, dann hat Hakan bei der Dienstbesprechung die aktuellen Infos. Die ist heut übrigens erst um Viertel nach acht, ich hab noch ein dringendes Telefonat zu erledigen.«

Lilian rätselte, ob mit dem Oberstaatsanwalt oder mit dessen Frau. Es war ein offenes Geheimnis im K1, dass die schwarzgelockte Schönheit mit dem umwerfendsten Lächeln von ganz Regensburg Schindlbecks Geliebte war. Gut, dass der Oberstaatsanwalt nur in die Geheimnisse des Gerichtsgebäudes eingeweiht war.

»Das hatte ich sowieso vor«, sagte Lilian. »Und für Notfälle habt ihr ja meine Handy-Nummer.«

Dass sie das Handy selten anmachen würde, brauchte sie ihrem Chef ja nicht auf die Nase binden.

»Ich schick euch auch eine Ansichtskarte, versprochen.«

Hakan Özmöd wartete schon im Büro und hatte sogar eine frische Tasse Kaffee für seine Kollegin bereit gestellt.

»Was hat er gesagt?«, empfing er Lilian ungeduldig.

»Was zu erwarten war.«

»Du bist natürlich standhaft geblieben«, knurrte Helmut Brunner in seine Tasse.

Auch er war Kriminaloberkommissar und teilte mit Lilian das Büro. Vor seiner zweiten Tasse Kaffee war er grundsätzlich nicht ansprechbar. Heute würde es vermutlich noch länger dauern, bis seine Laune sich besserte. Die Aussicht, dass seine Kollegin bald in den Urlaub fuhr, während er sich mit alten Akten herumschlagen durfte, hellte seine Stimmung nicht auf.

»Was sonst?« Lilian schmiss sich auf ihren Drehstuhl. »David steigt mir sonst endgültig auf die Zehen. Noch mal eine Woche verschieben – das geht nicht. Er hat Termine bei Gericht.«

»So ist das optimal für dich«, bemerkte Hakan, der nach der PC-Schulung froh über ein wenig Abwechslung war, wie er Lilian vor ihrer Unterredung mit dem

Kommissariatsleiter verraten hatte. Hakan war türkischstämmiger Berliner oder deutscher Türke aus Berlin, je nach Sichtweise. Er hatte es auf der Rangleiter erst bis zum Kriminalkommissar geschafft. Doch das beeinträchtigte ihre Zusammenarbeit nicht, denn bei der Kripo Regensburg bearbeitete man die Fälle nicht nach Aspekten der Hierarchie. Da machte das Kommissariat K1, in welchem man sich mit Suiziden und Tötungsdelikten befasste, keine Ausnahme.

»Deine Tochter fährt morgen in die Pfingstferien«, überlegte er. »Wenn du schon vor einer Woche gefahren wärst, dann hättest du dich wieder nach einer Betreuung für sie umsehen müssen.«

»Miriam bleibt nur eine Woche. Und Hanna ist sowieso da.«

Hanna war Lilians beste Freundin, hatte einen Sohn und war wie sie allein erziehend.

»Dann fangen wir mal an.« Lilian holte sich die Akte Anton Haslinger und schlug sie auf. »Die Tatortfotos hast du ja vor der Schulung schon gesehen. Ein Schuss in den Brustkorb. Die 9 mm-Patrone zerriss die Körperschlagader, durchtrennte das Rückenmark und trat wieder aus. Nach maximal einer halben Minute war Haslinger tot. Die Patrone stammt eindeutig aus Haslingers eigener Beretta 92, die neben ihm auf dem Boden lag.« Sie reichte Hakan die Fotos von der Leiche.

»Lecker!« Er schnalzte mit der Zunge. »Saubere Eintrittsstelle, der Rücken zerfetzt. Die typische Wunde für dieses Kaliber.«

Lilian sparte sich einen Kommentar. Inzwischen wusste sie, dass das coole Gehabe so mancher Kollegen nur der verzweifelte Versuch war, nicht irgendwann den

Verstand zu verlieren. Auch für sie war das Opfer einer dieser Toten, den sie am liebsten vergessen hätte. Nicht nur wegen der Eindrücke am Tatort, die sie noch nicht wirklich verdaut hatte, sondern auch, weil der Mann eine Frau und zwei Kinder hinterließ.

»Wie kommt ein Antiquitätenhändler zu einer Beretta?«, fragte Hakan.

»Vor zwei Jahren gab's einen unangenehmen Vorfall, da hat ihm einer mit 'nem Baseball-Schläger eins übergezogen und die wertvollsten Stücke mitgehen lassen. Haslinger hatte einen Waffenschein und kaufte die Beretta kurz danach, alles ordnungsgemäß registriert. Seither hatte er das Ding im Laden«, erklärte Helmut. »Die Aushilfe in seinem Geschäft hat bestätigt, dass er die Waffe in einer Schublade unter der Kasse aufbewahrte.«

Hakan besah sich das Geschoss, das durch Haslingers Brustkorb gedrungen war, als wäre dieser so weich wie ein Pfund Butter, und jetzt in einem unscheinbaren Plastikbeutelchen lag. »Wenn ich mich recht erinnere, ist in dem Laden einiges zu Bruch gegangen.«

»Allerdings«, bestätigte Lilian und hielt ihm die Fotos hin. »Es gab eindeutige Kampfspuren und die Kasse war aufgebrochen. Zertrümmerte Thonet-Stühle, eine zerdepperte Vase aus der Ming-Dynastie, ein unglaublicher Verlust, wie der Sachverständige meinte. An der Leiche selbst Schürfwunden, Prellungen, Quetschungen. Eine größere Wunde am Kopf, aber sie war nicht die Todesursache. An der Kante des Schreibtisches, auf dem die Kasse steht, fanden sich Haare, Blut- und Gewebespuren vom Opfer. Er muss gegen den Tisch geknallt sein.«

»Unter seinen Fingernägeln waren Hautfetzen und Blutspuren«, sagte Helmut und fingerte an einem abgerissenen Papierstück herum. »Laut Labor eindeutig von ein und derselben Person.«

»Allerdings stammen die Fingerabdrücke auf der Leiche von zwei verschiedenen Personen«, ergänzte Lilian. »Wir können also nicht von einem Einzeltäter ausgehen.«

»Zeugen?«, fragte Hakan.

»Zum einen die Aushilfe. Sie hat das Geschäft um halb sieben abends verlassen.« Lilian nahm die Protokolle aus der Mappe. »Haslinger sagte, er werde noch länger bleiben, weil er auf einen Lieferanten warten wolle, Name unbekannt. Der hatte sich für acht, neun angemeldet. Das war nichts Ungewöhnliches, denn Haslinger hatte oft geschäftliche Termine am Abend.« Sie blätterte um. »Über dem Laden befindet sich eine Wohnung. Da wohnen zwei Studentinnen, die eine war zu Hause. Sie hat gegen halb neun Lärm gehört, zuerst schepperte etwas, dann folgte ein Riesengepoltere.«

»Die Ming-Vase.« Hingebungsvoll rollte Helmut mit seinen derben Fingern das Kügelchen auf der Tischplatte hin und her, das inzwischen aus dem Papierfitzelchen entstanden war. »Außerdem die wertvollen Thonet-Stühle. Betont man übrigens auf dem O.«

»Ist das was Besonderes?«, fragte Hakan irritiert.

Helmut warf sich in Pose. »Weltberühmte Bugholzstühle aus der Wiener Möbelmanufaktur der Gebrüder Thonet. Das Unternehmen revolutionierte die industrielle Produktion von Sitzmöbeln«, deklamierte er. »Da soll noch einer sagen, Polizisten seien ungebildet.«

»Wenn manche schon so unmögliche Holzfällerhemden aus der Mottenkiste anziehen, dann müssen sie zumindest mit ihrem Wissen glänzen.« Das kam von Lilian.

Helmuts Schrankhüter aus dickem Flanell waren berüchtigt. Auch heute war er in einem seiner altmodischen Dinger erschienen. Allerdings passte es besser zum Wetter als Lilians dünne Sommerhose, auf die sie am Morgen in Einstimmung auf ihre baldige Reise nicht hatte verzichten wollen. Draußen regnete es in dichten Schnüren, der Himmel war grau in grau. Zwei Tage noch. Innerlich atmete Lilian schon jetzt auf.

»Mit was hat Maika dich bestochen? Immer wieder versucht sie, meine liebsten Hemden zur Altkleidersammlung zu geben.« Helmut schleuderte das Kügelchen nach Lilian. »Weiber!«

Die wich geschickt aus und warf ihm eine Kusshand zu. Hakan bezog sicherheitshalber keine Stellung und grinste nur.

»Danach hörte die Studentin einen Knall«, nahm Lilian den Faden wieder auf. »Könnte ein Schuss gewesen sein.«

»Oder Haslingers Kopf, der gegen die Tischkante schlug«, gab Helmut zu bedenken.

»Das war gegen Viertel vor neun. Die Besitzerin eines Andenkenladens eine Ecke weiter ist etwa zur gleichen Zeit unserem Freund Karinkov begegnet, der aus der Kreuzgasse gekommen ist. Eine Frau Baum. Sie sperrte gerade die Tür ab, und der Kerl hat sie fast umgerannt.«

Hakan vertiefte sich ins Protokoll. »Ihre Beschreibung ist genau: ›Zwischen dreißig und vierzig, langes, fettiges Haar, Brille, stechende Augen, unrasiert, grauer oder dunkelblauer Parka, dick wattiert und irgendwie ausgebeult, Jeans. Der Mann stank nach Bier und sprach mit stark ausländischem Akzent. Als ich ihm nachrief, so geht das aber nicht, zeigte er mir den Stinkefinger und beschimpfte mich in einer Sprache, die ich nicht kenne. Muss Russisch, Polnisch oder so was gewesen sein. Dann rannte er weiter. Der war bestimmt betrunken‹!« Er sah auf. »Was ist bei dem Phantombild rausgekommen, das in der Zeitung abgedruckt war?«

»Siebenunddreißig Spurenblätter, fünf davon vielversprechend, zwei trugen zur Inhaftierung des Verdächtigen bei«, antwortete Lilian. »Juri Karinkov, Kroate, Gelegenheitsarbeiter, seit sieben Wochen arbeitslos. Er ist vor fünf Jahren nach Deutschland gekommen, seit einem Jahr lebt er in Regensburg. Zweimal wegen Einbruchs vorbestraft, einmal wegen schwerer Körperverletzung. Die Gegenüberstellung mit Frau Baum war eindeutig. In Karinkovs Bude hat man wertvollen Goldschmuck gefunden, antike Ohrringe. Außerdem zwei silberne Kerzenleuchter, auch alt. Haslingers Aushilfe hat die Leuchter identifiziert, beides Stücke aus dem Bestand, sagte sie. Den Schmuck hat sie noch nie gesehen. Sie kommt allerdings nur dreimal die Woche, sie ist Studentin.«

»Karinkovs Fingerabdrücke stimmen mit der einen Sorte überein, die man auf der Leiche gefunden hat«, bemerkte Helmut. »Die DNA-Analyse und Auswertung der Blutspuren hat aber nichts gebracht, auch die Hautfetzen unter Haslingers Fingernägeln stammen nicht von ihm.«

»Fingerabdrücke auf der Waffe?«

»Bloß welche von Haslinger. Ansonsten nur verwischte Spuren, nicht zu gebrauchen.«

»Karinkov weigert sich nach wie vor, eine Aussage zu machen«, ergänzte Lilian. »Hat mächtig gegen unser

Rechtssystem gewettert. Wenn er nicht zu randalieren angefangen hätte, hätte ich ihm glatt zugestimmt.«

»Seit einer Woche sitzt er also in der JVA in U-Haft«, sagte Hakan mit einem Blick auf die Unterlagen. »Vielleicht überlegt er sich's doch noch anders und erzählt uns was von seinem Kumpan, der ihn jetzt hängen lässt.«

»Oder er ist froh über seine hübsche Zelle und das gute Essen und erschwert uns weiterhin die Arbeit«, warf Helmut skeptisch ein. »Das Loch, in dem er haust, ist das Allerletzte.«

»Wie sieht's in Haslingers Umfeld aus? Gibt's jemanden, der was gegen ihn hatte?«

»Eher umgekehrt«, antwortete Lilian. »Wenn der Kerl, von dem Haslinger die Ladenfläche gemietet hat, tot wäre, dann würde ich auf Haslinger tippen. Seit gut zwei Jahren wird ständig die Miete erhöht, vor vier Wochen zum letzten Mal. Die erste Zeit sah es so aus, als ob Haslinger pleite machen würde. Seine finanzielle Lage war nicht die rosigste und diese zusätzliche Belastung hat ihm sehr zugesetzt.«

»Warum hat er sich nicht nach anderen Räumen umgeschaut?«

»Dann hätte er den Rest seiner Stammkundschaft auch noch verloren, so Haslingers Frau. Der Laden lief immer schlechter, Haslinger musste die damalige, fest angestellte Verkäuferin entlassen. Bei seinen Kollegen hieß es, man rechnete jeden Tag damit, er würde Pleite machen. Aber irgendwie kam er doch über die Runden.«

»Wer soll sich zu Zeiten unseres geschätzten Teuro auch so antiken Kram leisten können?«, grollte Helmut.

»Den Rest machen wir nach der Morgenbesprechung.« Lilian sah auf ihre Armbanduhr und stand auf. »Ich schätze, Schindlbeck hat mit seiner Liebsten zu Ende telefoniert.«

3

Immer noch hing dieser bleigraue Himmel zwischen den Häusern und erinnerte Lilian daran, dass es Zeiten gab, in denen der Frühling noch unberechenbarer war als die anderen Jahreszeiten in Süddeutschland, auch wenn es im Moment einmal nicht regnete. Eigentlich sollten überall die Farben explodieren und lachende Kinder auf ihren Fahrrädern um die Wette sausen. Stattdessen verkrochen sie sich in zu kalten Wohnungen, langweilten sich und gingen ihren Eltern auf die Nerven.

Aber das konnte Lilian jetzt nicht beunruhigen. Sie zog die Tür des Kripogebäudes hinter sich zu und ihren schwarzen Chip über das Lesegerät. Ihr letzter Arbeitstag war geschafft, nur noch schätzungsweise sechsunddreißig Stunden trennten sie von ihrem Urlaub. Jeder Schritt, mit dem sie sich von ihrem Arbeitsplatz entfernte, hob ihre Stimmung. Protokolle, Akten, überfällige Berichte, Verhöre – bald war alles weit, weit weg. Zwei Wochen Ausschlafen und nichts zu tun, außer den Tag zu vertrödeln. Endlich die Bücher lesen, die sich seit Monaten neben ihrem Bett stapelten, und die feinsten toskanischen Gerichte genießen, nicht zu vergessen den zart duftenden Kaffee und die besten Rebentropfen der Region. Selbstverständlich würde jeden Tag die Sonne scheinen, wie es sich für einen ordentlichen Urlaub gehörte. Erholung pur. Schuhe zum Reiten würde sie vorsorglich einpacken, obwohl sie sicher war, sie würde sie nicht brauchen. Was sie brauchte, waren ein fremder Ort und Ruhe. Und David. Nur sie beide, was für ein Luxus.

Lilian sprang die Treppe hinunter, spazierte durch den Innenhof, hüpfte die Stufen ins Parkhaus hoch und sperrte summend den Wagen auf. Es war noch ziemlich voll. Heute war sie eine der ersten, die ihren Parkplatz räumte. Eine praktische Einrichtung, dieses neue Parkhaus. Im vergangenen Sommer war die Kripo Regensburg in das ehemalige, komplett renovierte Kasernengebäude in der Bajuwarenstraße umgezogen. Nur die Fahndung befand sich noch in der alten Polizeidirektion im Minoritenweg. Das schuf manchmal logistische Probleme, aber Lilian bevorzugte das helle Gebäude mit Schreibtischen aus nussbraunem Holz und Drehstühlen in wohltuendem Blau. In den meisten Büros gab es glänzende Parkettböden, die einen wie die bequemen Möbel fast vergessen ließen, dass man hier arbeiten sollte. Und endlich eine neue Kaffeeküche, auch wenn es immer noch keinen Cappuccino, sondern nur den üblichen Filterkaffee zu trinken gab. Gut, dass sie bald nach Italien fuhr. So konnte sie sich die Espressomaschine für die Herdplatte besorgen, die sie schon seit Ewigkeiten für die Arbeit haben wollte. Mit dem batteriebetriebenen Milchaufschäumer, den David ihr zum letzten Geburtstag geschenkt hatte, kam so auch im Büro ein richtiger Cappuccino in greifbare Nähe. Natürlich warfen einem sämtliche Kaufhäuser Regensburgs die zusammen schraubbaren Espressokannen nach, dafür musste man nicht tausend Kilometer fahren. Aber eine original aus der Toskana importierte Maschine, bei deren bloßen Anblick man an azurblauen Himmel, schlanke Zypressen und warmen Wind dachte, war durch nichts zu ersetzen. Sogar Helmut in seinem üblichen Morgenfrust würde sich so schnell an den würzigen Duft von gerösteten Arabica-Kaffeebohnen gewöhnen, dass er den wässrigen Kripokaffee ohne mit der Wimper zu zucken in die Blumentöpfe kippen würde.

Pfeifend fuhr sie aus dem Parkhaus, bog in die Bajuwarenstraße ein und ein paar hundert Meter weiter in die Einfahrt zum Media Markt ab. Sie brauchte noch einen Adapter für die Reise, sonst würde sie den Haarfön ganz umsonst einpacken.

Gleich vor den Eingangsdrehtüren fand sie einen Parkplatz. Offenbar war schon ein Großteil der Regensburger in den Süden gefahren. Am letzten Schultag warteten die Eltern in vollgepackten Autos reihenweise vor den Schulen, um beim finalen Gong ihre Sprösslinge einzusammeln und vor dem großen Stau am morgigen Samstag über die Hauptverkehrsstraßen nach Bella Italia zu rauschen. Lilian und David würden erst in den frühen Sonntagmorgenstunden aufbrechen, wenn die endlosen Wagenschlangen sich bereits aufgelöst hatten.

Zehn Minuten später saß Lilian wieder im Wagen und fuhr Richtung Prüfening, an Regensburgs Kinopalast, dem Cinemaxx, vorbei und am Evangelischen Zentralfriedhof, die ganze lange Frieden- und Kirchmeierstraße stadtauswärts. An der Ecke, wo Lilians Lieblingsrestaurant ›San Daniele‹ lag, bog sie rechts in die Lilienthalstraße ein, dann links in die Prüfeningerstraße. Im REZ, dem Rennplatz Einkaufszentrum, kaufte sie Brot, Tomaten und Käse, wartete so geduldig wie nie an sämtlichen Kassen, schaufelte alles in den Kofferraum, ohne sich von fluchenden Autofahrern stören zu lassen und fuhr in die Ligastraße. Hier lag das renovierte Altbauhaus mit Garten, das sie und Hanna mit ihren Kindern bewohnten. Hanna bevorzugte Ausdrücke wie ›Insel‹ oder ›Traumland‹ für ihre Vierer-WG, die sie mit Pinsel, Bohrer und harter Arbeit in ein schmuckes Juwel verwandelt hatten.

Als Lilian ausstieg, fing es an zu regnen. Aber das kümmerte sie nicht. In fünfunddreißig Stunden fing eine neue Zeitrechnung an.

»Hast du alles?« Lilian warf einen Blick auf Miriams Packzettel. »Wanderschuhe, Turnschuhe, Regenkleidung ...«

»Hab ich.« Miriam klopfte auf den vollgepackten Rucksack.

»Was ist mit deiner Fleecejacke? Mit einem zweiten Pulli, falls der andere nass wird?«

»Alles drin.« Ein genervter Blick von Lilians fast zehnjähriger Tochter. »Außerdem zwei lange Hosen, dicke Wollsocken und natürlich ein warmer Schlafanzug. Denn ich weiß, wie kalt es am Bodensee im Mai werden kann.« Miriam verdrehte die Augen. »Ich fahre in die wärmste Gegend Deutschlands, Mama! Frag mich mal nach Sommerkleidern und Bikini!«

Lilian musterte sie streng. »Hast du schon mal aus dem Fenster geschaut? Draußen regnet es und es hat höchstens zwölf Grad!«

»Ab morgen scheint die Sonne«, verkündete Miriam strahlend und fasste Hannas Sohn Tobias, der neben ihr stand, an den Händen. Laut singend hüpften die beiden zu den Klängen von Anastacias neuester CD durch Miriams Zimmer.

»Ist das ein Regentanz?«, fragte Lilian skeptisch.

»Das ist ein Liebe-liebe-Sonne-komm-ein-bisschen-runter-Tanz«, prustete Miriam übermütig, boxte Tobias in die Rippen und sprang zur Seite, bevor der arme Kerl wusste, wie ihm geschah.

Bis vor wenigen Monaten hatte Lilian geglaubt, verschont zu bleiben. Aber seit einiger Zeit musste sie den Tatsachen ins Auge schauen: Das Zickenalter hatte auch in ihrem schnuckeligen Häuschen Einzug gehalten. Auf einmal war es unübersehbar, dass sich Miriam, die ein Jahr älter war als Tobias, in Riesenschritten auf die Pubertät zu bewegte. Hin und wieder überredete sie ihn noch zum Barbiespielen und kuschelte mit ihm wie in alten Zeiten auf dem Sofa, um gemeinsam ein Micky-Maus-Heft zu lesen. Aber immer öfter schwatzte sie ihm eine ihrer hoffnungslos veralteten CD's auf, für die er ihr ohne zu murren die Hälfte seines monatlichen Taschengeldes aushändigte, oder verabredete sich mit ihren gleichaltrigen Freundinnen, während er vergebens hoffte, in ihrem Zeitplan berücksichtigt zu werden. Oft, zu oft siegte Lilians Gerechtigkeitssinn und sie mischte sich trotz ihrer Vorsätze, die Kinder einfach machen zu lassen, in die Händel ein. Hanna meinte bei solchen Gelegenheiten gelassen, auf diese Weise könne ihr Sohn die wertvollsten Erfahrungen seines Lebens machen.

Überraschenderweise schoss Tobias dieses Mal zurück. Grinsend schubste er Miriams Schmusebärchen zu Boden, wohl wissend, dass auch fast erwachsene Noch-Neunjährige nicht damit fertig wurden, wenn ihr Gute-Nacht-Kuscheltierchen so grob behandelt wurde. Er wurde sofort belohnt: Miriam stieß einen empörten Schrei aus und verteidigte ihr Bärchen unter

Einsatz aller körperlichen Kräfte, die ihr zur Verfügung standen. Tobias ließ sich nicht lumpen und zeigte seiner Ziehschwester, dass er ihr trotz des Altersunterschiedes physisch haushoch überlegen war.

»Das reicht! Auf der Stelle auseinander!« Genervt trennte Lilian die Kampfhähne. »Ihr benehmt euch wie Kleinkinder.«

»Sie hat angefangen!« Tobias rieb sich die Wange, auf der Kratzspuren zu sehen waren.

»Bin ich froh, wenn ich dich eine Woche lang nicht sehe«, fauchte Miriam und zog ihr T-Shirt dorthin zurück, wo es hin gehörte. »Es gibt nichts Schlimmeres als kleine Buben!«

Tobias streckte ihr die Zunge raus. »Wetten, dass dir mit deinen Kommunionstussis schneller langweilig wird als mit mir? Die schleppen dich von einer faden Kirche in die andere, während ich Skateboardfahren lerne. Ohne dich!« Trotzig setzte er noch eins drauf: »Außerdem darf ich heut bei Maxi übernachten!«

Neidvoll starrte sie ihn an. Schließlich setzte sie ihr ›Keiner-liebt-mich-Gesicht‹ auf, das immer dann zum Einsatz kam, wenn ihr nichts anderes mehr einfiel, und wimmerte so bemitleidenswert vor sich hin, dass sie damit selbst die hartnäckigsten Eiszapfen zum Schmelzen brachte.

Lilian hatte genauso wenig Lust auf Gejammere wie auf Streit. Sie bestand darauf, dass die beiden sich versöhnten. Zähneknirschend reichten Miriam und Tobias sich schließlich die Hände und drei Minuten später hüpften sie schon wieder ausgelassen auf dem Bett herum.

Lilian stellte Miriams Gepäck auf den Gang, der Bus ging in einer Stunde. Dann würde Miriam zur Fahrt nach

Lindau mit den gleichaltrigen Kommunionskindern aus dem Viertel aufbrechen. Diesen ersten Urlaub ohne Lilian und fern der Heimat würde Miriam ebenso genießen wie Tobias seinen Skateboard-Kurs in Regensburg. Nach der ereignisreichen Woche würden die beiden sich um den Hals fallen, sich von ihren Abenteuern berichten und am nächsten Tag wieder so hingebungsvoll zanken wie gerade eben. Sie hassten und sie liebten sich, so würde es immer bleiben.

»Du hast mich um meinen letzten Abend im Ohrensessel vor dem Kamin gebracht«, schmollte Lilian, drückte Viktor aber doch einen dicken Begrüßungskuss auf die Wange. »Morgen Abend muss ich packen.«

»Ich weiß deinen Verzicht zu schätzen«, entgegnete Viktor galant und half ihr aus der Jacke.

Der Tisch im Esszimmer sah so aus, wie Lilian es erwartet hatte. Manche Gegebenheiten, die man kennt und von denen man weiß, dass sie sich nie verändern, entpuppen sich irgendwann als öde Sackgasse. Bei anderen hofft man inbrünstig, dass sie ein Leben lang so bleiben mögen, denn man will einfach nicht auf sie verzichten. Viktors Abendeinladungen gehörten zur letzten Kategorie. Mit seinen vierundfünfzig Jahren war er ein langjähriger Freund und Vertrauter Lilians, den sie seit Kindertagen kannte. Seine Kochkünste waren sprichwörtlich. Spanisch, französisch, russisch, vietnamesisch – die Palette seiner immer gelungenen Rezepte kam aus allen Ländern dieser Erde, und er verstand es geradezu meisterhaft, das Besondere der einzelnen Speisen hervorzuheben. Zudem verfügte er über ein ausgeprägtes Gespür für visuelle Feinheiten und setzte seine Gourmetkreationen genauso gekonnt in Szene. Die einfache Tischdecke aus weißem Batist gab dem schimmernden Porzellan und den hochstieligen Gläsern erst Gelegenheit, ihre Leuchtkraft zu entfalten. Knallrote Servietten und Dutzende von Kerzen in der gleichen Farbe lenkten Lilians erwartungsvollen Blick auf sich. Grüne Kordeln aus glänzendem Garn, die sich um Teller, Kerzenhalter und Karaffen schlangen, schlossen das farbliche Potpourri ab und machten von vorn herein klar, aus welchem Land die heutige Speisenfolge zu erwarten war.

»Du hast es natürlich sofort erraten.« Anerkennend begutachtete Viktor das Etikett des eisgekühlten Prosecco in der kobaltblauen Flasche, die Lilian ihm als Dankeschön in die Hand gedrückt hatte.

»Dummerweise passt das Blau nicht zu den Farben der italienischen Trikolore«, bedauerte Lilian.

»Kein Problem.« Viktor machte sich schon am Korken zu schaffen. Ein sanfter Knall, ein feines, glucksendes Geräusch, als er die mit zarten, eingravierten Blumenornamenten verzierten Sektflöten füllte. »Die Flasche stelle ich solange in den Kühlschrank, dann bleibt sie schön kalt und stört mein Farbenarrangement nicht.«

Sie prosteten sich zu, tranken den ersten Schluck und Viktor verschwand mit dem Prosecco in Richtung Küche. Sofort zog er die Küchentür hinter sich zu. Trotzdem wehte ein vielversprechender Duft nach Rosmarin und Knoblauch an Lilian vorbei und kitzelte ihre Geschmacksnerven, die ohnehin schon auf Äußerste angespannt waren. Viktors Abendeinladung zu einem Abschiedsessen vor dem Urlaub hatte sie unvorbereitet getroffen. Hanna half Lilian aus der Verlegenheit und zauberte den Prosecco aus den Tiefen des Kellers. Danach setzte sie sich mit einem Buch in Lilians Ohrensessel und freute sich auf einen Abend mit sich selbst. Sie würde ihn genießen. Als selbstständige Übersetzerin verbrachte sie die meisten Abende am Schreibtisch, erschöpft von den ereignisreichen Tagen mit Miriam und Tobias. Und bald hätte Hanna noch weniger Zeit als ohnehin schon: Sie war im fünften Monat schwanger.

Der Regen trommelte gegen die Scheiben und strafte alle meteorologischen Aussichten auf Wetterbesserung Lügen. Aber am Bodensee war es sicher wärmer und in Italien sowieso und hier drin war es jetzt so richtig gemütlich. Der flackernde Kerzenschein spiegelte sich im Kristall der hohen Gläser, in denen der italienische Rotwein sein Bouquet entfaltete, und auf den Bilderrahmen an der Wand, in denen sich Gustav Klimts goldene Frauengestalten räkelten. Sogar auf Viktors Saxophon, das zwischen Brokatkissen vor dem Bücherregal lehnte, wagten sich die Reflexe, als wollten sie dem Instrument wohlige Töne entlocken.

Lilian nippte von ihrem Glas und freute sich über diese so unerwartete wie gelungene Einstimmung auf ihren Urlaub. Der Meister trat durch die Tür und balancierte eine Platte in den Händen, auf der sich wohlriechende Bruschette al Pomodoro türmten.

»Als Gaumenkitzler«, verkündete er und häufte Lilian eine großzügige Portion der knusprig überbackenen Weißbrotscheiben auf den Teller.

»Arme Hanna«, sagte Lilian ohne großes Mitleid und biss herzhaft in einen Traum aus in Olivenöl gedünsteten Tomatenstücken und Zwiebelwürfelchen mit viel Knoblauch. Egal, was es noch zu essen gab, hier würde sie sich nicht mit nur einer Portion begnügen.

»Warum?«, fragte Viktor zwischen zwei Bissen. »Hanna lade ich morgen zum Essen ein.«

»Dann koch bloß nicht wieder zu viel, sonst jammert sie mir die Ohren voll. Sie hat sowieso schon mehr als genug zugenommen.«

»Wenn sich einer das anhören darf, dann bin das ich«, sagte Viktor achselzuckend. »Erstens bist du nicht da ...«

»Und zweitens hast du das verdient«, fiel Lilian ihm ins Wort. »Als Koch und werdender Vater.«

Inzwischen sagte sie das ohne Ressentiments. Zuerst war sie entsetzt gewesen, als aus ihrem langjährigen Freund und ihrer Freundin Hanna ein Liebespaar geworden war. Zwar nur aus praktischen Gründen, wie beide ihr versicherten, da Viktor der gentechnisch vielversprechendste Mann in Hannas Bekanntenkreis war. Aber was half es? Lilian war der Meinung, Viktor sei zu alt für solche Spielereien, und hoffte, es würde nichts werden mit seiner großzügigen Samenspende. Doch der Mensch gewöhnt sich bekanntlich an fast alles und inzwischen störte es Lilian nicht einmal, wenn die beiden vor ihr zärtlich wurden. Vor zwei Wochen hatte sie sich sogar bereit erklärt, das Amt der zukünftigen Taufpatin zu übernehmen.

Die Sektgläser waren geleert und Viktor hob sein Weinglas.

»Auf deine Reise in die Toskana«, sagte er feierlich. »Ein denkwürdiger Moment, auf den ich jahrelang gewartet habe. Dazu stoßen wir mit einem ganz besonderen Tropfen an. Der Wein stammt vom Landgut deines Vaters. Du wirst sehen, Lilian: eines der letzten Paradiese auf Erden.«

Lilian antwortete nicht, sondern probierte und lauschte. Der Wein erzählte ihr vom Wind, der im Frühjahr durch die Blätter der Weinstöcke auf dem Gut ihres Vaters fegte, von der brennenden Sonne auf den Rücken der Frauen und Männer, die im September die Trauben ernteten, und von der erschöpften Leichtigkeit, mit der sie nach getaner Arbeit den Weinberg verließen. Er sprach von der Anmut, die in alten Barriquefässern reifte, von dunkler Schwere, von Vergänglichkeit, denn selbst der beste Wein muss eines Tages getrunken werden, um geehrt zu werden. Zwischen den Zeilen hörte sie noch eine andere Geschichte. Die Geschichte einer Tochter und eines Vaters, die jahrelang voreinander weg gelaufen waren, sich aber umso stärker annäherten, je weiter sie sich voneinander entfernten.

Auch Viktor blieb still. Er hatte schon immer gewusst, wann die Zeit zu reden vorbei war.

Bei der zweiten Vorspeise, Spaghetti al Salmone, surrte Lilians Mobiltelefon.

»Ich bin in Urlaub und gar nicht da«, bellte sie ins Handy.

»Dann geh nicht ran«, knurrte Helmut zurück.

»Was gibt's?«

»Einen Zeugen. Der behauptet steif und fest, er hätte mit dir geredet.«

»In Bezug worauf?«

»Er sagt, er habe einen Mann am Tatabend aus dem Hintereingang von Haslingers Antiquitätenladen laufen sehen. Das muss Karinkovs Komplize gewesen sein. Kurz vor neun soll das gewesen sein, würde also passen. Er beschwört, dass der Typ nicht mehr der Jüngste war, graues Haar hatte und einen teuren Mantel trug.«

»Davon weiß ich nichts.«

»Das dachte ich mir. In der ganzen Akte gibt es keinen einzigen Hinweis darauf.«

»Mit wem kann er geredet haben?«, überlegte Lilian und spießte ein Stück Lachs auf. Viktor hatte dazu eine Soße aus Tomaten, Chili und Knoblauch gezaubert, die wie immer zu einem Löffel zuviel verleitete.

»Da gibt es tausend Möglichkeiten. Lisa Kolb hat gepennt oder irgendjemand hatte keine Lust auf eine ausführliche Telefonnotiz und wusste am nächsten Tag nicht mehr, was da auf dem Zettel stand, oder ...«

»Lisa Kolb pennt nie. Es gibt keine Sekretärin in der ganzen Kripo, die so auf Zack ist wie sie.«

»Auf jeden Fall hat unser Zeuge vorhin angerufen und gesagt, es hätte wenig Sinn, jetzt, nach zwei Wochen, die Aussage noch zu Protokoll zu geben.«

»Der hat vielleicht Nerven!«, entrüstete sich Lilian. »Warum ist er nicht vor zwei Wochen gekommen?«

»Er hatte eine Lungenentzündung und musste bis vorgestern das Bett hüten.«

»Reicht seine Beschreibung für ein Phantombild?«

»Schätze nicht. Wird sogar mit einem Medienaufruf schwierig werden, aber wir müssen nehmen, was wir kriegen.«

»Hast du schon mit Karinkov geredet?«

»Wie denn? Der macht keine Aussage mehr ohne seinen Anwalt und Graf Koks ist natürlich übers Wochenende nicht zu erreichen. Kurzurlaub in London, nebst Gattin.« Ein seltsames Geräusch, fast ein Grunzen. »Warum hab ich nicht auf meine Alten gehört und mir einen anderen Beruf ausgesucht? Einen, wo man nicht nur malocht, während andere sich 'ne goldene Nase verdienen und durch Europa jetten.«

Lilian hatte kein Mitleid mit ihm. Auch sie wünschte sich einen Job, bei dem sie nicht noch vor der dritten Gabelladung Spaghetti gestört wurde.

»Also ein Aufruf in der Presse«, stimmte sie zu. »Das schafft ihr vielleicht noch für die Wochenendausgabe der MZ.«

Helmut murmelte etwas Unverständliches und legte auf. Lilian übte sich in positiven Gedanken und redete sich ein, es habe nach ›Trotzdem 'nen schönen Urlaub‹ geklungen.

»Gibt's Ärger?«, fragte Viktor teilnahmsvoll.

»Nicht mehr als sonst.« Nachdenklich wickelte sie die Nudeln auf die Gabel. »Ich verstehe nicht, warum unser Verdächtiger nicht auspackt.«

Vorsichtig fasste Viktor nach. Lilian klärte ihn auf, wie immer unter dem Vorbehalt, dass er zu uneingeschränktem Stillschweigen verpflichtet war. Viktor nickte, schwieg, hörte zu, nickte wieder. Alles, was er von Lilian erfuhr, rangierte grundsätzlich auf der Ebene Top Secret. Da er als praktizierender Psychotherapeut ohnehin die intimsten und schrecklichsten Geheimnisse der Menschheit kennen lernte, konnte ihn nichts so leicht aus der Fassung bringen.

»Es gibt nicht viele Möglichkeiten«, folgerte er am Ende von Lilians Bericht. »Entweder kriegt dieser Karinkov Druck von seinem Kumpel und hält vorsichtshalber den Mund – wer will schon auf eine solche Weise enden wie dieser Antiquitätenhändler Haslinger? Oder Karinkov will sich nicht selbst belasten.«

»Oder er hat überhaupt nichts mit der Sache zu tun«, spann Lilian den Gedanken weiter. »Vielleicht hat er nur beobachtet, was in dem Laden passiert ist. Haslinger erwartete einen Lieferanten.«

»Vielleicht hatten sie einen Streit, Haslinger wollte nicht bezahlen, irgend so was.«

»Aber warum hält Karinkov dann den Mund?«, fragte Lilian mehr sich selbst als Viktor. »Der hat doch nichts zu verlieren!«

Unmissverständlich widmete sie sich ihrem Essen. Sie hatte keine Lust auf weiteres Fachgeplänkel und auch keine Lust auf Ermittlungen. Sie hatte Lust auf den nächsten Gang und einen geruhsamen Urlaub.

4

Der Morgen war erstaunlich lau nach der kühlen Nacht. Ein leichter Blütenduft vertrieb Lilians Müdigkeit, und die Luft wurde von Sekunde zu Sekunde durchsichtiger, weicher. Der erste Vorgeschmack auf Italien. Nicht einmal die tiefhängenden Wolken, die die Spitzen der Nadelhölzer über den saftigen Almwiesen säumten, beeinträchtigten ihre gute Laune. Trotz der Nackensteifheit fühlte sie sich wohl. Sie hatte noch nie entspannt im Auto schlafen können, irgendwo ziepte es immer. Aber egal. Endlich auf dem Weg in den Süden! Endlich allein mit David!

David saß neben ihr und steuerte den Wagen. Sie streckte sich und warf ihm einen Blick zu. Seine schwarzen Haare waren leider etwas kürzer geworden, sie reichten ihm nur noch bis zum Kinn. Dafür waren ihre blonden wieder länger, wie er schmunzelnd bemerkte, wenn sie sich beschwerte, seine Ausstrahlung habe unter der neuen Frisur gelitten. Aber sein markantes Profil und die dunklen Augen entschädigten sie, er kam ihrer Vorstellung eines Traummannes immer noch nahe genug.

»Gut geschlafen?«, fragte er lächelnd.

»Wunderbar«, flunkerte sie und rieb sich den Nacken. »Wenn ich dich ablösen soll, dann sag's bitte.«

»Hinter dem Brenner.«

Zufrieden betrachtete Lilian die Landschaft. In der

Ferne drängten sich weiße Tupfer im Grün, vermutlich Schafe. Ein Alpengipfel durchbrach gerade den Morgennebel und räkelte sich übermütig in der Morgensonne, deren Strahlen stellenweise den Dunst zerteilten. Nicht einmal von dem immer noch dichten Schneeteppich ließ er sich stören. Bald wäre der letzte Rest geschmolzen, auch in dieser Höhe.

Innsbruck West. Hier war nur 100 erlaubt. Gehorsam stieg David auf die Bremse. Einmal Gesetzesmann, immer Gesetzesmann. Wahrscheinlich konnte er nicht mal was dafür, er war eben Jurist.

Lilian drehte die Musik weiter auf und sang mit, so laut sie konnte, übertönte sogar die Stimmen der A capella-Band. David grinste. Immerhin ein Jurist mit Humor. Sie wusste eben doch, warum sie ihn liebte.

Sie kurbelte das Fenster ganz herunter und lies sich den Fahrtwind um die Nase blasen. Trotz der immer noch dichten Wolken war es unerwartet schwül. Der Morgen in Regensburg hatte wieder einmal kalt und grau begonnen. Meteorologe war ein beneidenswerter Beruf. Da konnte man so viel Blödsinn erzählen, wie man wollte, und brauchte nie die Konsequenzen fürchten. Immerhin war es in Lindau inzwischen warm geworden, wie Lilian gestern von einer aufgedrehten, geradezu atemlosen Miriam am Telefon erfahren hatte.

»Hast du Viktors Wegbeschreibung griffbereit?«, fragte David.

»Liegt in meiner Tasche.«

Das Landgut ihres Vaters befand sich im Norden der Alta Maremma, einem Naturschutzgebiet im Herzen der Toskana, nicht weit vom Meer entfernt. Laut Viktors Aussagen konnte man sich in den Bergen mit den nicht immer eindeutig beschilderten Sträßchen leicht verfahren.

»Ich denke, dass wir noch sieben, höchstens acht Stunden brauchen«, sagte David.

Lilian nickte, atmete tief ein und gleich wieder aus.

»Du hast also noch ein bisschen Zeit.«

»Was meinst du damit?«, fragte Lilian so unbekümmert wie möglich.

»Jeder, der mit seinem Vater im Streit auseinander gegangen ist und ihn zehn Jahre lang nicht gesehen hat, wäre aufgeregt.«

Sie schwieg und fasste nach seiner Hand. Er drückte sie zärtlich. Ein Audi mit Schweizer Kennzeichen scherte knapp vor ihnen ein, David legte die Hand wieder ans Steuer und betätigte die Lichthupe. Der Audi brauste davon.

»Übrigens hab ich was zum Reiten eingepackt«, sagte David, als sie den Brennerpass erreichten.

Sie hob die Augenbrauen. »Ich wusste gar nicht, dass du reitest.«

»Tu ich auch nicht. Aber Viktor hat mir so von diesen ausgeglichenen Maremma-Pferden vorgeschwärmt, die dein Vater züchtet, dass ich schon richtig gespannt bin.«

Wieder Stille.

Rechts tauchte der Brennersee auf, danach die alte Brennerstation, früher voll von pulsierendem Leben, seit vielen Jahren aber wie ausgestorben.

»Vielleicht hast du ja auch Lust zum Reiten?«, fasste er vorsichtig nach.

»Hm.«

»Warum hast du eigentlich aufgehört?«

»Hm.«

»Du hast nie darüber geredet.«

Das würde sie auch jetzt nicht tun. Sie schluckte den Kloß im Hals hinunter und schaute aus dem Fenster.

Mantua, Poebene, um diese Jahreszeit war noch Wasser im Flussbett. Wieder sah David das inzwischen vertraute Schild: lavori stradali. Sogar heute am Sonntag Straßenarbeiten. Zäher Verkehr, dann Stau, nichts ging mehr. Ohne Fahrtwind wurde es schnell heiß im Wagen. Die italienischen Autofahrer warteten geduldig, die meisten deutschen Urlauber hatten auch in den Ferien keine Zeit und wechselten hektisch die Spur. Trotzdem kamen sie nicht schneller vorwärts als die Anderen, irgendwann zuckelte ein jeder an der Baustelle vorbei. Warum bloß staute sich hier alles? Verlassene Bagger und niemand, der arbeitete. Danach ging es problemlos weiter. Nie würde David die Eigendynamik von Autobahnstaus verstehen.

Über die Reisfelder flogen Reiher, auf der Suche nach unvorsichtigen Fröschen. Verfallene Bauernhöfe zeigten sich zwischen den noch intakten, ein Großteil der Landbewohner floh auch hier in die Großstädte. Dann die Abzweigung nach Milano, immer weniger deutsche Autoschilder, dafür umso dichterer Verkehr. Bald kam Parma, die Autobahn wurde ruhiger, kletterte den Apennin hinauf. Eine sanft gewellte Berglandschaft mit eigenwilligem Charme, trotz der vielen Laubbäume karg, auch hier verlassene Bauernhäuser. Sogar das Wetter passte sich den landschaftlichen Gegebenheiten an, Wolken zogen auf und feine Regentropfen perlten über die Windschutzscheibe. Schwindelnd hohe Brücken, wieder Straßenarbeiten, dieses Mal ohne Staus, ein Tunnel nach dem anderen. Irgendwann neigte sich die Straße, die Landschaft wurde wieder lieblicher, der Himmel heller, an den Straßenrändern quollen die vollen weißen Blütentrauben der Akazien und Holunderbüsche förmlich über. Erste Häuser tauchten auf, mit hohen schmalen Fenstern, grünen Fensterläden und vier gleichseitigen rotschindeligen Dachgiebeln, die sich am höchsten Punkt trafen. Irgendwann zwischen La Spezia und Livorno ein erster Blick aufs Meer. Verheißungsvoll glitzerte es in der Ferne, ein wolkenloser Himmel spannte sich über den gleißenden Spiegel in silbernem Blau. Auf dem Mittelstreifen ein Oleander nach dem anderen, im Sommer wäre das Rot, Pink und tiefe Purpur überwältigend. Links in der Ferne zog der Marmorsteinbruch von Carrara vorbei. Sie waren schon mitten in der Toskana.

»Bald haben wir's geschafft!« David fing zu summen an.

»Wie wär's mit einer Pause?«, fragte Lilian unruhig.

»Schon wieder? Wir haben doch erst angehalten.«

»Ich brauche einen Cappuccino.«

»Wie viel verträgst du von dem Zeug?«, brummte er und hielt Ausschau nach dem nächsten Autogrill-Schild, das eine Raststätte ankündigte.

David bevorzugte Café au Lait mit fünfmal so viel Milch wie Kaffee und höchstens einem halben Teelöffel Zucker, aber nur zum Frühstück. Hauptsache, kein Herzklopfen und nicht zu viele unnötige Kalorien. Doch für Lilian war alles, was ohne cremigen Schaum und weder stark noch pappsüß war, kein richtiger Kaffee – egal zu welcher Tageszeit. Dann also wieder eine Pause.

Ergeben setzte er den Blinker. Er würde eben eine Spremuta trinken, frisch gepressten Orangensaft, den man in jedem Autogrill bekam. Danach konnten sie sich die Füße vertreten und die Wärme genießen.

Und Lilian war glücklich über einen weiteren Aufschub.

5

Lieber Papa,

da liegt es. Du hast es mir geschenkt, vor langer Zeit. Es soll dich beschützen, hast du gesagt. Ich sehe dein lächelndes Gesicht. Schwer liegt das Taschenmesser in meiner Hand. Es ist mit Perlmutt überzogen, das eingravierte Muster leuchtet. Schwarze Konturen auf schimmerndem Grund. Aber auf einmal verändert es sich. Blut fließt über die Linien und färbt die Klinge purpurn, als würde sie durch Kirschen pflügen. Es tut so gut. Die Schneide dringt durch weiße Haut. Gräbt sich ein, schneidet, zerstückelt. Ich will nicht, kann nicht aufhören. Immer weiter, immer tiefer. Wer stöhnt da? Ich steche noch fester zu. Wer weint da? Die Tropfen quellen aus den Wunden, werden zu Bächen, Flüssen, Meeren, spülen alles fort. Tut das weh?, frage ich. Keine Antwort. Ich habe kein Mitleid mit diesem Körper. Ich will ihn verletzen, zerstören. Dieses ekelhafte Stück Fleisch, diesen Kadaver, diesen Morast. Du bist die Sünde. Du bist SCHULD.

So fein, so hell, so weich. Wie der Leib eines Lammes. Blute, bist du leer bist.

6

Die Luft flirrte. Staubkörnchen tanzten im Sonnenlicht, wie Irrlichter in der Nacht. Ätherische Düfte von Rosmarin, Salbei und Ginster zogen an Lilian vorbei, Mohnblumen säumten den steinigen Weg, der zum Haus führte. Ein buntes Kaleidoskop aus Lila, Gelb und Rot, die Farben schienen in tausend Stücke zu bersten, so intensiv waren sie. Und dazwischen lag ›Il Vigneto‹, das Landgut ihres Vaters. Eine helle Oase im Grün der Wiesen, umgeben von Weinbergen und Olivenhainen, inmitten der für die Gegend typischen Macchia aus mediterranen Sträuchern, Kastanien und Korkeichen, deren Äste angenehmen Schatten verbreiteten. Das Haus selbst war aus den ockergelben Steinen erbaut, die man überall in dieser Gegend sah, mit einem kaum überstehenden Dach aus rotbraunen Schindeln, fast alle Fensterläden waren geschlossen. Davor stand eine Pergola, über die sich eine Flut von Rosen ergoss.

»Lauschiges Plätzchen«, sagte David. »So würde ich mir meinen Altersruhsitz vorstellen.«

»Viel Arbeit, trotz der Idylle«, sagte Lilian und griff nach Davids Hand.

»Weißt du was?«

»Hm?«

»Ich freu mich auf unser Zimmer – und auf unser Bett.« Er legte ihr einen Arm um die Schultern und zog sie zu sich. »So oft hab ich nicht das Vergnügen, dich ganz allein für mich zu haben.«

»Nicht so voreilig.« Sie hob den Zeigefinger und setzte die Miene auf, die, wie sie wusste, am wirkungsvollsten einschüchterte. »Wir befinden uns hier in einem der katholischsten Länder Europas. Wetten, dass es nur Einzelzimmer gibt?«

Er knuffte sie zärtlich, sie küsste ihn und zog ihn zum Eingang. Eine große Holztür, fast ein Portal. Keine Reaktion auf ihr Klopfen, nur entferntes Geschirrklappern. Ein Blick auf die Armbanduhr: halb drei. In Italien noch Essenszeit. Ob alle gemütlich bei Tisch saßen und auf sie warteten? Auch ihr Vater? Lilian versuchte, nicht an ihn zu denken.

Sie umrundeten das Gebäude, der Weg führte sie vorbei an blühenden Kirschbäumen und einem ausladenden Feigenbaum. Auf der Rückseite wurde das Scheppern lauter. Eine angelehnte Tür mit Mückengitter führte in eine riesige Küche mit tausend Schöpfkellen und Schabern an der Wand. Ausgebeulte Kasserollen standen auf dem Bord über einer beeindruckend großen Kochstelle. Es dampfte und qualmte aus allen möglichen Töpfen und Kannen. Am Schneideblock in der Mitte des Raumes stand Fiorella inmitten eines Gemüseberges und putzte mit flinken Bewegungen Artischocken. Lilian erkannte sie sofort. Mit ihrer schwarzen Lockenpracht und der drallen Figur sah sie genauso aus wie auf Viktors Fotos.

Fiorella sah auf, lächelte, legte das Messer zur Seite, umrundete den massigen Tisch und breitete die Arme aus. Widerstrebend ließ Lilian sich von ihr umarmen, gemäß der in Italien üblichen Begrüßungsart auf beide

Wangen küssen und versank in einem Duftgemisch aus Rosmarin und Jasmin.

»Cara Liliana, come stai? Ciao Davide! Siete stanchi? Volete un caffè ò un bicchiere di vino bianco? Avete fame?«

Fiorella lachte entschuldigend und setzte an, ihre Fragen in gebrochenem Deutsch zu wiederholen. Doch Lilian versicherte ihr in stockendem, dann immer fließender werdendem Italienisch, dass es ihnen gut ginge, sie nach der langen Fahrt erschöpft seien und sowohl einen Espresso als auch ein Glas Weiswein gerne annähmen, aber keinen Hunger hätten.

Begeistert klatschte Fiorella in die Hände. Sie habe nicht erwartet, dass die Tochter ihres Lebensgefährten Italienisch spräche, sprudelte es so schnell aus ihr heraus, dass Lilian sie bremsen musste. Sie war zwar schon oft in diesem Teil Italiens gewesen und verstand den gewöhnungsbedürftigen Dialekt der Toskana inzwischen gut. Aber alles hatte seine Grenzen.

Irgendwann erfuhr Lilian, dass ihr Vater in Sachen Pferden unterwegs war. Sie war erleichtert und versuchte, es sich nicht anmerken zu lassen.

Fiorella stellte zwei Tassen Espresso, zwei Gläser Weiswein, eine Schale mit rautenförmig geschnittenem Biskuitkuchen auf ein Tablett und beglückwünschte Lilian zu ihren Sprachkenntnissen. Die fragte sich, wie Fiorella diese beurteilen könne, da sie selbst nur die Gelegenheit gehabt hatte, wenige Sätze von sich zu geben. Doch sie bedankte sich artig und folgte David und der neuen Frau ihres Vaters ins Esszimmer.

Die neue Frau ihres Vaters. Sie war so ganz anders als Lilians Mutter. Auch wenn diese schon lange tot war, glaubte Lilian, sich an jedes Detail zu erinnern. Fiorella hatte nichts von Veras Blondheit, zurückhaltender Eleganz, geziertem Benehmen. Alles an der Italienerin, die nur ein paar Jahre älter war als Lilian, war wie das Land hier: voller Sonne, klarer Farben und sanfter Energie. Ihre Eltern hätten keinen besseren Namen für sie auswählen können. Fiorella: kleine Blume. Obwohl Lilian sich vorgenommen hatte, diese Frau nicht zu mögen, konnte sie sich ihrer Ausstrahlung nicht entziehen. Schon jetzt verstand sie, warum ihr Vater sich zu ihr hingezogen fühlte. Warum er seinen Bauernhof mit Pension am wolkenverhangenen Chiemsee gegen dieses Reich mit endlosen Weinbergen und Kastanienwäldern eingetauscht hatte.

Sie tranken kühlen Weißwein und starken Kaffee. Lilian und David erzählten von der Autofahrt, Fiorella lauschte interessiert, das Telefon läutete in einem fort, zwei Küchenhilfen erschienen. Die eine war rund und flink und hieß Chiara, die andere war klapperdürr, redete ohne Unterlass und hieß Maria. Sie begrüßten die Neuankömmlinge wie alte Bekannte und erhielten von der Hausherrin detaillierte Anweisungen für die Zubereitung des Abendessens. Während Lilian einzelne Gesprächsfetzen aufschnappte, wurde ihr klar, dass Fiorella absichtlich langsam gesprochen hatte. Immerhin verstand Lilian so viel, dass sich am Abend eine große Runde einfinden würde.

Der kalte Wein war erfrischend. Eigener Anbau aus bester Vermentino-Traube, erklärte Fiorella stolz. Ihr Bruder, der zurzeit auf Reisen sei, beaufsichtigte die Weinberge und den Weinkeller. Den roten Wein würde man zum Cena, dem Nachtmahl trinken, aber wenn Liliana oder Davide wollten, könnten sie schon jetzt eine Kostprobe nehmen.

Sie wollten nicht. Sonst würden sie sofort in das Bett fallen, das irgendwo in diesem gigantischen Haus auf sie wartete, entschuldigten sie sich. Die zehnstündige Autofahrt hatte ihre Spuren hinterlassen. Fiorella zeigte Verständnis. Sie führte sie in ihr Zimmer im Erdgeschoss und erinnerte sie daran, dass sie sich um acht Uhr wieder im Speisezimmer träfen. Dann ließ sie die beiden allein.

Der Raum war auf karge, aber anziehende Weise eingerichtet. Alte toskanische Holzmöbel, liebevoll restauriert, gehäkelte Scheibenvorhänge an Fenster und Verandatür, von Terracotta-Ziegeln eingefasste Bögen im steinernen Mauerwerk, wo früher Fenster gewesen sein mussten. Kleine gemauerte Nischen ersetzten herkömmliche Regale, dicke Holzbalken zierten die gewölbeartige Decke aus Ziegeln, auf den Terracottafließen lagen weder Teppiche noch Vorleger. Das einzige Zugeständnis an die Bequemlichkeit war ein breites Doppelbett mit Holzrahmen und geblümter Zudecke.

Lilian warf sich aufs Bett. »Also doch genug Platz für zwei!«

»Ist das eine Einladung?«, neckte David sie und setzte sich dicht neben sie.

»Das ist eine Notlösung, weil der zweite Schlafraum hier im Erdgeschoss renoviert wird. Wenn du so gut Italienisch könntest wie ich, wüsstest du das.«

Sie fing an, ihm die Zimmeraufteilung darzulegen und ließ sich von seinen Händen auf ihrem Rücken nicht stören. Beharrlich wanderten sie tiefer und tiefer.

»Im Erdgeschoss befinden sich die Küche, der Speisesaal, ein Lagerraum, zwei Bäder, unser Zimmer und noch eins. Das obere Stockwerk ist für die Hausherren reserviert, ganz oben wohnt Fiorellas Bruder. Aber vielleicht willst du ja doch lieber im Lagerraum schlafen.« Sie grinste. »Da stört es niemanden, wenn du schnarchst.«

Wie es schien, hörte David nicht zu, denn Lilians Bluse beanspruchte seine ganze Aufmerksamkeit. Sie war schon aufgeknöpft und landete eine Sekunde später auf dem Nachtkästchen. Der BH folgte, und wo die Hose die nächste Stunde verbrachte, kümmerte niemanden mehr. Aber sie blieb nicht einsam, denn Lilians Slip leistete ihr Gesellschaft.

»Du bist unmöglich«, hauchte sie in sein Ohr.

»Warum?«

»Du solltest hundemüde sein, nach dieser ewig langen Fahrt. Oder zumindest die Koffer aus dem Auto holen.«

»Genauso wie du.«

Am langen Tisch saß ein bunt gemischtes Völkchen. Die Hausleute Fiorella und Simon, Lilian und David, bei den Gästen am hinteren Teil der Tafel hörte man italienische, deutsche, schweizerische und englische Wortfetzen. Lilian hatte von Fiorella erfahren, dass Einheimische und Touristen gleichermaßen Fiorellas Angebot eines landestypischen Menüs zu erschwinglichem Preis nutzten. Das Speisezimmer, in dem sie saßen, war eher ein Saal und beherbergte problemlos die dreißig Leute, die sich mit der für die Region üblichen Verspätung gegen halb neun eingefunden hatten.

Lilian sah sich um, denn bei ihrer Ankunft am Nachmittag hatte sie kaum etwas wahrgenommen. Auch hier Steinplatten als Fußboden und unverputzte Wände aus den gleichen, grob gehauenen Steinen wie in den anderen Räumen. Lange Holztische, die unter hellen Leinentischdecken verschwanden, zwischen den Gedecken kunterbunte Frühlingsblumensträuße, Hufeisen an der Wand, derbe Tongefäße und Kerzenleuchter auf dem Kaminsims der riesigen, offenen Feuerstelle. Allem Anschein nach war das die einzige Heizquelle. Im Herbst könnte man hier Kastanien rösten. Als Kind hatte Lilian neben ihrem Vater gekauert, während er den Kamin im Wohnzimmer oder den gusseisernen Ofen in der Küche angeschürt hatte. Das war lange her. Jetzt saß er wieder neben ihr. Sie fühlte ihn mehr, als dass sie ihn sah. Wenn er ihr Wein nachschenkte, berührte er sie. Flüchtig, aber jedes Mal zuckte sie unmerklich zusammen. Wenn er sich mit den Gästen am Tisch unterhielt, spürte sie seinen Atem. Wenn er lachte, vibrierte ihr Inneres. Zehn Jahre. Zehn lange Jahre waren sie sich nicht mehr begegnet, erst im letzten Jahr hatten sie sich in ersten, behutsamen Kontakten aufeinander zu getastet und auf einmal saßen sie wieder Seite an Seite, wie Vater und Tochter sitzen sollten. Sie tauschten Banalitäten aus, redeten über das Wetter, die Arbeit auf dem Landgut, die Unterschiede zwischen deutscher und italienischer Lebensart. Und es war gut so. Es war zu früh für die Themen, die Lilian auf der Zunge brannten. Ob sie überhaupt den Mut finden würde, sie anzusprechen? Egal. Wichtig war nur, dass sie gemeinsame Momente schufen, ein neues Miteinander, etwas, worauf sie die Zukunft bauen konnten.

Die Vergangenheit durfte noch ruhen.

7

In der Küche war niemand. Kaffee dampfte in einer Espressokanne vor sich hin. Lilian stellte die Kanne zur Seite, drehte die Gasflamme herunter und goss sich eine kleine Tasse ein.

Wo sich wohl alle verkrochen hatten? Sie wusste, wo David war: Er saß auf einem Liegestuhl vor ihrem Zimmer, mit einem Berg Unterlagen auf dem Schoß. Sie hatte erst gar nicht gefragt, was er damit wolle, denn sie wusste, dass er sich auf die Verhandlung nach dem Urlaub vorbereitete. Solange er nicht wenigstens einen Anfang gemacht habe, könne er sich nicht entspannen, so seine lapidare Antwort auf ihre vorsichtige Frage, ob er mit ihr ans Meer fahren wolle. Sie nahm es ihm nicht übel, denn sie kannte sich aus mit solchen Situationen. Außerdem war es eine kleine Abwechslung in ihrer Beziehung: Dieses Mal war er es, der sie versetzte. In der Regel war es Lilian, die ein lang geplantes Abendessen oder Wochenende wegen eines unvorhergesehenen Einsatzes absagen musste.

Die Tür ging auf und Lilians Vater erschien. In seinem Sonntagsstaat, obwohl heute Dienstag war. Die sandfarbene Leinenhose und das einen Ton hellere Hemd verliehen ihm die Aura des Grandes, der er war: Herr über hundertfünfzig Hektar Land und zwanzig Pferde. In Lilians Kopf war er der eigenwillige Landwirt vom Chiemsee geblieben, den Bauern im oberbayerischen Voralpenland nicht nur an körperlicher Größe überlegen.

»Buon giorno, bella«, begrüßte er sie. »Tutta da sola?«

»Jetzt bin ich ja nicht mehr allein«, antwortete sie und bemühte sich, ihn nicht verblüfft anzustarren. Als schön hatte er sie früher nie bezeichnet.

Er grinste, nahm sich vom Kaffee und trank im Stehen. Die Küche war der allgemeine Treffpunkt, wie Lilian in den zwei Tagen seit ihrer Ankunft gelernt hatte. Jeder, der auf dem Gut arbeitete, ging hier ein und aus, suchte sich etwas zu trinken oder zu essen, plauderte und lachte, erkundigte sich nach der anstehenden Arbeit, verschwand wieder. Es machte nichts, dass es keine Sitzgelegenheit gab. Das hätte alles in zu starre Formen gepresst. Der Rhythmus hier war schnell und langsam zugleich und sehr individuell.

»Ich muss eine Ladung Wein nach Baratti fahren«, sagte Simon. »Das ist ein kleiner Ort an der Küste. Alessandro, ein Freund von mir, hat dort ein Hotel und wartet auf die nächste Lieferung. Ein wunderschönes Fleckchen Erde, genau das Richtige für den ersten Ausflug ans Meer. Kommst du mit?«

Sie nickte und leerte die Tasse. Auch das hatte sie inzwischen gelernt. Jeder war mit jedem befreundet, alle kannten sich, belieferten sich, beschafften sich Aufträge, halfen aus.

Simon drückte sich einen breitkrempigen Hut auf die dunklen Locken. Jetzt sah er noch eleganter und gleichzeitig verwegen aus, fast wie ein echter Italiener. Mit einer vollendeten Geste verbeugte er sich und hielt ihr die Tür auf.

Ein Morgen voller Sonne. Satt golden leuchtete ein Heuballen neben dem anderen auf den abgemähten Feldern.

Und immer wieder Weinstöcke, egal ob zwischen eng stehenden Häusern in einer der kleinen Ortschaften oder auf den ausgedehnten Hängen. Jeder noch so winzige Platz wurde für den Anbau von Wein genutzt.

Lilian und ihr Vater fuhren über die Strada del Vino, die Weinstraße, in Richtung Golfo di Baratti. In den Städtchen, die sie durchquerten, saßen alte Männer auf Bänken im Schatten und unterhielten sich mit großen Gesten und faltigen Gesichtern. ›Suvereto‹ las Lilian auf einem Ortsschild, später ›Venturina‹. Häuserfassaden in Apricot, Ocker, Brauntönen und die typischen Steinhäuser, Geranien auf Treppenstufen und Balkönchen, Palmen in Vorgärten, Oleanderbüsche, die noch zwei, drei warme Wochen brauchten, um ihre Blüten zu entfalten.

Keiner sprach. Simon konzentrierte sich auf die Straße, Lilian auf die wechselnden Eindrücke, die an ihr vorbei zogen. Noch vor wenigen Tagen, noch während ihrer Anreise hatte sie Momente wie diesen gefürchtet. Wie unterhält man sich mit dem eigenen Vater, den man jahrelang genauso gehasst wie geliebt hat? Verschwendete Lebensenergie. Sie hatte sich diese Gedanken umsonst gemacht, das Alleinsein mit ihm fühlte sich richtig an. Irgendwann wäre es soweit, über das zu reden, was in ihr gärte.

Ein Surren durchbrach die Stille. Lilian fischte das Handy aus ihrer Umhängetasche und guckte auf das Display.

»Du nervst«, begrüßte sie ihren Kollegen Helmut.

»Wenn du am ersten Arbeitstag nach Pfingsten wieder im Büro sitzen müsstest, würdest du auch nerven«, brummte er. »Lisa Kolb schwört, dass sie dir diese Telefonnotiz hingelegt hat. Sie erinnert sich an den Zeugen und seine Beschreibung. Aber ich kann den verdammten Zettel nirgendwo finden. Streng mal dein Gedächtnis an: Wo könnte der sein?«

»Es geht immer noch um diesen Zeugen, der den Mann aus Haslingers Antiquitätenladen hat laufen sehen?«

»Genau. Der Typ hat sich bitterböse bei mir beschwert, weil keiner etwas weiß. Er könne sich jetzt nicht mehr an alle Details erinnern, das sei zu lange her. Hat keine Ahnung, ob dieser Typ einen schwarzen oder braunen Mantel anhatte, wie groß er war, mit oder ohne Brille. Wir sollten eben herausfinden, was wir vor drei Wochen aufgeschrieben hätten.«

Lilian dachte angestrengt nach und ärgerte sich. Dieses Mal nicht, weil sie den Anruf trotz besseren Wissens entgegen genommen hatte, sondern weil sie etwas übersehen hatte. Wenn Lisa Kolb sagte, sie habe Lilian die Telefonnotiz auf den Schreibtisch gelegt, dann hatte sie das auch getan. Dummerweise konnte sich Lilian nicht daran erinnern. Sie bekam jeden Tag mindestens fünf verschiedene Telefonprotokolle zu lesen, oft waren es Spuren, die man von vornherein vergessen konnte, denen man aber trotzdem nachgehen musste. Doch auf einmal hatte Lilian ein Bild vor Augen: ein eilig gekritzelter Zettel, Berge von Unterlagen, wenig Zeit, schlechte Nerven, Miriams versaute Mathearbeit, Schlaflosigkeit und Übelkeit ohne Ende. Jetzt wusste sie, wo Helmut suchen musste.

»Schau in der Akte zu unserem letzten Fall nach«, sagte sie.

»Du meinst die Kindsmisshandlung und -vergewaltigung?«

»Die meine ich.« Mit Schrecken dachte sie an die anstrengenden Wochen, als sie den Fall bearbeitet hatten. »Ich war nicht mehr klar bei Kopf. Alles, was ich wollte, war, diese furchtbare Angelegenheit abschließen. Ich bin mir sicher, dass ich die Notiz versehentlich dort irgendwo hinein gesteckt habe.«

»Nobody's perfect.« Und versöhnlicher: »Lass dir den Urlaub nicht vermiesen.«

Nein, das hatte sie nicht vor. Sie wollte schon das Handy einstecken, überlegte es sich aber anders und tippte eine SMS ein. Eine Liebes-Botschaft an David. So vergaß er sie wenigstens nicht vor lauter Arbeit.

Nur einen Moment schaute Lilian aus dem Fenster des riesigen Hotelzimmers in Alessandros Hotel. Wie es sich im Mai an der toskanischen Küste gehörte, leuchtete das Meer in sattem Türkis, weiter draußen in tiefem Aquamarin. Die windschiefen Bäume, die den Hang zwischen Strand und Hotelterrasse bevölkerten, zeugten davon, dass die Brise nicht immer so zahm war wie heute. Irgendwo in der Ferne sah man die Umrisse einer mittelalterlichen Festung. Dann fing die blonde Frau wieder Lilians ganze Aufmerksamkeit ein.

Die Frau schrie. Spitz, abgehackt, hysterisch. Ihr Kopf schnellte so ruckartig hin und her, dass man meinen konnte, er würde jeden Moment abbrechen. Alles an ihr zuckte unkontrolliert, Arme, Beine, es war eine Qual, ihr zuzuschauen. Die Augen weit aufgerissen, Schaumbläschen quollen ihr aus dem Mund, Speichel troff von ihren Mundwinkeln, während sie ungläubig auf das Bett starrte.

Simon tat das einzig Richtige. Er packte die Frau

und hielt sie fest. Sie schlug nach ihm, doch er drückte sie noch stärker an sich. Irgendwann hörte sie auf, sich gegen seinen Griff zu wehren, sackte zusammen, barg den Kopf an seiner Brust und fing hemmungslos an zu weinen.

»Geh raus mit ihr«, wies Lilian ihren Vater an. »Sie braucht einen Arzt. Dann ruf die Polizei. Sorg dafür, dass niemand mehr das Zimmer betritt.«

Er nickte, zog die Frau mit sich zur Tür und gab die entsprechenden Anweisungen. Die Gäste, die durch die Schreie angelockt worden waren, verließen bestürzt das Hotelzimmer. Auch der Hoteleigentümer Alessandro folgte Simon.

Auf dem Bett im Hotelzimmer lag der Mann, der den Gemütszustand der blonden Frau so erschüttert hatte. Ein Einschuss in die Brust. Saubere Eintrittsstelle, der Rücken ein einziger Brei, deshalb das viele Blut. In Lilians Magen regte sich etwas. Gut, dass sie nur die eine Tasse Espresso getrunken hatte.

Sie betrachtete den Toten. Graue, an den Kopf geklatschte Haare, Mitte sechzig. Eine Brille lag neben ihm auf dem Bett, sie musste ihm von der Nase gerutscht sein. Hellgrauer Anzug, teures Tuch, Markenware. Dazu ein dunkelblaues Hemd, dessen Knöpfe über dem prallen Bauch spannten, eine am Hals gelockerte Krawatte mit winzigen springenden Hirschen, schwarze Lederschuhe. Staubig waren die, sehr staubig. Auf dem Tisch vor dem Panoramafenster befanden sich Laptop, Handy, Schlüsselbund, während der Schreibtischstuhl umgekippt auf dem Boden lag. Die Türen des Kleiderschranks standen offen. Er war zur Hälfte ausgeräumt, Kleidungsstücke lagen auf dem Teppich davor verstreut, Hemden und Unterwäsche steckten zusammengeknüllt in einer großen Reisetasche. Neben dem Schrank lehnte ein Aktenkoffer. Lilian nahm ein Taschentuch und öffnete ihn. Glänzende Prospekte kamen zum Vorschein, Fotos von Kaffeemaschinen, dicke Preislisten. Eine Seitentasche war ausgebeult. Sie griff hinein und sah, was die Ausbuchtung bewirkt hatte: ein Ring, allem Anschein nach aus massivem Gold. In seiner Mitte befand sich ein schweres, rundes Teil, das Lilian an eine Münze erinnerte. Im Zentrum waren Verzierungen, wie kleine, eingestanzte Noppen, etwas Schwarzes klebte in den Vertiefungen. Dieser Ring sah anders aus als die Ringe, die man sonst zu sehen bekam. Wertvoll, alt, vielleicht ein Erbstück? Irgendwie kam ihr die Machart des Ringes bekannt vor, aber sie wusste nicht, woher.

Bis auf das Chaos vor dem Schrank wirkte das Hotelzimmer unbewohnt. Keine benutzten Papiertaschentücher, keine Jacke über einer Stuhllehne, kein aufgeschlagenes Buch, als ob hier jemand nur auf der Durchreise gewesen sei. Charon wartete an der nächsten Flussbiegung, um den toten Mann mit dem zerschossenen Brustkorb auf seiner letzten Reise ins Jenseits zu geleiten. Nein, Charon hatte bereits genug Zeit gehabt, den Toten über den Fluss Acheron zu rudern. Die Leiche war kalt.

Die Verbindungstür zu einem weiteren Zimmer stand offen. Lilian ging hinein und fand sich in einem zweiten Schlafzimmer wieder. Überall herumliegende Kleider aus schillernder Seide und zerknittertem Satin, Spitzenunterwäsche, achtlos auf den Boden geworfen, High Heels aus Schlangenleder und mit kunstvollen Perlenstickereien, ein Haufen feuchter Badetücher, dazwischen nasse Bikinis. Zwei große Koffer standen in einer Ecke. Lilian öffnete sie, beide waren leer. Auf dem Nachtkästchen türmten sich leere Pralinenschachteln, ein paar stapelten sich auf dem Teppich, in einer Ecke eine Tasse Tee, auf den Regalen drei Gläser. Lilian roch an einem, das zur Hälfte mit einer gelblichen Flüssigkeit gefüllt war: Martini.

Auf dem zerwühlten Bett lagen Berge von deutschen Illustrierten und Zeitschriften. Madame, Vogue, Kultur- und Theaterzeitungen. Dazwischen Bücher, mit Titeln, die Lilian nicht erwartet hätte. Es ging um das Frausein, die Emanzipation, frauliches Selbstverständnis. Ein riesiger Fernseher stand auf dem Tisch vor dem Bett, ein roter Knopf leuchtete. Standby-Betrieb.

Auch hier spannte sich das gleiche Panoramafenster wie nebenan über die gesamte Vorderfront, mit dem gleichen idyllischen Ausblick. Doch hier war die Balkontür geöffnet, ein sanftes Lüftchen wehte herein. Wie drüben gab es auch ein extra Bad und einen Vorraum.

Zwei Nobelsuiten mit Verbindungstür in Alessandros Fünf-Sterne-Hotel. Die eine für den betagten Mann mit zerfetztem Oberkörper, die andere für die blonde Frau Mitte zwanzig, die ihn gefunden hatte. Die Frau hieß Iris und war die Gattin des Toten, soviel hatte Lilian von Alessandro erfahren, bevor der nur noch händeringend nach Luft geschnappt hatte. Eine halbe Stunde vorher hatten Lilian und ihr Vater den Wein abgeliefert und sich dann mit Alessandro in der Hotelhalle unterhalten. Plötzlich diese markerschütternden Schreie. Sie hasteten nach oben, Gäste und Angestellte eilten aus allen Winkeln des Hotels herbei, überall aufgebrachte Stimmen, ein perfektes Durcheinander.

Lilian hoffte, dass es ihrem Vater gelungen war, die Frau zu beruhigen. Bald würde es hier vor Polizisten, Spurensicherungsexperten und Ärzten wimmeln, jeder würde ihr tausend Fragen stellen. Ein wirklich gelungener Urlaub. Diese Iris tat ihr jetzt schon leid.

Lilian ging zur Tür, die auf den Gang führte. Im Schloss steckte der Zimmerschlüssel. Sie drehte ihn um, ließ die Balkontür offen und ging zurück ins Zimmer des Toten. Auch hier steckte ein Schlüssel. Sie zog ihn ab, verließ das Hotelzimmer, sperrte zu. Sie hatte zwar nichts zum Versiegeln dabei, aber das würde reichen, bis die italienischen Kollegen kamen. Außerdem war sie nicht im Dienst. Sie stand nur aus einem einzigen Grund hier: Sie war zum falschen Zeitpunkt am falschen Ort gewesen. Eigentlich sollte sie jetzt am Strand liegen und sich überlegen, ob sie sich eincremen sollte, um keinen Sonnenbrand zu bekommen. Sie war nur eine Zeugin.

8

Ein gelackter Commissario mit gut sitzendem Jackett und wichtiger Miene und ein Vertreter der Carabinieri, der einen noch wichtigeren Gesichtsausdruck zur Schau stellte, stahlen sich gegenseitig die Schau. Lilian verstand nicht alles, was sie sich an den Kopf warfen, aber genug. Zähnefletschen und Kompetenzgerangel par excellence.

»Ich betrachte das nicht als Überschreitung von Befugnissen«, schnarrte der uniformierte Militärpolizist. »Die Carabinieri waren zuerst vor Ort.«

»Das hier ist ein Fall für die Mordkommission und nicht für die Carabinieri.« Der Blick des Commissario war eisig. »Jetzt lassen Sie uns in Ruhe unsere Arbeit tun, Marisciallo Puzzo. Und wenn Ihre Leute da draußen alles niedertrampeln und sämtliche Spuren vernichten, dann kriegen Sie Schwierigkeiten.« Ein meckerndes Lachen. »Nicht mit mir, sondern mit dem Questore von Livorno!«

Der Commissario rollte vielsagend mit den Augen, erntete aber nicht die Reaktion, die er sich von der Erwähnung des Polizeipräsidenten vermutlich erhofft hatte. Also drehte er sich auf dem Absatz um und ließ den anderen stehen. Marisciallo Puzzo, der Vertreter der Carabinieri, plusterte sich noch eine Weile auf, scheuchte seine Mannschaft von einer Ecke der Eingangshalle in die andere und dachte offenbar nicht daran, das Feld zu räumen.

Lilian saß neben ihrem Vater auf einem der Polstersofas und beobachtete müde die Szene. Man hatte ihnen gesagt, sie sollten sich noch zur Verfügung halten. Das war vor Stunden gewesen. Irgendein uniformierter Polizeibeamter, den man hierzulande Poliziotto nannte, hatte einen nach dem anderen in einen Nebenraum gebracht und nach allen Regeln der Kunst verhört. Warum Signora Liliana Graf die Hotelsuite betreten habe? Ob sie etwas entwendet oder Spuren vernichtet habe? Ob sie den toten Signor Bormann kenne? Was sie hier am Meer zu suchen habe, wo sie doch angeblich auf dem Landgut ihres Vaters Urlaub mache? So ging es in einem fort. Die Zwischentöne waren feindselig, bei Verständnisschwierigkeiten stieß sie auf wenig Wohlwollen. Lilian ließ sich nicht einschüchtern, beantwortete knapp aber wahrheitsgemäß die gestellten Fragen und war froh, als der Nächste an der Reihe war. Wieder auf dem Sofa dachte sie darüber nach, dass es eine interessante Erfahrung war, einmal die Sichtweise des Verhörten kennen zu lernen. Irgendwann rauschte das Team vom Erkennungsdienst an ihnen vorbei, hinauf in die oberen Räume, die sicherheitshalber komplett und für alle abgeriegelt worden waren. Die Frau des Toten wurde von drei Sanitätern und zwei Ärzten betreut, eine Batterie an Beamten in Zivil und in den unterschiedlichsten Uniformen durchkämmte die Anlage und verunsicherte Hotelgäste und Bedienstete gleichermaßen. Die meisten der Gäste waren Ausländer, so dass sich die Befragungen als schwierig gestalteten. Irgendwer telefonierte seit Ewigkeiten, um einen vereidigten Dolmetscher aufzutreiben, dessen Dienste vor Gericht akzeptiert werden würden. Die Italienerin, die man schließlich erwischte, war Lehrerin und bis auf weiteres unabkömmlich. Ihre Klasse schrieb gerade einen Test, erst danach könne sie sich um eine geeignete Vertretung kümmern, so ihre unverbindliche Antwort. Alessandro rannte immer wieder wie ein aufgescheuchtes Huhn an ihnen vorbei und belehrte Lilian, dass die meisten Toskaner zwei Berufe oder mehr ausübten, weil sie von einem einzigen Gehalt nicht leben konnten. Es schien ihm gut zu tun, über Dinge zu reden, die nichts mit diesem unpassenden Toten in ausgerechnet seinem Hotel zu tun hatten.

Lilian lernte an diesem Vormittag viel über die italienische Lebensart im Allgemeinen und die italienische Bürokratie und Polizeiarbeit im Besonderen. Sie nahm sich vor, kein langes Gesicht mehr zu ziehen, wenn sie nach dem Urlaub wieder Berichte schreiben und Anträge stellen musste, und war erleichtert, dass sie mit dieser Angelegenheit nun wirklich nichts zu tun hatte.

»Ich weiß nicht, wer so schlau war, die Carabinieri anzurufen«, stöhnte Alessandro, der gerade wieder vorbeihastete. »Touristen zum Schwitzen bringen, Ausweiskontrolle und so'n Kram, das können die. Aber sonst nichts! Die verscheuchen mir am Ende noch meine Gäste! Raubmord, so das Urteil dieses Idioten Puzzo.«

»Wie will er das so schnell herausfinden?«, fragte Lilian überrascht. »Da oben stehen ein nagelneues Laptop und der letzte Schrei von einem Handy. So was lässt doch kein Einbrecher liegen!«

»Ein Tourist wird erschossen, ein umgeworfener Stuhl als Hinweis auf einen Kampf, herausgerissene Kleidung, die geöffnete Balkontür im Zimmer der Ehefrau«, zählte Alessandro an vier Fingern ab. »Eindeutiger geht's nicht. Sagt Puzzo.«

»Die Hälfte der Kleider war in einer Reisetasche«, warf Lilian ein. »Sieht doch eher so aus, als wollte dieser Bormann abreisen.«

»Nicht, dass ich wüsste«, entgegnete Alessandro ratlos.

»Auf jeden Fall macht der Marisciallo seinem Namen alle Ehre«, bemerkte Simon mit einem süffisanten Lächeln und erklärte Lilian, dass das Wort puzzo Gestank bedeute.

»Aber dieser Commissario Missironi ist auch nicht besser.«

Alessandro wies mit dem Kopf in die Richtung, in der sein spezieller Freund im Armani-Jackett verschwunden war. Er hob den Zeigefinger und imitierte die Sprechweise des Commissario: »Darf ich Ihnen in Erinnerung rufen, dass wir unlängst einen ähnlichen Einbruch in einem Hotel im Norden hatten? Ich bin zwar nicht immer derselben Meinung wie unser geschätzter Marisciallo, aber vermutlich hat das Opfer den Dieb überrascht. Da geriet der in Panik und knallte Signor Baumann ab. Organisiertes Verbrechen, kein Zweifel.« Sein Gesicht wurde von Sekunde zu Sekunde besorgter, die römische Nase bebte und der gut genährte Bauch wackelte bedenklich. »Dann sagt jeder, in Alessandros Albergo, da treiben sich die Mafiosi rum! Ist das nicht grässlich?«

»Reg dich nicht so auf. Du kannst schließlich nichts dafür, dass bei dir eingebrochen wird«, versuchte Simon ihn zu beruhigen.

»Du weißt doch, wie überall getratscht wird. Alle sind

sie gleich, die lieben Hoteliers, meine äußerst geschätzten Kollegen. Die sagen dann, ich muss Schutzgelder bezahlen, machen bei ihren Gästen blöde Bemerkungen, von wegen, dass bei mir keiner sicher ist. Und freuen sich, wenn Alessandro pleite gemacht hat. Schließlich hat er das beste Hotel im Umkreis von hundert Kilometern.« Er schlug ein Kreuzzeichen. »Santa Maria, steh mir bei!«

Die großen Schwingtüren gingen auf und ein Mädchen kam herein. Auf langen Beinen und in Flip-Flops schlurfte sie über den Marmorboden, die Hände in den Taschen ihrer ausgefransten Jeans, ein bauchfreies T-Shirt mit Glitzerschrift über dem schmalen Oberkörper.

»Ciao, babbo«, sagte sie, drückte Alessandro einen flüchtigen Kuss auf die Wange, übersah Lilian, strahlte Simon an und nahm ihren Schulrucksack ab. »Was ist denn hier los?«

»Luisa! Come stai, cara mia?« Über Alessandro Gesicht ging ein Leuchten, verfinsterte sich aber sofort wieder, als er seiner Tochter in leisen Worten berichtete, was vorgefallen war.

»Der wurde erschossen?« Das Mädchen holte tief Luft. Auf einmal war ihre Lässigkeit wie weg geblasen. »Na, Gott sei Dank! Dieser alte Sack!«

»Luisa!«

Ein strenger Blick aus den Augen ihres Vaters traf sie. Es folgte eine Salve auf Italienisch, die Lilian nicht verstand. Aber das war auch nicht nötig, der Inhalt war eindeutig. Das Mädchen stand da, hörte stumm zu, nickte genervt, fragte noch genervter, ob il Babbo ihre Freundin Angelina gesehen habe, packte mit einer koketten

Geste den Rucksack, lächelte Simon noch einmal mit einem umwerfenden Augenaufschlag zu und verschwand Richtung Terrasse.

»Kinder!« Alessandro sah ihr lange nach. Sein Ärger war schon wieder verraucht, sein Blick wurde zärtlich. »Obwohl sie kein Kind mehr ist, bald wird sie fünfzehn. Aber auch wenn sie eines Tages erwachsen ist, werd ich mich immer noch um sie sorgen. So geht's dir doch auch mit deiner hübschen Tochter, oder?«

Lilian lächelte artig und musterte ihren Vater aus den Augenwinkeln. Seine Miene blieb undurchdringlich.

»Wenn das noch länger dauert, dann gehen wir besser mal nach draußen«, schlug er nur vor. »Der Lärm hier ist nicht auszuhalten. Langsam brummt mir der Kopf.«

Tatsächlich erinnerte die Lounge mehr an einen Bahnhof als an die Eingangshalle eines Nobelhotels. Das Gedränge war unbeschreiblich. Männer in Schutzanzügen eilten nach oben, uniformierte Beamte befragten das Personal und versuchten gleichzeitig, besonders hartnäckige Gäste hinauszuscheuchen. Neugierige Gesichter pressten sich von außen gegen die ehemals blank geputzten Glasscheiben. Dazwischen bimmelte es unentwegt an den Telefonen am Empfangstresen, während tausend Handys gleichzeitig zu surren schienen und die zwei Damen an der Rezeption von einer Ecke in die andere sausten.

Alessandro warf den beiden einen besorgten Blick zu und führte Lilian und ihren Vater auf die Terrasse, wo sich die Gäste auf beschatteten Korbstühlen drängten.

Lilian sah sich um. Sonnenschirme und Liegen an allen Seiten der Pools, Palmen, fein gekieste Wege, akkurat gestutzte Rosenstöckchen, ein Rasen wie auf einem Golfplatz. Alessandro schien nichts dem Zufall zu überlassen. Das Hotel selbst bestand aus vier großen, strahlend weißen Gebäuden, die wie kleine Schlösser wirkten. Für Lilians Geschmack war das Hotel einige Nummern zu pompös, entbehrte aber nicht eines gewissen Reizes. Das musste der Duft nach Reichtum sein. Wenigstens für zwei Wochen im Jahr durfte sich hier jeder als König fühlen.

Sie setzten sich in den Schatten und Alessandro bestellte eine Runde Kaffee und kühles Wasser. Natürlich auf Rechnung des Hauses, betonte er, wenn er ihnen schon sonst so viel Verdruss verursache.

»Ich bitte dich! Wir sind doch Freunde«, versicherte Simon. »Was war das überhaupt für ein Kerl, der erschossen wurde?«

»Ein deutscher Geschäftsmann, Rolf Bormann hieß er. Kam vorgestern, also am Sonntag, mit seiner Frau an. Gestern Abend hab ich die beiden noch beim Abendessen gesehen. Gegen halb neun waren sie fertig, danach war sie allein in der Bar.« Alessandro senkte die Stimme. »Die ist dauernd an der Bar, sitzt da bis spät in die Nacht. Auch aufs Zimmer bestellt sie sich oft was. Aber es wär ja kein Wunder.«

»Wie meinst du das?«, fragte Lilian.

»Ihr Mann hat fast nur gearbeitet, der war ständig oben. Und sie saß alleine am Pool, lag alleine am Meer, trank alleine an der Bar. Wofür die zusammen in Urlaub gefahren sind, fragt man sich.«

»Was für Geschäfte machte er?«, erkundigte sich Simon.

»Er importierte italienische Espressomaschinen nach

Deutschland. Gleich am ersten Abend hat er mir seine Prospekte gezeigt. Siebträger- und Handhebelmaschinen von Pavoni und Gaggia, Vollautomaten von Saeco, Zubehör, Kaffeemühlen, einfach alles«, sagte Alessandro anerkennend. »Dummerweise war er ziemlich aufdringlich. Ist doch sonnenklar, dass ich keinen Bedarf habe. Und wenn, dann kaufe ich direkt ein. Als Italiener in Italien!« Er reckte den Kopf nach oben. »Als ich ihm das sagte, war er natürlich beleidigt. Unangenehme Leute, diese Vertriebler.« Ein Schatten zog über sein Gesicht. »Trotzdem tut's mir leid um ihn. So einen Tod hat keiner verdient. Erst recht nicht in meinem Hotel!«

Simon und Lilian fuhren schweigend zum ›Vigneto‹ zurück.

»Du bist kein kleines Mädchen mehr«, sagte Simon in die Stille hinein. »Außerdem bist du eine interessante Frau und eine fähige Polizistin.«

Überrascht wandte Lilian den Kopf. Die Worte hallten nach und unerwartete Nuancen schwangen mit. Nuancen, die sie sich gewünscht hatte, seit sie denken konnte – und bis heute nie gehört hatte. Anerkennung, Respekt, Stolz klangen nach. Ihr Vater war stolz auf sie! Unglaublich! Wortfetzen drängten sich ihr auf, vor langer Zeit ausgesprochen, fast ausgespuckt. Warum willst du Polizistin werden? Warum übernimmst du nicht den Hof? Warum willst du in Regensburg bleiben, wenn du doch am Chiemsee wohnen kannst?

Er sah stur auf die Straße. »Ich habe eine Bitte an dich.«

»Welche?«

»Meinst du, du könntest dich hin und wieder in Alessandros Hotel umhören? Mit den Gästen reden?«

»Papa, ich mache Urlaub!«

»Ich weiß. Aber du hast ja gehört, wie wenig Vertrauen der Arme zur italienischen Polizei hat. Er ist ohnehin völlig überarbeitet, sucht schon seit Ewigkeiten nach einer fähigen Assistentin und findet keine. Auch sonst ist er nicht zu beneiden.«

»Inwiefern?«

»Seine Frau ist ihm davon gelaufen, vor zwei Jahren, mit irgend einem Typen. Man munkelt, sie sei völlig abgedriftet, Drogen und so was. Eine fürchterliche Geschichte, nicht nur für ihn, vor allem für die kleine Luisa.«

»So klein ist sie nun auch wieder nicht«, sagte Lilian und dachte an das neckische Lächeln, mit dem Luisa Simon bedacht hatte.

»Sie will ihre Wirkung auf Männer testen«, stellte Simon nüchtern fest. »Meiner Meinung nach völlig normal für ihr Alter.«

»Bist du nicht ein wenig zu alt als Testperson für ein vierzehnjähriges Mädchen?«, fragte Lilian. »Ein bisschen frühreif, diese Kleine.«

Er zuckte nur mit den Schultern. »Luisa hat sehr darunter gelitten, dass ihre Mutter verschwunden ist. Einmal musste sie sogar für eine paar Tage ins Krankenhaus. Auch ihre Schulnoten wurden schlechter und schlechter. Nur in Italienisch war sie ihren Mitschülern immer weit voraus. Seit ich sie kenne, schreibt sie Geschichten. Eine hat Alessandro mir mal zum Lesen gegeben, und ich war erstaunt, wie gut die war. In dieser Hinsicht ist sie ihrem Alter tatsächlich voraus. Außerdem malt sie gern. Aber in den anderen Fächern wär' sie fast durchgefallen. Also hat Alessandro sich schweren Herzens dazu entschlossen, sie an einer Privatschule in Florenz anzumelden.«

»Aber jetzt geht sie nicht mehr in Florenz zur Schule?«

»Nein, es klappte wohl nicht so recht mit Alessandros Schwester. Luisa hat ein Jahr lang bei ihrer Tante gewohnt, doch dann wollte sie nach Hause und seit ein paar Wochen ist sie wieder hier.«

»Sind ihre Noten besser?«

»Nicht wirklich. Alessandro hat natürlich nicht die Zeit, ihr zu helfen.« Eine nicht einsehbare Kurve. Scharf trat Simon auf die Bremse. »Und jetzt noch dieser Zirkus! Der arme Kerl klappt am Ende noch zusammen, wenn da nicht bald was raus kommt und wenigstens sein Betrieb wieder in Ruhe läuft. Also, was meinst du?«

»Das ist nicht so einfach, wie du dir das vorstellst. Wenn dieser voreilige Commissario mir dahinter kommt, dann macht er mir Schwierigkeiten. Und zwar richtige.«

Simon schwieg.

»Na ja, diese Bucht im Golfo di Baratti ist ja schön«, murmelte Lilian nach einer Weile. »Vielleicht fahr ich mal zum Joggen hin.«

Er drückte ihren Arm. Seine Hand war warm und fest. Lilian genoss die Berührung, war aber trotzdem erleichtert, als er seine Hand wieder wegnahm.

»Eins versteh' ich nicht«, sagte er plötzlich.

»Hm?«

»Wie schaffst du das nur?«

»Was?«

»Diese toten Menschen. Diese grausamen Anblicke.« Wieder bremste er, eine Herde Schafe kreuzte die Straße. »Ich bin nicht zimperlich. Wer mit Pferden arbeitet, erlebt viel und sieht noch mehr. Aber du lebst mit den Toten. Kannst du schlafen in der Nacht?«

»Manchmal gut, manchmal schlecht«, gestand sie. »Viele Kollegen stumpfen ab, machen blöde Witze, manche werden krank oder fangen an zu trinken. Wieder andere reden darüber, das sind die glücklichen. Jeder hat seine eigene Art, damit umzugehen. Aber das ist nur ein Aspekt bei diesem Beruf.«

»Und der andere?« Er stieß ein raues Lachen aus. »Nimmst du bei jedem Menschen erst mal das Schlimmste an? Auch bei deinem Vater?«

Er war mutig. Mutiger als sie. Ausgerechnet jetzt wollte sie nicht davon sprechen. Sie brauchte noch Zeit. Sie dachte an diesen Traum, den sie in der Nacht vor ihrem letzten Arbeitstag geträumt hatte und so viele Male davor. Er war immer gleich: Ihre Mutter hielt sie in den Armen und wiegte sie, als wäre sie ein Baby. Auf einmal Schritte. Lilian hob den Kopf und sah ihrem Vater ins Gesicht. Er tat nichts, stand nur da und schaute Lilians Mutter an. Aber aus seinen Augen quollen Tränen. Rote Tränen.

Lilian dachte daran, wie gut sie letzte Nacht geschlafen hatte, ohne diesen Traum. Ausgerechnet an diesem besonderen Ort suchte er sie nicht heim. Irgendwann hörte sie eine Nachtigall, bellende Hunde, im Morgengrauen den Hahn. Als ob diese Geräusche sie beschützten, wie ein Schleier, der nur die guten Träume durchließ.

»Ich will die Wahrheit herausfinden«, sagte sie leise.

»Die Wahrheit? Hat nicht jeder seine eigene Wahrheit?« Seine Finger, die das Lenkrad hielten, verkrampften sich. Die Handknöchel traten weiß hervor. »Nicht einmal das stimmt. Auch auf die eigene Wahrheit ist kein Verlass. Die ändert sich jeden Tag, ob wir wollen oder nicht. Die äußere genauso wie die innere.«

Lilian schwieg und überlegte krampfhaft, warum sie nicht endlich diese eine Frage stellte. Diese Frage, die sie quälte, seit sie dreizehn war.

9

Lieber Papa, böser Papa, lieber Papa, böser Papa,

du bist schuld. Ich hasse dich! Nein, du nicht. Verzeih mir. ICH. Ich bin schuld. Warum bin ich nicht geblieben, wo ich war? Ich höre deine Stimme. Laut, so laut. Du schreist, dein Gesicht ist verzerrt, die Augen riesig. Du Schwein, brüllst du. Du dreckiges, verdammtes Schwein! Das darfst du nicht! DU NICHT!

Auf einmal Blut. Wie ein Mensch nur so viel bluten kann? Wie viele Liter gehen da rein? Fünf, sechs Liter? Oder sieben? Egal. Es reicht sowieso. Alles rot. ROT, ROT, ROT. Noch jetzt höre ich das Röcheln. Tief in der Kehle. Ganz unten. Ein grauenvoller Ton, zusammengedrückt und hinuntergerutscht. Steckengeblieben. Ich will fort, aber ich kann nicht. Steh bloß da und starre diesen toten Körper an. Kein Mitleid. Nur Angst. Langsam kriecht sie hoch, den Rücken hinauf, setzt sich fest in der Brust, wandert weiter. Dann kommt die Panik. Raus, nichts wie weg!

Was soll ich tun, Papa? Hilf mir! Oder muss ich dir helfen? Hältst du es sonst nicht aus? Angst, mein Leben lang. Soll ich weg laufen? Aber wohin? Wenn mich jemand sieht? Die sehen alles. Tausend Augen, tausend Münder, tausend Ohren. Meine Hände tropfen. Meine Stirn. Heiß. Mir ist schlecht. Ich kann nicht mehr. Doch, eins kann ich noch. Jetzt weiß ich, was ich zu tun hab. Endlich.

Hilf mir!!!
Lieber Papa. Böser Papa. Lieber Papa ...
Warum hilfst du mir nicht?

10

Es war spät geworden. Pranzo, die Mittagessenszeit, war lange vorüber. Im Haus war alles still.

Sie gingen in die Küche. Simon schnitt von einem Stück Salami feine Scheiben ab, holte eingelegte Sardellen aus dem Kühlschrank, entdeckte vom Mittagessen übrig gebliebene Frittate con Asparagi. Dazu ein Glas kalten Weißwein und das wunderbare, frisch gebackene Brot. Ein einfaches Mahl, aber nach der unerwarteten Aufregung waren sie erschöpft und hatten Hunger. Sie aßen im Stehen und redeten wenig. Lilian wusste nicht, was anders war als früher, aber etwas hatte sich verändert. Etwas Wichtiges. Doch sie wollte nicht darüber nachdenken. Sie wollte essen und seine Nähe spüren.

Da war sie wieder, diese eigentümliche Vertrautheit, die sie nicht verstand. Dafür stand zuviel zwischen ihnen. Oder bildete sie sich das nur ein? War es nicht normal, sich in seiner Gegenwart zu entspannen? Er war ihr Vater, hatte sie aufgerichtet, wenn sie hingefallen war. Damals, als sie als Einjährige das Laufen lernte, genauso wie später, als sie vom Pferd fiel. Er brachte ihr das Reiten bei, gegen alle Widerstände seiner Frau Vera, die Lilian lieber zu den gehassten Ballettstunden karrte. Mit seiner Beharrlichkeit und Fürsorge weckte er dieses langsam wachsende Bewusstsein in der kleinen Lilly, dass sie oben bleiben konnte, wenn sie wirklich daran glaubte. Und sie blieb oben und war stolz auf sich.

Auch er war stolz, sie sah es an seinen Augen. Aber er behielt es immer für sich.

Sie biss in das Brot. Auf einmal verstand sie, was anders war zwischen Vater und Tochter. Plötzlich hatte er sie um ihre Hilfe gebeten.

Gegen sieben fuhren David und Lilian in das nahe gelegene Castagneto Carducci, um dort zu Abend zu essen. Das Örtchen lag auf einem Hügel am Rande des Val di Cornia, des Corniatales, und bot einen beeindruckenden Ausblick auf die nahegelegene Küste.

Sie schlenderten zum Aussichtspunkt in einem kleinen Park und schauten auf die Ebene hinunter. Die untergehende Sonne verwandelte die Meeresoberfläche in einen glänzenden Spiegel. An der Linie, wo Wasser und Himmel ineinander übergingen, schob sich ein Schiff über das Meer. Ein feiner Rotschimmer tastete sich über den Horizont, bald kam die Dunkelheit. Über das Geländer, an dem sie standen, rankten sich leuchtend gelbe Blumen, deren Namen sie nicht kannten. Sie verströmten einen betörenden Duft. Kinder rannten um den Brunnen in der Mitte und spielten Verstecken hinter Oleanderbüschen und alten Bäumen, während ihre Eltern sich wortreich unterhielten.

Irgendwann spazierten Lilian und David Arm in Arm weiter. Lilian war froh, endlich mit David alleine zu sein. Keine Fiorella, die ihnen die neuesten Neuigkeiten über ihnen unbekannte Nachbarn erzählte, kein Polizist, der ihr misstrauische Fragen stellte, kein Vater, der sie zu etwas drängte, was sie nicht wollte. Hier waren sie sicher vor Getratsche, Morden, Ermittlungen. Ein Abend nur für sie beide.

Sie wanderten durch verwinkelte Gässchen, lauschten den lärmenden Fernsehern aus den geöffneten Fenstern, vor denen Wäsche zum Trocknen hing, guckten in die Auslagen winziger Geschäfte und sprangen zur Seite, wenn Lieferwägen haarscharf an ihnen vorbei rumpelten. Im Frühling verriegelten die Geschäfte zwischen zwölf und halb fünf ihre Pforten, aber nach der Siesta tobte wieder das Leben in den Straßen. Vor acht ging hier niemand zum Essen. Vielleicht machte man vorher einen Spaziergang durch die engen, lauten Gassen, besah sich die herausgeputzten Nachbarn und rotwangigen Touristen, die die Sonne unterschätzt hatten, hielt ein Schwätzchen, trank ein Schlückchen und spazierte weiter zum Nächsten, von dem man etwas Neues erfahren konnte. In der Toscana spielte sich das Leben auf der Straße ab, wie überall in Italien. Aber hier floss es ruhiger dahin als im Norden, man hatte noch Zeit füreinander.

Lilian und David staunten über mutige Touristen, die sich von den immer noch frischen Temperaturen nicht abschrecken ließen und an diesem schönen, aber kühlen Abend auf den Terrassen der Restaurants und Pizzerien Platz genommen hatten. In einem der vielen, kleinen Gassen fanden sie ein Lokal mit stilvoller Einrichtung und stolzen Preisen und taten es den Einheimischen gleich, die sich im Inneren einen Tisch zuweisen ließen. Der Ober, mit obligatorischer Fliege und in schwarzem Anzug, führte sie zum letzten freien Platz am Fenster. Auf Deutsch empfahl er ihnen Papardelle mit einer Sauce aus Hasenragout, als Hauptspeise gebratene Ente mit gedünsteten Zwiebeln und zum Dessert Zitronenkuchen. Lilian bestellte hartnäckig auf Italienisch Papardelle alla Lepre, Anatra con Cipolle und Tarte di Limone. Schließlich fügte sich der Kellner, nahm die Bestellung in seiner Landessprache auf und rauschte davon.

Wie Lilian den Gesprächsfetzen an den Nachbartischen entnahm, sprach man Deutsch, Englisch und Italienisch. Gleich neben ihnen ging es besonders laut zu.

»... Lo dico io, puoi credermi, ho parlato con Alessandro un' ora fa.«

Natürlich sprach dieser bärtige Mann nicht von ausgerechnet dem Alessandro, den auch Lilian kannte. Hier in der Gegend gab es sicher mehr als einen Alessandro, mit dem sich der Mann vor einer Stunde hätte unterhalten können.

»Poverino Alessandro.« Eine grell geschminkte Frau warf einen mitleidigen Blick an die Decke, als ob der arme Alessandro dort oben säße und Aufmunterung erwartete. »Mi dispiace per lui. Come brutto trovare una salma nel suo albergo! Mamma mia!«

Jetzt gab es keinen Zweifel mehr. Alessandro und die Leiche in seinem Hotel boten auch hier genügend Gesprächsstoff, um einen Abend zu füllen. Die Welt war klein, die Welt in der Toskana noch kleiner. Langsam fing Lilian an zu glauben, was alle nicht müde wurden, ihr ständig zu versichern: Hierzulande kannte jeder jeden und wusste alles von ihm. Aber was regte sie sich so auf? Im Grunde ging sie das alles nichts an. Einfach nicht hinhören.

»Hanno trovato l'arma, l'ho sentito«, sagte der Bärtige mit vor Wichtigkeit vibrierender Stimme. »Man hat die Waffe gefunden, hab ich gehört.«

Widerwillig spitzte Lilian die Ohren. Berufskrankheit, da half ihr ganzer guter Wille nichts.

»Was für eine Waffe?«, fragte ein eleganter Herr mit

einem locker geschlungenen Tuch um den Hals. Vielleicht einer von Alessandros geschätzten Hotelierkollegen?

»Eine Pistole«, bestätigte die mit der Schminke. »Deutsches Fabrikat.«

»Woher willst du das wissen, Sofia?« Der Elegante, ungläubig.

»Mein Schwager arbeitet bei den Carabinieri.«

Alle schwiegen beeindruckt.

»Dann stimmt es also, was man sich erzählt«, warf der Erste ein und strich sich über den akkurat geschnittenen Bart. »Das waren Spezialisten, eine organisierte Bande. Wer weiß, wo sie als nächstes einsteigen. Vielleicht bei dir, Fabbrizio?«

Der Ober brachte den Wein, einen vollmundigen Sangiovese, wie er ihnen in einem Mischmasch aus Deutsch und Italienisch erklärte. Er schien immer noch kein großes Vertrauen in Lilians Sprachkenntnisse zu haben. David prostete Lilian zu, sie tranken und Lilian lauschte so angestrengt und unauffällig wie möglich.

»... hat zu meinen Zeiten keiner geplaudert.« Das kam von einem beleibten Mann mit buschigen Augenbrauen, der bisher noch nichts zur Unterhaltung beigetragen hatte.

»Mein Schwager erzählt natürlich nicht jedem solche Details«, versicherte die Frau und klapperte mit ihren bemalten Augendeckeln.

»Das will ich hoffen«, brummte der mit dem Bauch und warf einen vielsagenden Blick in die Runde.

Lilian fragte sich nur kurz, welcher Natur die Beziehung zwischen Sofia und ihrem Schwager war. Ein umwerfendes Lächeln für David und das Gespräch am

Nachbartisch erforderten ihre gesamte Aufmerksamkeit. Bei dem hohen Geräuschpegel im Lokal war es schwierig, jedes Wort zu verstehen.

»Ich wette, das war trotzdem eine Beretta«, mutmaßte der Elegante und zupfte an seinem Schal. »Seit wann sind diese deutschen Dinger so viel besser als ein gutes, altes, italienisches Fabrikat?«

Lilian erfuhr die Antwort nicht mehr, denn der Kellner brachte die Papardelle. Als er wieder verschwunden war, beschwerte David sich, weil sie ihm keine Antworten gab. Sie übte noch einmal ihr bezauberndes Lächeln und konzentrierte sich auf die Unterhaltung nebenan. Aber es half nichts, die vier am Nachbartisch waren schon aufgestanden und gingen gerade hinaus. Trotzdem war Lilian froh, dass sie sich jetzt der Vorspeise, Davids seligem Gesicht und diesem Abend zu zweit widmen konnte. Dieser Fall ging sie rein gar nichts an.

Die Pasta schmeckte so herrlich, wie sie duftete, und auch der zweite Gang und das Dessert hielten, was der Ober versprochen hatte. Als sie fertig waren, erkundigte er sich auf Italienisch, ob sie zufrieden gewesen seien. Sie versichertem ihm, dass sie wiederkommen würden, plauderten ein Weilchen zu dritt, tranken ihren Espresso, zahlten und verließen unter allerhand guten Wünschen und Grüßen an il Tedesco, Signor Simone, das Lokal.

»Wie wär's mit einem kleinen Abstecher ans Meer?«, schlug David vor. »Wir haben schon Dienstag Abend und ich hab es nur aus der Ferne gesehen.«

»Wenn du dich nicht in deinen Akten vergraben hättest, bräuchtest du jetzt nicht zu jammern.«

»Ich jammere nicht.« Er setzte eine Schmollmiene auf, doch dann veränderte sich sein Gesicht. »Also?«

Sie betrachtete ihn skeptisch. »Warum grinst du plötzlich so?«

»Da ist es doch sicher stockdunkel.«

»Wo?«

»Am Strand.«

Inzwischen war es zehn Uhr.

»Vermutlich«, sagte Lilian und machte mit den Händen eine großzügige Geste, die alles um sie einschloss. »Bis auf die Lichter von den Hotels und Eisdielen und Bars und Trattorias wie hier auch.«

»Aber wenn wir ein Stückchen weiter wandern, dann ist es dunkel.«

»Warum muss es denn so dunkel sein?«

»Denken Sie mal nach, Frau Kriminaloberkommissarin.«

»Hm.«

»Was kombinieren Sie?«

»Dass wir's zu Hause in unserem hübschen Doppelbett mit Blümchendecke wesentlich bequemer hätten.«

»Aber nicht so romantisch.«

Jetzt lächelte auch Lilian.

»Findest du meinen Vorschlag zu verwegen? Ich meine, für eine Kommissarin und einen Anwalt?«

Sie sah zwei eng umschlungenen Liebespaaren nach. »Ich fürchte eher, dass wir an diesem dunklen, romantischen Strand nicht so allein sind, wie wir es gerne hätten.«

11

Am nächsten Morgen war David nicht aus den Federn zu kriegen. Aber heute konnte Lilian ihm nicht einmal böse sein, denn die letzte Nacht hatte auch sie an ihre Grenzen geführt. In der Regel war sie hart im Nehmen, das kam wohl von den vielen Diensten, die ihren bedingungslosen Einsatz erforderten, egal zu welcher Uhrzeit. Aber so etwas hatte sie noch nicht erlebt: Liebe am Meer, Liebe auf der Heimfahrt, Liebe im verträumten Doppelbett.

Ihr Weg, zu sich selbst zurück zu finden, war physisches Training. Also schrieb sie David einen Zettel, schlüpfte in Laufhose und T-Shirt und trank in der Küche einen Espresso. Fiorella war heute eine schlechte Gesellschafterin. Sie war verstimmt, weil sich ihre erfahrenste Küchenhilfe, die klapperdürre Maria, von einer Minute auf die andere abgemeldet hatte.

»Ist sie krank?«, fragte Lilian teilnahmsvoll, schlug ein Eigelb mit einem Löffel Zucker in ein Schälchen, rührte kräftig um und goss Kaffee dazu. Fertig war die Zabaione, ein unbedingtes Muss nach Nächten wie der vergangenen.

»Ihr Bruder ist nicht nach Hause gekommen. Marias Mutter will, dass sie alle Bekannten abfährt und schaut, wo er steckt.« Ein ungnädiges Seufzen. »Der Bruder ist vierzig! Aber so sind sie, die italienischen Mütter. Wenn die Söhne daheim wohnen, werden sie umhegt und gepflegt, als wären sie immer noch Kinder.«

»Wo kann er sein?«

»Was weiß ich? Bei einer Freundin, von der la Mamma nichts wissen darf. Oder bei einem Kumpel, mit dem er beim Jagen war. Danach haben sie sich so betrunken, dass sie immer noch irgendwo herum liegen.« Fiorella sah gar nicht mehr wie ein farbenfrohes Blümchen sondern wie zerrupftes Unkraut aus, so verärgert war sie. »Über kurz oder lang taucht er auf, keine Sorge. Das tun sie alle.«

Eilig löffelte Lilian die Zabaione aus, verabschiedete sich ohne Umschweife und ging zum Wagen. Vom Weinberg hörte sie Stimmen, vermutlich waren schon die jungen Männer unterwegs, die als Angestellte die anfallenden Arbeiten auf der Hazienda erledigten.

Zwanzig Minuten später fand sie sich auf dem Küstenweg am Golfo di Baratti wieder. Um ihr Gewissen zu beruhigen, hatte sie diesen Joggingpfad gewählt. Alessandros Hotel lag in der Bucht, unberührt wie eine weiße Perle im Sand, als hätte dieses grausame Verbrechen sich an einem ganz anderen Ort ereignet. Eine leichte Brise wehte vom Meer landeinwärts und ein frischer Geruch nach Salz hing in der Luft. Es war noch zu früh für die ersten Strandbesucher. Vermutlich kämpften die sich gerade aus den Betten oder tranken ihren Morgenkaffee.

Lilian fing zu laufen an. Der Weg verlief gleich oberhalb des Sandstrandes auf der Dünung und war festgetreten, so dass sie besseren Halt als auf dem Sand neben der Wasserlinie fand. Sie ließ das Hotel hinter sich, lief an den Pinienwäldern vorbei, passierte die Fischkutter, die im Örtchen Baratti vor Anker lagen. Als es einen steilen Hang hinauf ging, verlangsamte sie die Geschwindigkeit. Höher und höher führte sie der Weg, sie schwitzte durch die Anstrengung, machte kleine Schritte und konzentrierte sich auf das Atmen. Das Wasser glitzerte in der Tiefe, vorwitzige Sonnenstrahlen begrüßten die ersten Segelboote. Dann ebnete sich der Weg, sie hatte das Plateau erreicht und holte mit langen Schritten aus. Bald käme die Festung von Populonia in Sicht. Der Wind wurde stärker und kühlte sie ab, Möwen zogen kreischend weite Kreise, ihr Atem ging wieder ruhiger. Tapp-Tapp, Tapp-Tapp. Wärmende Lichtstrahlen auf den Schultern. Tapp-Tapp, Tapp-Tapp. Vogelgezwitscher im Gebüsch. Tapp-Tapp, Tapp-Tapp. Geraschel im Gras, vielleicht eine grün gesprenkelte Eidechse, auf der Suche nach einem Sonnenplatz. Tapp-Tapp, Tapp-Tapp. Das Leben war leicht, schillernd, verheißungsvoll. Warum konnte es nicht immer so sein?

Von hier oben sah Alessandros Hotel so aus, als bestünde es aus vielen kleinen Bauklötzen, die Kinderhände nebeneinander angeordnet hatten, in ihrer Mitte drei blaue Farbkleckse, die Pools. Der Weg war stellenweise gekiest, ging dann über in einen schmalen Trampelpfad, mit Wurzelwerk im Boden. Lilian musste aufpassen, dass sie nicht stolperte. Schroffe Felswände fielen steil nach unten, der Weg war nur durch ein Seil gesichert. Auf einmal machte der Pfad einen Knick und führte sie um einen großen Felsen herum. Als sie aus dem Schatten des Felsens auftauchte, war sie geblendet von dem Panorama, das sich ihr bot. Das Meer flimmerte in Azur, Kobalt, Aquamarin und Türkis. Sie achtete nicht mehr auf den Boden unter ihren Füßen, so gefesselt war sie vom Zusammenspiel der Farben. Dann sah sie die Frau.

Gefährlich nah stand sie am Rand der höchsten Klippe und passte offensichtlich nicht auf, wohin sie trat. Ihre Füße waren nur wenige Zentimeter vom Abgrund entfernt, auch dort bestand die Absperrung nur aus einem lächerlich dünnen Strick. Noch dazu trug die Frau völlig unpassende Schuhe, leicht, allzu leicht könnte sie umknicken. Der Absatz ihrer langen, zugespitzten, vorne geschlossenen Pumps war mindestens acht Zentimeter hoch, an der Ferse waren sie offen. Die Frau schien wie aufgesogen von dem Anblick, der sich ihr bot, und blickte starr hinunter.

»Attenzione!«, rief Lilian. »Vorsicht!«

Im gleichen Moment knickte sie um, ein stechender Schmerz durchzuckte ihren Knöchel, sie sackte zusammen. Sie wollte sich wieder aufrichten, aber es ging nicht. Der linke Knöchel tat höllisch weh, sie konnte nicht einmal mehr auftreten. Verflixt noch mal! Sie musste eine Wurzel übersehen haben.

Die junge Frau drehte sich um. Wie in Trance schaute sie Lilian an, fuhr sich mit einer fahrigen Bewegung durch die kinnlangen, schwarzen Haare. Ein Ruck ging durch ihren Körper, noch einmal schaute sie hinunter auf das Blau, dann löste sie sich endgültig und stöckelte schnell und sicher auf Lilian zu. Offenbar war sie an das Gehen auf so unbequem hohen Schuhen gewöhnt.

»Haben Sie sich weh getan?«, fragte sie auf Deutsch mit einer unerwartet forschen Stimme, die schlecht zu ihrem feingeschnittenen Gesicht passte.

Lilian versuchte noch einmal, den linken Fuß zu belasten, scheiterte aber kläglich. »So ein Mist! Tut das weh!«

»Ich helfe Ihnen.«

Ein schlanker, erstaunlich kräftiger Arm stützte Lilian, der andere zog sie hoch.

»Lehnen Sie sich auf mich, ja, genau so. So, jetzt gehen wir langsam vorwärts.«

Gemeinsam versuchten sie den ersten Schritt. Es ging, schmerzte aber fürchterlich.

»Gut, sehr gut machen Sie das«, lobte die fremde Frau. »Jetzt noch mal. Wunderbar!«

Trotzdem kamen sie nur mühsam vorwärts. Lilian konnte bloß humpeln, musste zwischendurch stehen bleiben und verschnaufen. Aber die junge, zartgliedrige Frau verfügte über eine unerwartete Kraft. Immer, wenn Lilian torkelte, fing sie sie auf, half ihr hoch und zog sie weiter. Zwischendurch ermutigte sie Lilian und klagte kein einziges Mal, obwohl sie doch auf ihren Stöckeln genug zu tun hatte, das eigene Gleichgewicht zu halten. Sie schafften den ganzen langen Weg bis nach Baratti.

Am Hafen trafen sie auf einen Mann, der ein Boot vertäute.

»Madonna, cosa è successo?« Er warf seine Zigarette zu Boden, trat sie aus und lief auf die beiden zu. »Was ist passiert?«

Lilian war unfähig zu einer Antwort, so erschöpft war sie. Außerdem pulste es unablässig in ihrem Knöchel, als schlüge ein gewaltiger Hammer in unerbittlich regelmäßigem Rhythmus darauf ein. Aber ihre Retterin erklärte dem bärtigen Mann in fließendem, akzentfreiem Italienisch, was vorgefallen war. Sie berieten hin und her, was zu tun sei. Inzwischen waren noch mehrere Einheimische erschienen, ein Grüppchen nach dem anderen bildete sich auf der Hafenmauer. Man diskutierte einen sofortigen Arztbesuch, alle redeten gleichzeitig, mit großen Gesten und blumigen Ausführungen wurde lautstark das Für und Wider jedes Vorschlags erwogen. Von Sekunde zu Sekunde ging es hitziger zu, führte aber zu nichts, da jeder Gedanke, kaum war er ausgesprochen, von einem anderen verworfen wurde. Schließlich kamen die junge Frau und der bärtige Mann ohne Rücksicht auf die eifrigen Mitstreiter zu dem Schluss, es sei das Beste, wenn er Lilian in ihr Hotel bringen würde. Von dort könne man problemlos einen Arzt anfordern.

»Ich brauche keinen Arzt«, wehrte Lilian ab. »Das tut jetzt bloß so weh, weil ich so weit humpeln musste. Der Knöchel ist sicher nur verstaucht.«

Die Schwarzhaarige ging nicht darauf ein. »Wo wohnen Sie?«, erkundigte sie sich nur, während der Mann Lilian schon in seinen Fiat bugsierte.

»In der Nähe von Sassetta.«

»Das ist zu weit«, entschied der Mann.

»Dann ist es einfacher, wir fahren in mein Hotel, das ist hier ganz in der Nähe«, schlug die junge Frau vor und fragte Lilian: »Wo steht Ihr Wagen?«

»Auf dem Parkplatz vor Alessandros Hotel. Das ist ...«

»Ich kenne es.« Sie lächelte. Ihre hellgrünen Augen leuchteten, das erste Mal, seit sie sich begegnet waren. Sie erinnerten Lilian an frisch angespülten Seetang. »Dort wohne ich.«

Als der bärtige Mann seinen Wagen aus der Parkbucht heraus manövrierte, beratschlagten die Umstehenden immer noch, ob es nicht eine geeignetere Lösung gäbe. Wenn es in Lilians Knöchel nicht so gepocht hätte, hätte sie lauthals los gelacht.

Alessandro war untröstlich. Sofort bettete er Lilian auf ein Sofa in einer abgeschirmten Ecke, verscheuchte sämtliche Polizisten, die sich in ihre Nähe wagten, brachte ihr und ihrem Rettungskorps literweise Mineralwasser und Kaffee, besorgte einen kalten Umschlag und telefonierte nach dem Arzt.

Lilian war immer noch der Meinung, dieser ganze Aufwand sei übertrieben, bat aber Alessandro, ihren Vater anzurufen. Ausgerechnet heute hatte sie ihr Mobiltelefon vergessen.

Er folgte ihrer Bitte ohne Zögern und bedankte sich nach dem Telefonat umständlich im Namen seines Freundes Simone bei Signora Käfer und Claudio Ruscello. Wie nicht anders zu erwarten, kannte er beide. Claudio wohnte in der Nähe, war ein alter Freund des Hauses und leitete einen kleinen Elektrofachhandel in Piombino, während Signora Käfer einer seiner geschätzten Gäste war. Lilian schlürfte dankbar ihren Cappuccino und ruhte sich aus, so gut es ging. Ihre Helfer schienen sich angefreundet zu haben. Man hörte sie tuscheln und kichern. Lilian setzte sich auf und schaute zu ihnen hinüber. Sie saßen nebeneinander auf einer Couch in einer Nische.

»Wie heißt du mit Vornamen?«, fragte Claudio gerade.

Anerkennend glitt sein Blick über die filigranen Fesseln von Lilians Retterin, die zarten Knie und weiter nach oben bis zum Kleid, das so kurz war, dass man die Spitzenunterwäsche hervor blitzen sah. Wie eine zweite Haut klebte es an ihr und verbarg nichts. Weder die schmalen Hüften und die noch schmalere Taille, noch die frech nach oben stehenden Brüste, die Claudio offenbar an reife Äpfel erinnerten. Er betrachtete sie so angeregt, als wollte er hier und jetzt in sie hinein beißen. Das brachte ihm einen missbilligenden Blick von Alessandro ein, der nicht einmal vorgab, in die andere Richtung zu gucken.

»Angelina.« Ein aparter Augenaufschlag, während sie sich mit ihren langen, schlanken Fingern eine Zigarette anzündete. »Ich hoffe, du magst Engelchen.«

Er rückte näher, was ziemlich nah war, denn er berührte sie ohnehin schon. »Hättest du Lust auf ein Glas Wein? Heut Abend an der Bar?«

Langsam fuhr ihre Zungenspitze über volle Lippen, das einzig Üppige an ihr. Sie öffneten sich und blendend weiße Zähne zeigten sich. »Lust hab ich immer.«

»Ich ruf dich an.« Seine Lider flatterten. »Welche Zimmernummer hast du?«

»Wenn Du da bist, dann pfeif einfach. Ich hab die besten Ohren weit und breit.« Ein kehliges Lachen. »Du kannst doch pfeifen? Du musst nur den Mund spitzen und pfeifen. Schau!«

Sie machte es ihm vor und blies ihm den Zigarettenrauch, den sie eben inhaliert hatte, auf den Mund. So hatte schon Lauren Bacall ihren Angelhaken nach Humphrey Bogart ausgeworfen, in dem Filmklassiker ›To have and have not‹, wenn auch wesentlich dezenter. Ob Claudio den Film kannte, fand Lilian nicht heraus. Ein dunkelhaariger Mann mit beunruhigend bleichem Gesicht und ausgebeulter Tasche beanspruchte ihre ganze Aufmerksamkeit. Energisch federte er durch die Eingangshalle. Ein kurzer Wortwechsel mit Alessandro folgte, dem Lilian entnahm, dass es sich um den Arzt handelte. Zielsicher steuerte er auf seine Patientin zu,

Alessandro konnte kaum Schritt mit ihm halten, so flink war er. Der Dottore schüttelte Lilian kräftig die Hand und untersuchte fachmännisch den inzwischen angeschwollenen Knöchel. Ein Wortschwall sprudelte so schnell aus ihm hervor, dass Lilian kaum etwas verstand. Dann kritzelte der Arzt ein paar Zeilen auf ein Rezept, zauberte Salbe, Mullbinde und Wundvlies aus den Tiefen seines Medikamentenkoffers, band in Windeseile einen beeindruckenden Verband um Lilians Knöchel, schleuderte wieder ihre Hand durch die Luft und war so hurtig verschwunden, wie er aufgetaucht war.

»Der Dottore sagt, dein Knöchel sei verstaucht, kein Grund zur Beunruhigung«, wiederholte Alessandro langsam, der Lilians gerunzelte Stirn richtig gedeutet hatte. »Du sollst ihn schonen und bei Bedarf einen neuen Verband anlegen. Binden und was man sonst so braucht, hat er aufgeschrieben. Ich organisiere das gleich, keine Sorge. Sobald ich von der Farmacia zurückkomme, kann Simone dich abholen.«

Lilian ließ ihn machen. Offenbar war er glücklich, der Tochter seines Freundes behilflich zu sein. Er informierte seine Angestellten, dass er in die Apotheke fahren würde, warf einen letzten angewiderten Blick in Angelinas Richtung und schwirrte noch rascher davon als der Dottore.

Angelina und ihr frischgebackener Verehrer schwänzelten an Lilian vorbei. Sie nahmen keinerlei Notiz von ihr, so angeregt unterhielten sie sich. Allerdings konnte man Angelinas Gekichere und Getuschel kaum mehr als Unterhaltung bezeichnen. Lilian konnte nur noch staunen. War das diese ebenso fürsorgliche wie patente

Frau, die sie auf ihren unbequemen Schuhen einen endlos langen Berg hinunter geschleppt hatte?

Eine Tür schwang auf und ein Mädchen erschien, das Lilian bekannt vorkam. Sie kniff die Augen zusammen und erkannte Luisa, Alessandros Tochter. Suchend sah sich das Mädchen um, registrierte Lilian und kam auf sie zu.

»Ciao«, sagte sie von oben herab. »Weißt du, wo Babbo ist?«

Lilian war erstaunt, dass Luisa sie überhaupt erkannt hatte. Bevor Lilian etwas erwidern konnte, hatte das Mädchen das neue Turteltäubchenpaar erblickt. Auf einmal interessierte sie sich nicht mehr für Lilians Antwort, sondern rannte den beiden hinterher.

»Angelina!«, rief sie atemlos. »Warte!«

Die blieb sofort stehen. So plötzlich sie sich von einer mütterlichen Kämpferin in eine kapriziöse Zicke verwandelt hatte, so schlagartig funktionierte die Veränderung auch in die umgekehrte Richtung. Claudio war auf der Stelle vergessen. Angelina begrüßte Luisa mit zwei Küsschen, legte ihr einen Arm um die Schulter, warf ihrem neuen Schwarm immerhin noch eine Kusshand über die Schulter zu, winkte Lilian zum Abschied und schlenderte mit Luisa auf die Terrasse hinaus.

Drei, vier Sekunden stand Claudio verloren in der Halle und schaute den beiden nach. Dann strich er sich durch seinen Bart und holte mit dieser Geste sein gutes Benehmen zurück, das man ihm in früheren Jahren offenbar beigebracht hatte. Er wünschte Lilian baldige Genesung. Dann verließ auch er in atemberaubender Geschwindigkeit die Eingangshalle.

Lilian dachte an den Film »Menschen im Hotel«. Als

kleines Mädchen hatte sie ihn gesehen, voller Begeisterung, in eine Decke gekuschelt. Sie fragte sich, was noch passieren würde. Das hier war definitiv besser als Fernsehen.

12

Die blonde Frau schaute Lilian an, als hätte sie sie schon einmal gesehen.

»Sagen Sie, waren Sie nicht gestern oben? Als ich Rolf gefunden habe?«

Jetzt erkannte Lilian ihr Gegenüber. Die Gattin des erschossenen Rolf Bormann stand vor ihr.

Lilian nickte. »Ich heiße Lilian Graf und bin hier im Urlaub.«

»Urlaub stelle ich mir anders vor.«

»Wie geht es Ihnen heute?«, fragte Lilian mitfühlend.

»Ich hab schon bessere Zeiten erlebt.« Ein raues Lachen. »Ich täte einiges für einen Direktflug nach München. Aber so schnell lassen die mich nicht weg, schätze ich.« Iris Bormann winkte einer Angestellten, die gerade in ihre Richtung guckte, und bestellte lauthals einen Martini. »Für Sie auch?«

Lilian verneinte und verkniff sich einen Hinweis auf die frühe Stunde.

Frau Bomann musterte den Verband um Lilians Knöchel. »Was haben Sie angestellt?«

Lilian erzählte von ihrem Missgeschick.

»Harmlos im Vergleich zu dem, was mir passiert ist, oder?« Iris Bormann versuchte ein Lächeln.

»Wollen Sie darüber reden?«

Eine Weile sagte Frau Bormann nichts. Der Martini

kam, wie bestellt mit Eis und einer Scheibe Zitrone. In einem Zug trank sie das halbe Glas leer und starrte ins Nichts.

»Ich bin aufgewacht. Von selbst. Komisch, dachte ich, sonst ist Rolf immer derjenige, der mich weckt. Und grundsätzlich viel zu früh! Furchtbar ist das mit ihm!« Sie merkte, was sie gesagt hatte, und biss sich auf die blutleere Unterlippe.

»Wann sind Sie aufgewacht?«

»Gegen zehn. Frühstück gibt's bis elf, also hab ich erst mal geduscht. Dann hab ich geklopft, an der Verbindungstür. Nichts. Also noch mal, wieder nichts. Da machte ich die Tür auf. Und dann sah ich ihn.« Ihre Augen weiteten sich. Silberne Pünktchen auf violettem Grund, Sternenaugen, die auf einmal erloschen. »Das Ende eines großen Mannes.«

Die Worte hallten nach. Gespannt wartete Lilian, was kam. Doch es kam nichts.

»Wie meinen Sie das?«, fragte sie schließlich.

Iris Bormann wischte sich schnell über die ungeschminkten Augen, zupfte an ihrem Sommerkleid, als wollte sie eine der aufgedruckten Aprikosen abpflücken, und schaute wieder in die Ferne. Ihre Lider glänzten feucht.

»Es ist zehn Jahre her. Damals bin ich ihm das erste Mal begegnet«, fing sie stockend an. »Ich war … sehr jung, sehr unerfahren. Für mich war er ein großer Mann, auch wenn sich das für Sie jetzt lächerlich anhört. Er war vierzig Jahre älter als ich und hatte in seinem Leben alles erreicht, was ihm wichtig war. Erfolgreicher Geschäftsmann, gewandt, angesehen, wohlhabend. Er verkehrte in den besten Kreisen, hatte stinkreiche Freunde, mit denen er auf Kunstauktionen und was weiß ich alles fuhr. Ständig war er auf tausend Einladungen, Vernissagen, Reisen. So einen Mann will jede haben.«

»Was für Geschäfte machte Ihr Mann?«, fragte Lilian, obwohl sie das schon wusste. Aber Frau Bormann machte den Eindruck, als würde ihr das Reden helfen.

»Er handelte mit Espressomaschinen. Verchromte Designerware, *der* Verkaufsschlager. Jede Hausfrau stellt sich inzwischen so ein Teil in die Küche. Wir verkaufen die Dinger ab fünfhundert Euro aufwärts, aber für zweitausend kriegen Sie auch was, no problem. Espresso per Knopfdruck, der cremigste Cappuccinoschaum, den Sie sich vorstellen können, so viele Tassen Sie wollen.«

Fast wurde Lilian neidisch. Bei ihrer eigenen Cappuccinomaschine musste sie für jede Tasse das Pulver gesondert nachfüllen, ausleeren, saubermachen, wieder von vorne.

»Unsere Maschinen sind einfach zu reinigen, problemlos nachzufüllen und sehen richtig geil aus«, führte Iris Bormann aus, als hätte sie Lilians Gesichtsausdruck richtig gedeutet. »Die Billigdinger kauft schon lang niemand mehr, der was auf sich hält. Mit dem Argument krieg ich jede Kundin.«

»Sie arbeiten mit?«

»In unserer größten Filiale bin ich die Chefin. Riesenkiste, die eine Hälfte voll mit Geräten, in der anderen hab ich einen Kaffeeausschank. Da bekommen Sie den tollsten importierten Kaffee weit und breit. ›Rolf's beste Bohne‹ nennt sich das Ding.« Sie machte eine wegwerfende Handbewegung. »Außerdem kann man Cappuccino- und Espressotassen kaufen, in tausend Größen, alles vom Feinsten, und allerhand Schöner-Wohnen-Schnickschnack für die Dame von Welt. Es gibt Tage, an denen ich die Ladies rauswerfen muss, weil sie nicht die Kurve kratzen.« Ein abfälliges Lachen. »Mein Rolf hat ein Gespür dafür, was die Frauen von heute brauchen. Die anderen Frauen.«

Mit zitternden Fingern griff sie nach ihrem Glas, trank es bis zum letzten Tropfen aus, hob den Arm und bestellte gleich wieder Nachschub. An den Hüften pluderten sich die Aprikosen ein wenig, als säßen dort winzige Pölsterchen, die da nicht hingehörten. Aber auch die störten ihre fast kindliche Grazilität nicht.

»Wie alt waren Sie, als Sie Ihren Mann kennen lernten?«

»Fast sechzehn.« Das ›fast‹ betonte sie.

»Wann haben Sie ihn geheiratet?«

»Mit achtzehn.«

»Ziemlich jung.«

»Alt genug.«

»Was haben Ihre Eltern dazu gesagt, dass Sie eine Beziehung zu einem so viel älteren Mann hatten?«

»Meine Eltern leben getrennt. Ich wuchs bei meinem Vater auf und der wusste das natürlich nicht. Was wohl die Nachbarn sagen und der ganze Scheiß!« Das spuckte sie geradezu aus. »Ich komm aus Altötting, der heiligsten Ecke ganz Bayerns. Als wir heiraten wollten, gab's zuerst ein Riesendrama. Aber dann hat mein Vater sich damit abgefunden. Besser, als durch die Gegend zu tingeln. O-Ton mein Alter.«

»Wieso tingeln?«

»Seit ich denken kann, wollte ich Schauspielerin werden. Davon hielt mein Vater nichts. Klar, wo schon meine Mutter als erfolglose Schauspielerin von Stadt zu Stadt tingelte und irgendwann auf Nimmerwiedersehen verschwand.« Iris Bormann warf den Kopf zurück. »Hab aber trotzdem das getan, was ich für richtig hielt und mich an der Schauspielschule in Burghausen beworben. Damals war ich siebzehn. Die Aufnahmeprüfung bestand ich mit Bravour und das erste Probesemester schaffte ich mit links.« Die Sterne in ihren Augen sprühten fast, aber auf einmal wurden sie wieder trübe. »Für meinen Vater war das alles nichts. Künstlerin, ha, sagte er, von was willst du bloß leben? So unrecht hatte er nicht.«

»Warum?«

»Es ist ein zermürbender Kampf, ein ewiges Besser-Sein-Wollen, nein, Besser-Sein-Müssen. Also brach ich meine Ausbildung ab und heiratete Rolf. Eine Woche nach meinem achtzehnten Geburtstag.« Sie breitete die Hände aus. Lilian zählte acht Goldringe, übersäht mit Brillianten, Rubinen und Saphiren. Im ersten Moment lenkte das Leuchten von den abgebissenen Fingernägeln ab. »Schauen Sie, wo ich gelandet bin. Wer kann sich das leisten? Im Frühling, Sommer, Herbst und Winter.«

»War Ihre Ehe glücklich?«

»Sind Sie verheiratet?« Ein schriller Ton, der ein Lachen sein sollte. »Ich bitte Sie, welche Ehe ist schon glücklich?«

»Es gibt Unterschiede«, sagte Lilian und bemühte sich, nicht an ihren Ex-Mann Stefan zu denken.

Iris Bormann schaute unruhig zur Rezeption. Die zuständige Dame telefonierte gerade. Noch angespannter blickte Frau Bormann zur Verbindungstür, die in die Bar führte, und zerquetschte eine der seidenen Aprikosen. Hässliche Falten blieben zurück. Ohne darauf zu achten, griff sie nach ihrer Handtasche, kramte herum, zog eine Pralinenschachtel heraus, riss den Deckel auf, steckte hastig zwei Konfektstücke in den Mund, kaute andächtig, entspannte sich halbwegs.

»Wollen Sie auch was?«

Lilian verneinte. Diese Frau gab ihr Rätsel auf. Sie produzierte Tränen so mühelos wie gleichgültige oder sogar abfällige Bemerkungen, als übte sie für die nächste Aufführung. Einmal Schauspielerin, immer Schauspielerin?

»Wie lange wollten Sie und Ihr Mann hier bleiben?«

»Drei Wochen. Warum?«

»Weil sein Schrank halb leer geräumt und eine Reisetasche voll mit Kleidung war.«

»Stimmt.« Sie runzelte die Stirn. »Ich hab mich auch gewundert, was das soll.«

»Wann haben Sie ihn zuletzt gesehen?«

»Gestern Abend, gegen halb neun. Nach dem Essen musste er noch mal weg. Er traf sich mit einem neuen Lieferanten für die Siebträgermaschinen. Mit denen, die wir im Sortiment haben, war er nicht mehr zufrieden.«

»Wo haben sie sich getroffen?«

»Irgendwo in der Nähe, Piombino sagte er.«

»Wissen Sie, wie der Mann heißt?«

»Nein. Rolf war da immer sehr vorsichtig. Solange nichts spruchreif war, gab er mir keine Informationen.«

Der Barmann brachte den lange ersehnten Martini. In weiser Voraussicht hatte er einen doppelten eingeschenkt. Iris Bormann bedachte ihn mit einem dankbaren Lächeln und trank gierig.

»Wann ist er zurückgekommen?«

»Keine Ahnung. Ich war bis eins an der Bar. Danach hab ich noch ein wenig im Fernsehen rumgezappt. Aber auf diesen italienischen Sendern läuft nur Schrott, außerdem, ich versteh' eh nichts.«

»Haben Sie nicht in sein Zimmer geschaut, als Sie zu Bett gegangen sind?«

Lauthals lachte Iris Bormann los. Sie bog sich so sehr, dass sie sogar etwas von ihrem kostbaren Getränk verschüttete.

»Hab ich was Lustiges gesagt?«

Sie beruhigte sich nur schwer. Ein weiterer Schluck half ihr. »Rolf wollte nie gestört werden, wenn er arbeitete. Und da er viel arbeitete, durfte ich ihn grundsätzlich nicht stören. Das war zu Hause nicht anders als hier.«

»Aber die Verbindungstür war doch nicht abgesperrt! Sie hätten einfach nachschauen können.«

»Warum denn? Er hatte nur Augen für seine Umsatzzahlen. Früher, ja, früher war das anders. Da hatte er auch Augen für mich, zeigte mich herum, bei seinen reichen Freunden. Die sammeln alle irgendwas, egal, ob Gemälde, alten Wein, antikes Zeug oder schöne Frauen«, erzählte sie halb geringschätzig, halb wehmütig. »Da hat er natürlich Eindruck gemacht. Ich war ja noch so jung.«

Lilian verkniff sich das ›blutjung‹, das ihr auf den Lippen lag. »Gestatten Sie mir eine Frage: Warum sind Sie überhaupt zusammen in den Urlaub gefahren, wenn Ihr Mann so wenig Zeit hatte?«

»Weil er mir einen Gefallen tun wollte. Weil ich viel arbeite und hin und wieder Erholung brauche. Weil er wusste, dass ich nie ohne ihn weg fahren würde.« Sie hob den Kopf und sah Lilian offen ins Gesicht. Die Sterne in ihren Augen fingen wieder zu tanzen an. »Weil er ein netter Mensch war. Der netteste, den ich je kennen gelernt habe.«

David und Simon bestanden darauf, dass Lilian sich auch nach dem Mittagessen noch ausruhte. Sie hatte keine Lust auf weitere Untätigkeit, aber der immer noch leicht geschwollene Fuß ließ ihr keine Wahl. Widerstandslos ließ sie sich von David zudecken, aber als er ihr eine Tasse Tee ans Bett brachte, protestierte sie lautstark.

»Übertreibst du nicht ein wenig? Ich brauche keinen Tee!« Sie warf ein Kissen nach ihm und gurrte: »Ich brauche dich!«

Grinsend kickte er seine Sandalen in die Ecke und schlüpfte in die alten Turnschuhe. »Da wäre der Herr Dottore sicher nicht einverstanden.«

»Weißt du, was mich dieser Dottore mal kann?« Sie sah ihm zu, wie er die Schnürsenkel band. »Machst du einen Spaziergang?«

»Ich geh zum Reiten.«

Sie schluckte. »Davon weiß ich ja gar nichts.«

»Simon und ich haben das verabredet.«

»Ihr habt also geheime Abmachungen?«

»Das war, als wir zu Alessandro gefahren sind, um dich abzuholen. In zehn Minuten muss dein Vater nach Castagneto Carducci, irgendeine Maschine abholen. Er hat mich gefragt, ob ich ihn begleiten will. Danach hab ich meine erste Stunde.«

Es fiel ihr schwer, ihn nicht anzufauchen. Sie hatte kein Problem damit, wenn David sich in seine Akten vergrub oder sich allein die Gegend anschaute, wenn sie im Bett bleiben musste. Aber Reiten fiel in eine andere Kategorie. In eine ganz andere.

»Ich wollte dich fragen, ob du auch mitmachen willst.« Er runzelte die Stirn. »Aber das hat sich im Moment ja leider erübrigt. Vielleicht morgen?«

Sie sagte nichts, drehte sich nur um und starrte die Wand an.

David berührte sie an der Schulter. »Bist du sauer?«

»Nur müde«, log sie. »Das war doch ziemlich anstrengend. Geh nur. Ich schlaf ein bisschen.«

»Bis später.« Er küsste sie sanft auf die Haare und ging hinaus.

Als die Tür zufiel, merkte sie, dass sie zitterte.

13

Schwere Schritte über ihr. Vorwärts, rückwärts, andere Richtung, innehalten, weiter. Murmeln, wieder Schritte. Ob das Lilians Vater war? Warum saß er nicht mit David im Auto, auf dem Weg nach Castagneto Carducci? Vorhin hatte Lilian gehört, wie ein Wagen weg gefahren war. Ob das die beiden waren? Egal, sie würde tun, was sie sich vorgenommen hatte.

Sie setzte sich auf, schwang die Beine aus dem Bett und belastete den linken Fuß. Obwohl es noch ziepte, ging es erstaunlich gut. Ob sie auftreten konnte? Sie konnte. Langsam stand sie auf und hinkte zur Verandatür. Sie wollte nicht durchs Haus gehen und womöglich jemanden treffen, der ihr dumme Fragen stellte.

Draußen lehnte ein Stock an der Mauer. Den hatte Lilian schon gestern gesehen, einer der Landarbeiter musste ihn dort vergessen haben. Sie schnappte ihn sich, stützte sich auf und humpelte weiter. Es klappte besser als gedacht.

Sie kannte den Weg. Fiorella hatte ihr bereits bei der Ankunft erklärt, wo die Pferde zu finden seien. Vorsichtig bahnte sich Lilian ihren Weg durch ein lichtes Kastanienwäldchen. Man hatte die Bäume in großzügigem Abstand gepflanzt, sodass die Sonnenstrahlen auch in die verborgensten Winkel gelangten. Überall sprossen Farne und frisches Gras, eine weiche Moosschicht bedeckte den Boden, Flechten wucherten auf abgebrochenen

Ästen, Baumstümpfen und vereinzelt herumliegenden Steinen. Der leichte Wind, der hier in den Bergen immer wehte, spielte um Lilians nackte Beine. Sie liebte es, wenn die Temperaturen so lau waren, dass sie ohne Socken in den Schuhen laufen konnte.

Auf einmal hörte sie lautes Wiehern. Sie pirschte sich an den Rand des Waldes. Ein riesiges Gelände erstreckte sich vor ihr: Pferdekoppeln und saftige Wiesen, umgeben von Zäunen, die aus von Hand bearbeiteten Holzpflöcken gefertigt waren, ein Wasserteich als Tränke, hin und wieder ein knorriger Olivenbaum oder eine Zypresse als Schattenplatz für die Pferde. In der Nähe des Schotterweges, der vom Haus herführte, lag ein langgestrecktes Gebäude, vermutlich die Sattelkammer, davor ein überdachter Unterstand, wo Satteldecken zum Trocknen hingen. Dahinter befand sich ein abgezäuntes Rechteck für den Reitunterricht. Auf Italienisch nannte man diesen Reitplatz Rettangolo, wie Lilian den Gesprächen am Tisch entnommen hatte.

Die Herde bestand aus etwa zwanzig Pferden. Edle Tiere mit glänzendem Fell und hohem Schultermaß, Füchse oder Braune, wie es für die maremmanische Rasse typisch war. Als Lilian näher kam, hoben sie die Köpfe, zogen die Luft durch die Nüstern ein, schnaubten, dann grasten sie zufrieden weiter. Kein Feind, der ihnen gefährlich werden konnte. Lilian setzte sich vor einen der großen Strohballen in der Nähe des Unterstandes und betrachtete die friedliche Schar. Sie wusste, dass sie noch Zeit hatte, so schnell kamen David und ihr Vater nicht zurück. Niemand würde sie hier entdecken.

Lilian fühlte, wie das Stroh ihre Haut piekste, und atmete den vertrauten Geruch ein. Dumpf, staubig und gleichzeitig seltsam frisch, ein Duft nach Kindheit. Irgendwann blieb ein einziges Gefühl zurück: das einer tiefen Ruhe.

War ihr Vater deshalb hierher gekommen? Um mit sich ins Reine zu kommen und die Vergangenheit zu vergessen?

Am Abend gab es Pesce. In der Toskana versteht man darunter nicht nur Fisch, sondern Meeresfrüchte aller Art. Als erste Vorspeise hatte Fiorella eine Fischsuppe gezaubert, danach gab es Spaghetti alle Vongole und als Hauptgericht in Olivenöl gebratene Sardinen und überbackene Miesmuscheln. Natürlich trank man den schweren Weißwein dazu.

Die Stimmung war nicht so gelöst wie sonst. Eine unerklärliche Spannung schien in der Luft zu liegen. Zuerst dachte Lilian, es läge am Gesprächsthema, das, wie zu erwarten, nach wie vor um die Leiche in Alessandros Hotel kreiste. Aber dann fing sie diese Blicke auf. Blicke, die sie von früher kannte. Nur am heutigen Abend schwirrten sie nicht von ihrem Vater zu ihrer Mutter, sondern zu Fiorella.

»Gibt es schon neue Indizien?«, erkundigte sich ein Gast mit dezenter Goldrandbrille und sonorer Stimme, dessen Namen Lilian vergessen hatte. Sie wusste nur, dass er Direttore des Archäologischen Museums in Piombino war und oft zum Abendessen kam.

»Wie man hört, soll es sich um organisiertes Verbrechen handeln«, warf ein spindeldürrer Banker aus dem Tessin in die Runde und ließ seinen Adamsapfel auf und nieder wandern.

»Im Moment ist es zu früh, um sich zu irgendwelchen

Spekulationen hinreißen zu lassen«, antwortete Simon auf seine gewohnt knappe Art und schickte dem Direttore einen dieser Blicke, die Lilian unruhig machten.

Der Direttore merkte nichts davon und widmete sich seinen Spaghetti mit Venusmuscheln. »Hervorragend, Fiorella, wie immer einfach nur gran-di-os! Wenn du nicht schon mit Simone verheiratet wärst, würde ich dich nur für deine Pasta zum Traualtar schleppen.«

Fiorella neigte graziös den Kopf, Simon machte mit finsterem Gesicht eine Bemerkung über die Tücken der Ehe, Pasta hin oder her, und alle lachten. Die erste Flasche war fast leer, Simon stand auf und holte eine zweite.

Der Schweizer Banker hob sein Glas und ließ sich vor allen anderen nachschenken. »Das ist eine organisierte Bande, was sonst? Mal Hand aufs Herz, Simone: Wer knallt schon mit Absicht einen deutschen Urlauber ab? Schließlich sind wir doch froh, dass wir sie haben. Ihr in Italien genauso wie wir in der Schweiz.«

Er lachte scheppernd, erntete aber nur betretenes Schweigen seitens der Gäste und indigniertes Kopfschütteln von Fiorella, dann ein unerwarteter Scherz aus der Ecke des Direttore und allgemeine Erleichterung. Wie es schien, wollte sich keiner nachteilig über die deutschen Touristen äußern, wenn einige davon am Tisch saßen.

Fiorella flüsterte Lilian zu, der Schweizer sei ebenso bekannt für seine schlechten Manieren wie für seinen hemmungslosen Alkoholkonsum. Schon vor dem Essen habe er kräftig getrunken und jedes Mal, wenn er abreise, nähme er zehn Kartons Rotwein mit. Aber Geld entschuldige eben nicht alles. Lilian übersetzte für David, der nur die Hälfte verstand.

Die Hauptspeise wurde aufgetragen. Simon schenkte Wein nach und lobte die Muscheln. Mit Tomaten und viel Knoblauch überbacken, waren sie sternförmig auf einer großen Platte angeordnet. Wie man erfuhr, war auch dieses toskanische Gericht eine leicht abgewandelte Création à la Fiorella.

»Fiorella ist die beste Köchin weit und breit«, schwärmte der Direttore mit glänzenden Augen. »Ich muss gestehen, ich komme nur ihretwegen.« Schnell fügte er hinzu: »Und da bin ich sicher nicht der Einzige.«

Beifälliges Gemurmel an der langen Tafel, an der heute an die zwanzig Leute Platz gefunden hatten.

»Ich koche gerne für Besucher, denen es schmeckt«, sagte Fiorella bescheiden, nestelte am großzügigen Dekolleté ihres apricotfarbenen Kleides, das Lilian noch nie an ihr gesehen hatte, und prostete dem distinguierten Herrn zu. Wieder einer dieser Blicke, die Lilian kannte. Fiorella würzte ihn mit dem gleichen koketten Augenaufschlag wie Lilians Mutter.

»Der Direttore ist einer unserer Stammgäste«, sagte sie leichthin. »Jedes Mal, wenn er sich anmeldet, forsche ich in meinen Geheimrezepten. Einem so geschätzten Freund kann ich schließlich nicht immer das gleiche Essen anbieten.«

Simon starrte in sein Weinglas, leerte es und goss großzügig nach. Der Wein schwappte über.

»Darauf kannst du dir was einbilden, alter Freund«, sagte er dumpf und trank einen großen Schluck. »Meine Liebste ist im Allgemeinen sparsam mit Freundlichkeiten dieser Art.«

»Trink nicht so schnell«, raunte Fiorella ihm zu und lachte in die Runde.

»Ich trinke so schnell, wie es mir passt«, knurrte Simon so laut, dass es jeder hören konnte. Er orderte eine neue Flasche. Marias Vertretung brachte sie prompt.

»Warum ist Maria heute nicht da?«, erkundigte sich eine brünette Schönheit mit schwerem Goldschmuck, offensichtlich auf der Suche nach einem unverfänglichen Thema. An ihrem breiten Akzent erkannte Lilian, dass sie aus Venetien stammte.

Fiorella erklärte, Marias Bruder sei immer noch verschollen.

»Der steckt in den Bergen«, vermutete Simon. »Treibt sich mit seinen Kumpels rum. Die schießen auf alles, was ihnen vor die Flinte kommt. Dieser schmierige Puzzo, der Chef der Carabinieri, hat die schon oft erwischt, tut aber nichts. Ich schätze, für den fällt auch das eine oder andere Wildschwein ab.«

»Das heißt, sie wildern?«, vergewisserte sich der Schweizer.

»Wer tut das nicht?« Eine rein rhetorische Frage aus dem Mund des Direttore. »Gehört zum guten Ton in unserer Gegend.«

Man nickte einstimmig und diskutierte heftig, wie der Staat gegen diese Unart vorgehen könne, gelangte aber zu keiner Einigung.

»Es ist schwer, den Kerlen das Handwerk zu legen«, warf Simon ein. »Die kennen die Berge wie ihre Westentasche.«

»Ein übles Pack«, stimmte der Direttore zu und schien selbst erstaunt über die plötzliche Eintracht zwischen ihm und Simon zu sein.

»Wie haben Sie sich heute den Tag vertrieben?«, fragte die geschmückte Schöne aus Venetien ihre Tischnachbarin Lilian, offenbar wieder bemüht, das Gespräch in eine andere Richtung zu lenken.

»Ich war beim Joggen«, antwortete Lilian. »Und Sie?«

»Ich wollte mir die etruskischen Gräber anschauen. Aber dann bin ich doch nach Cecina zum Shoppen gefahren.«

»Schlechte Wahl«, verkündete der Direttore, als wäre damit alles gesagt. Seine galante Art sparte er sich für Fiorella auf.

»Wie meinen Sie das?«, fragte Lilian irritiert.

»In den Bergen zwischen Baratti und Piombino gibt es ein wahres Eldorado an alten Gräbern aus der Etruskerzeit«, sagte der Museumsdirektor mit der Aura eines Oberlehrers. »Manche dieser Gräber wurden geöffnet und der Öffentlichkeit im Archäologischen Park von Baratti zugänglich gemacht, das Gebiet liegt gleich hinter dem Golfo di Baratti. Diese Nekropolen sind sehr interessant, auch für Touristen.«

»Was versteht man darunter?«

»Es handelt sich um Bestattungszentren, ein antiker Friedhof sozusagen.«

»Also historische Gräber?«, vergewisserte sich der Banker.

Der Direttore ignorierte ihn und wandte sich weiter an Lilian. »Wir reden von den letzten sechs, sieben Jahrhunderten vor Christus.«

Auf einmal war es still am Tisch, das Thema schien alle zu interessieren.

»Es ist unvorstellbar schwierig, in diesem unwegsamen Gelände die vielen noch verborgenen Gräber ausfindig zu machen und freizulegen«, fuhr der wichtige

Mann aus dem Museum fort. »Sie liegen mitten im Wald, oft unter Sandbergen oder Eisenverhüttungsschlacken verborgen, die noch aus der Etruskerzeit stammen. Die muss man dann mühevoll abtragen, eine langwierige und teuere Angelegenheit. Aber es lohnt sich, aus archäologischer Sicht allemal. Unglaublich, was für Grabbeigaben man im Laufe der Jahre gefunden hat. Ein wahres Eldorado für jeden Spezialisten.«

»Bronzewerkzeuge, Haushaltsgeräte, Waffen, Schmuckgegenstände, wertvolle Vasen aus Bucchero«, zählte Fiorella auf und lächelte ihn an.

»Das ist eine schwarz glänzende Keramik, wie man sie auch aus Griechenland kennt«, ergänzte der Direttore. »Deshalb nennt man diese Zeit die hellenistische Periode.«

Lilian übersetzte für David, der immer weniger verstand zwischen dem Gläserklirren und Tellergeklappere, und Simon füllte die Gläser nach. Inzwischen war man an diesem Ende der Tafel bei der vierten Flasche Wein angelangt.

»Die Etrusker hatten eine unvorstellbar hochentwickelte Kultur«, sagte Fiorella mit vor Stolz vibrierender Stimme. »Sie kannten schon damals die Kunst der Eisenverhüttung und schufen viele Metallverarbeitungszentren.«

»Populonia zum Beispiel ist heute ein kleiner Ort am Ende des Golfs von Baratti«, fuhr der Direktor eifrig fort und rückte seine Brille gerade. »Damals aber war es die eigentliche Hauptstadt dieser Region. Am Fuße des Berges, auf welchem heute das Castello von Populonia steht, befand sich ein riesiger Hafen. Jetzt gibt es da nur noch diesen winzigen Fischerhafen, doch damals muss das eine unvorstellbar große Anlage gewesen sein.«

Lilian kannte diesen Hafen. Dort waren sie und Angelina dem hilfsbereiten Claudio begegnet.

Der Direttore machte eine Pause und Fiorella übernahm das Wort, als wären sie ein eingespieltes Team, bei dem jeder wusste, wann sein Einsatz kam.

»Auf dem Hügelplateau, wo im Mittelalter die Burg errichtet wurde, gab es in der Etruskerzeit eine Villa neben der anderen. Dort oben lebten die angesehenen Familien, die durch die Eisenverhüttung reich geworden waren. In den Bergen dahinter befand sich das eigentliche Metallverarbeitungszentrum, große Schmelzöfen in weitläufigen Arealen. Von dort aus wurde der ganze Mittelmeerraum auf dem Seeweg beliefert.«

»Fiorella weiß, wovon sie spricht«, warf Simon bissig ein, leerte sein Glas und schenkte sofort nach. »Immerhin ist sie Nachfahrin dieses großen Volkes. Wisst ihr, dass die Etruskerinnen sich ihre Männer selbst aussuchten? Manchmal mehrere auf einmal.«

»Du übertreibst, mein Lieber.« Fiorella strich ihre Lockenpracht zurück und lächelte gelassen. »Tatsache ist, dass die Etruskerinnen nie den Namen ihres Mannes annahmen, weil sie darauf bestanden, ihren Kindern den eigenen Namen zu geben. So wurde es vermieden, dass dem Mann ein falsches Kind untergejubelt wurde. Eine Geste der gegenseitigen Achtung.«

»Diese Tradition haben die Italiener von den Etruskern übernommen«, warf die schöne Dame aus dem Veneto ein. »Noch heute behalten die Italienerinnen ihren Nachnamen, wenn sie heiraten.«

»Praktische Angelegenheit«, bemerkte Simon und füllte wieder sein Glas fast bis zum Rand. »So kommt es zu keinen Komplikationen, wenn sie sich scheiden lassen.«

Fiorella verzichtete auf eine Antwort und bat Simon wieder, diesmal hinter vorgehaltener Hand, nicht so viel zu trinken. Er quittierte diese Bitte, indem er bei Marias Vertretung eine weitere Flasche in Auftrag gab.

Die Nachspeise kam. Lilian biss in den Butterkuchen mit karamellisierten Mandelblättchen und registrierte wieder einen dieser Blicke, die sie aus ihrer Kindheit kannte. Dieser war sehr nachdenklich, ruhte auf Fiorella und kam aus der Richtung des Direttore.

»Es tut mir in der Seele weh ...«, fing er an, biss sich auf die Unterlippe und redete schnell weiter. »Für mich ist es fürchterlich, jeden Abend mit dem Wissen ins Bett zu gehen, dass es da noch Hunderte von unentdeckten Grabanlagen gibt. Sie warten nur darauf, ausgegraben zu werden. Aber der Staat hat kein Geld.«

»Gibt es nicht auch in Populonia ein Museum, wo man solche Grabbeigaben bewundern kann?«, fasste die Frau aus Venetien nach.

Der Mann aus dem Museum nickte. Die beiden unterhielten sich angeregt, während die allgemeine Aufmerksamkeit abdriftete. Ein österreichischer Gast fragte Simon nach seinen Erfahrungen bei den Bouteri, den berittenen Rinderhirten aus der Alta Maremma. Lilians Vater hatte dort zwei Jahre lang gearbeitet, sich ihren Reitstil angeeignet und auf seine eigene Art weiter entwickelt. Inzwischen war er in der ganzen nördlichen Maremma bekannt für seinen eigenwilligen, natürlichen Umgang mit den Pferden und wurde zu internationalen Symposien eingeladen.

Lilian stupste David in die Seite. »Du hast gar nichts von deinen heutigen Reiterfahrungen erzählt.«

»Und du hast nichts gefragt«, versetzte er. »Komm doch morgen mit. Es ist wirklich was Besonderes.«

Sie entgegnete nichts und nahm den Espresso in Empfang, den ihr Marias Vertretung anbot.

David sah Lilian lange an. »Ihr seid euch ähnlich«, sagte er schließlich leise.

»Wer?«

»Du und dein Vater.«

»Inwiefern?«

»Ihm ist das Thema genauso unangenehm wie dir. Wahrscheinlich werde ich nie erfahren, warum du nicht mehr reitest.«

Sie leerte ihre Tasse und sprang auf. Ihr Fuß nahm es ihr inzwischen nicht mehr übel. »Kommst du?«

»Wohin?«

»Nach draußen.«

»Wozu?«

»Sternschnuppen suchen.«

»Im Mai sieht man keine Sternschnuppen.«

»Dann eben Sterne zählen.« Sie lachte über sein pikiertes Gesicht. »Wissen Sie was, Herr Anwalt? Ein bisschen mehr Phantasie stünde Ihnen gut.«

14

Sie hatten sich geeinigt, noch einmal einen richtig faulen Tag einzulegen. Lilians Fuß ging es zwei Tage später zwar schon wieder blendend, aber wozu war man schließlich im Urlaub? Friedlich am Meer liegen, lesen, Strandball oder Boccia spielen, irgendwo ein Eis schlecken und nach Schinken und Käse duftende Tramezzini verspeisen, später gemütlich durch eines der pittoresken Städtchen spazieren, die sich an so viele malerische Hügel schmiegten, den Tag vertrödeln. Hauptsache, sie waren zusammen. Die vergangene Nacht war aufregend genug gewesen. Sie hatten sich wieder mit dieser unerklärlichen Hingabe geliebt, die Lilian jedes Mal von neuem staunen ließ. Irgendwann schliefen sie Arm in Arm ein, trunken vom Geruch des anderen, trunken von dieser berauschenden Nähe.

Nach dem Frühstück verließen sie ›Il Vigneto‹ und fuhren durch das Val di Cornia Richtung Meer. Das Flüsschen Cornia plätscherte sanft das Tal entlang, die kurvige Straße wand sich über grüne Hänge, die unter den Macchia-Wäldern verschwanden. Es ging hinauf und hinunter, an einem Steinbruch vorbei, durch die winzige Ortschaft Sassetta. Gleich außerhalb, an einer öffentlichen Wasserstelle auf dem Weg nach Castagneto Carducci, pumpten zwei italienische Familien unter allerhand Gelächter und Unterhaltungen Wasser in ihre Plastikkanister. Irgendwo ein paar hundert Meter weiter hielt David, weil er am Straßenrand einen Berg schwarzweiß gemusterter Stacheln entdeckt hatte: die Reste eines Stachelschweins. Er schenkte die eine Hälfte Lilian und steckte den Rest als Andenken ein.

Am Strand von San Vincenzo, ihrem ersten Ziel, herrschte zu großes Gedränge. Sie fuhren weiter, suchten an der Costa degli Etruschi am Rand eines langen Pinienstreifens einen Parkplatz und pilgerten zum Strand. Doch dort wehte eine kalte Brise, denn in der Nacht war Wind aufgekommen. So kam man überein, ein Stückchen weiter zu fahren, um sich am geschützten Golfo di Baratti ein Plätzchen zu suchen.

Unweit von Alessandros Hotel parkten sie auf dem zentralen Platz des verschlafenen Weilers, der aus einer Handvoll Häuser, zwei Kneipen und drei staubigen Straßen bestand. Davor ein Pinienwald, in den man sich über die Mittagszeit zurückziehen konnte, und dahinter die blaue Bucht. Besser als im Katalog, denn da erschlugen sich die Urlauber förmlich mit ihren Strandmatten und Sonnenschirmen. Um diese Jahreszeit gab es noch keine Kämpfe um die besten Plätze in vorderster oder hinterster Linie, je nachdem, ob man Wind oder sengende Hitze bevorzugte.

Sie breiteten ihre Handtücher aus, cremten sich gegenseitig den Rücken ein und wärmten sich in der Sonne auf. David hatte seine Unterlagen im ›Vigneto‹ gelassen und dafür einen Reiseführer mitgenommen. Irgendwann zeigte er Lilian, die in ihrem Krimi schmökerte, das Foto einer Burganlage mit auffälligen Zinnen und einem Wehrturm in der Mitte.

»La Fortezza di Populonia«, las er vor. »›Die Festung von Populonia wurde im Mittelalter errichtet, auf dem

Gebiet der ehemals bedeutendsten Handelsmetropole der etruskischen Hochkultur an der Küste.‹ Ist das nicht die Burg, die man da hinten auf dem Plateau sieht?«

»Klar. Da wär ich gestern fast vorbei gejoggt, wenn ich nicht so blöd umgeknickt wäre.«

»Sport ist eben doch Mord.«

»Wie schaffst du das eigentlich, so schlank zu bleiben?«, entrüstete sich Lilian. »Wo du nur hin und wieder ein paar langweilige Akten durch die Gegend stemmst.«

»Nicht nur.« Seine Finger wanderten ihre Wirbelsäule hinab.

»Das zählt nicht.« Sie gab ihm einen Kuss und wollte sich wieder ihrem Buch widmen. »Außerdem hat dieser wichtige Museumsdirektor gestern Abend von Populonia erzählt, weißt du nicht mehr?«

»Ich weiß sogar noch, dass es dort eine Privatsammlung mit allerhand Fundstücken aus diesen alten Gräbern geben soll.«

»Wie wär's, hast du Lust auf Kultur?«

»Von da oben hat man sicher einen sagenhaften Ausblick.« David schirmte mit der Handfläche die Augen ab. »Bis nach Elba, wetten? Sollen wir später rauf fahren und dort unser Eis schlecken?«

Ein schwarzhäutiger Strandverkäufer schlenderte vorbei und pries Schmuck aus Ebenholz, Kokos, Perlen und bunte Sonnenkäppis an. Lilian wies ihn höflich ab, sie unterhielten sich kurz, er wanderte weiter. Ein deutsches Pärchen neben ihr und David schauten schnell weg und taten so, als wäre der Mann nicht vorhanden, was ihn umso hartnäckiger stehen bleiben ließ. Schließlich gab er doch auf und schlurfte davon, während das Paar sich lautstark über fremde Länder und noch fremdere Sitten ausließ. Ein paar Handtücher weiter fing eine Italienerin in knappem Bikini und mit schreiend rot lackierten Fingernägeln mit dem Strandverkäufer zu handeln an. Sie wollte drei Ketten und ein Armband zu einem besonders günstigen Preis, aber der Schwarze bestand auf der ursprünglich genannten Summe und machte nur sehr widerstrebend kleine Zugeständnisse. Zwei braungebrannte Männer unter einem gelb-weiß-gestreiften Sonnenschirm standen auf, kamen dazu, besahen sich die Käppis und berieten ungefragt die Dame, die sich das gerne gefallen ließ. Jetzt drückte sie umso zielstrebiger den Preis, mit dieser unerwarteten Verstärkung im Rücken. Irgendwo in der Mitte einigte man sich schließlich, Geld und Ware wurden getauscht, der Händler wanderte zufrieden weiter, die Frau steckte mit Siegermiene den Schmuck ein und die Männer zogen sich wild gestikulierend unter ihren Schirm zurück.

»Und später, nach dieser vielen Kultur«, fing David an, als wieder Ruhe eingekehrt war, nur unterbrochen vom Rauschen der an den Strand klatschenden Wellen und entferntem Kindergeschrei, »zeige ich dir, was *ich* unter Sport verstehe.«

»Du hast doch heut sowieso noch eine Reitstunde.«

»Bloß kein Stress«, murmelte er und zog sie an seine Brust. »Am besten, wir legen uns vorher in unser gemütliches Bettchen. Zum Ausruhen, natürlich nur.«

Sie zupfte an seinen Brusthaaren herum und kuschelte sich so dicht an ihn, wie die Hitze des Tages es zuließ.

Ein Stunde später brauchte Lilian dringend einen Cappuccino, während David lieber am Strand liegen bleiben und ein Nickerchen machen wollte. Also packte sie ihre Tasche, kämpfte sich über den inzwischen brennend heißen Sand zur Treppe, stieg hinauf und fand sich vor einer verschlossenen Tür wieder. ›Chiuso: Mercoledì‹ stand auf dem Schild über der Kette, mit dem die erste Bar versperrt war. Auch das zweite Lokal war geschlossen, dieses wegen der fälligen Frühjahrsrenovierung. Wo bekam sie jetzt bloß ihren Cappuccino her? Ihr Blick fiel auf Alessandros Hotel, das nur ein paar hundert Meter entfernt lag. Sie überlegte nicht lange und ging los.

In den Außenanlagen des Hotels schwirrten immer noch Polizisten mit Plastik- und Papiertütchen herum und verunsicherten die Gäste, aber in der Halle war es ruhig und kühl. Alessandro war überglücklich, als er sah, wie leichtfüßig Lilian wieder herumspringen konnte, und lud sie auf einen Cappuccino ein. Sie nahm gerne an und trank ihn an einem der Pools, der wie ein blauer Spiegel in der Sonne glänzte. Alle Liegestühle waren belegt. Ein paar der Gäste hoben neugierig die Köpfe, wohl um sich zu vergewissern, ob der gutaussehende, geschäftstüchtige Herr des Hauses auch Herr der Lage war. Der entschuldigte sich bald bei Lilian, da ihn leider die Pflicht rufe. Er habe immer noch keine neue Assistentin gefunden, die ihn entlastete.

Lilian saß im Schatten und dachte an David. Ob er schon wieder wach war? Sie konsultierte die Armbanduhr. Vor einer halben Stunde war sie aufgebrochen, langsam wurde es Zeit. Sie stand auf.

Da tauchte eine schmale Gestalt in einem luftigen Etwas ganz in Rot neben ihr auf.

»Guten Morgen«, sagte Angelina. »Wie geht's deinem Fuß?«

»Bestens.« Einen Moment lang war Lilian erstaunt über das vertrauliche ›Du‹, aber dann setzte sie hinzu: »Dank deiner Hilfe. Hab ich mich überhaupt schon gebührend bedankt?«

Angelina winkte ab und zeigte auf die leere Tasse. »Du bist fertig?«

»Ja, ich muss leider zurück. Mein Freund wartet auf mich.«

»Ich begleite dich«, bot Angelina an. »Ich wollte sowieso einen Strandspaziergang machen.«

Sie hakte sich bei Lilian unter. Es war eine selbstverständliche Geste, als würden sie sich seit Jahren kennen. Seltsamerweise hatte Lilian genau dieses Gefühl bei der zerbrechlich wirkenden Frau neben sich.

Als sie an den Tischen vorbeigingen, zog Angelinas knapper Bikini unter dem durchscheinenden Dreieckstuch aus Crepe de Chine alle Blicke auf sich. Aber es schien sie nicht zu beeindrucken. Offenbar war sie daran gewöhnt.

»Ein schöner Ort, um Urlaub zu machen«, sagte Angelina, als sie über den Trampelpfad an der Küste schlenderten.

»Du sagst das so, als wärst du nicht besonders glücklich über diesen Umstand.«

»Du meinst, weil ich alleine hier bin?« Ein verschwommenes Lächeln. »Das macht mir nichts aus. Im Gegenteil, ich bin gerne alleine.«

»Ich auch.«

»Du bist doch mit deinem Freund hier, dachte ich.«

»Das schon. Aber es ist wichtig, dass jeder seine eigenen Bereiche hat«, sagte Lilian und dachte an ihren Ex-Mann.

Auf einmal merkte sie, dass sie und Angelina im Gleichschritt gingen. Ein angenehmes Gefühl, einen gemeinsamen Rhythmus zu finden, ohne ihn zu erzwingen.

»Wie lange seid ihr zusammen?«, fragte Angelina.

»Seit einem Jahr.« Lilian lachte unbekümmert. »Davor war es schwierig, ein ewiges Hin und Her, damit nur ja keiner dem anderen zu nah kam. Aber jetzt fühle ich mich wohl.« Sie überlegte. »Nein, viel mehr. Seit David und ich ein Paar sind, habe ich das erste Mal in meinem Leben das Gefühl, jeden Tag reicher zu werden. Egal, was wir tun, es ist immer etwas Besonderes. Da ist auf einmal ein unglaublicher Hunger nach Leben in mir, ich entdecke meine Sinnlichkeit. Etwas völlig Neues für mich.«

Sie staunte über sich selbst. Wie kam sie nur dazu, vor dieser fast Fremden über ihre innersten Gefühle zu reden?

»Früher war ich verheiratet«, fuhr sie fort. »Mein Ex machte sich an meine damals beste Freundin heran. Also misstraute ich allen Männern. Aber in diesem Jahr mit David habe ich wieder Vertrauen gefasst. Mit jedem Tag liebe ich ihn mehr – und ihm geht es genauso.«

»Wie schön.«

Hoffnung, Verzweiflung, unstillbare Sehnsucht – all das und noch viel mehr schwang in diesen zwei einfachen Worten mit. Überrascht wandte Lilian den Kopf und schaute Angelina an. Sie hatte Tränen in den Augen. Einem Impuls folgend blieb Lilian stehen und umarmte die junge Frau. Sie selbst war mit ihren sechsunddreißig Jahren sicher acht, neun Jahre älter als Angelina und hätte deren große Schwester sein können. Lilian hatte genug eigene bittere Erfahrungen gemacht und wusste, wie wertvoll das Verständnis eines Freundes war. Auf einmal fühlte sie, wie sich etwas in Angelina öffnete. Da war eine tiefe, alte Wunde in ihr, strahlte aus nach allen Seiten, berührte auch Lilian und brachte in deren Innersten etwas zum Klingen, was Lilian nicht kannte und trotzdem lähmte. Ein Schmerz durchzuckte sie, der kaum auszuhalten war. Sie taumelte.

»Liebe ist gemeinsam überwundenes Leid«, flüsterte Angelina mit erstickter Stimme.

Lilian blinzelte und wusste auf einmal nicht mehr, wer sich an wem festhielt.

»Das hab ich mal irgendwo gelesen«, sagte Angelina in plötzlich verändertem Ton, als wäre das Erklärung genug, und ging einfach weiter.

Immer noch perplex folgte Lilian ihr. Dieses Mal hängte sie sich bei der Jüngeren unter und rätselte, warum ausgerechnet Angelina, diese hübsche, junge, für Männer so anziehende Frau auf einmal so traurig geworden war.

Ein warmer Wind wehte das Salz und die fröhlichen Kinderstimmen vom Meer herüber. In der Ferne hörte man das leise Rauschen der Brandung. Auf der vom Strand abgewandten Seite sah man die grünen, sanft gewellten Berge, in denen die alten Gräber der Etrusker zu finden sein mussten.

»Ist es nicht herrlich hier?«, fragte Lilian, obwohl sie keine Antwort erwartete. »So stelle ich mir den Himmel vor.«

»Wenn ich sterbe, möchte ich hier begraben werden«, sagte Angelina leise. »In diesen Hügeln dort, wo die Meeresbrise die Blumen streichelt. An einem Platz, von dem aus man das Wasser sehen kann.«

»Du bist zu jung, um vom Sterben zu reden.«

»Man ist nie zu jung, um vom Sterben zu reden.«

»Als Polizistin müsste ich das eigentlich wissen.«

Diesmal blieb Angelina stehen und schaute Lilian neugierig an. »Du bist Polizistin? Das wusste ich gar nicht.«

»Tja.« Lilian lachte. »In der Regel mache ich mir keine Freunde, wenn ich erzähle, was ich arbeite. Mein Beruf ist fast so schlimm wie Leichenbestatter.«

Sie gingen weiter.

»Du bist gerne am Meer?«, fragte Lilian.

»Ich liebe es. Dort bin ich aufgewachsen.«

»Wo kommst du her?«

»Von weit her. Und du?«

»Von noch weiter.«

Sie lachten gemeinsam.

Angelina überlegte. »Stimmt wohl eher nicht. Ich komme aus dem Norden Deutschlands. Deiner Aussprache nach zu urteilen, bist du im Süden groß geworden.«

»Am Chiemsee, im schönen Bayern«, bestätigte Lilian. »Inzwischen lebe ich aber in Regensburg.«

»Wie der Tote.«

»Welcher Tote?«

»Na, dieser ... Geschäftsmann. Der im Hotel erschossen wurde.« Sie schluckte. »Seine arme Frau. Es ist so ... entsetzlich.«

»Bormann kommt aus Regensburg?«, wiederholte Lilian überrascht. »Das wusste ich nicht!«

»Auch Polizistinnen können nicht alles wissen.«

»Stimmt. Sonst wären sie Hellseherinnen und bald arbeitslos.«

Eine Weile schwiegen sie.

»Kanntest du ihn?«, fragte Lilian.

»Wen?«

»Rolf Bormann.«

»Nein.« Angelina schüttelte den Kopf. »Nur flüchtig, wie man sich als Gast eben kennt. Ich bin erst am Montag angekommen.«

»Woher kommt dann dein Mitleid für seine Frau?«

»Weil es schlimm ist, wenn ein Mann stirbt und seine Frau allein lässt. Weil es immer schlimm ist, wenn jemand stirbt, egal wer. Es ist so ... endgültig. Auf einmal ist alles zu spät. Kein Wort kommt mehr an, kein Gedanke, einfach nichts. Der Tod verändert alles und nichts.«

»Du kennst dich gut aus mit dem Tod.«

»Ich habe an vielen Gräbern gestanden.« Angelina starrte in die Ferne, aber Lilian hätte schwören können, dass sie nichts wahrnahm. »Irgendwann hat jeder viele Gräber zu besuchen.«

15

David hielt schon Ausschau nach Lilian. Sie stellte ihm Angelina vor und erklärte, woher sie sich kannten. Er reichte Angelina die Hand, sie drückte sie. Eine Spur zu lange.

Ein braungebrannter Italiener mit beneidenswertem Waschbrettbauch joggte vorbei. Als er schon ein paar Meter weiter war, drehte er sich noch einmal um, winkte Angelina und rief etwas, was Lilian nicht verstand. Die Jüngere antwortete in ihrem ausgezeichneten Italienisch, warf den Kopf zurück und lachte kokett.

»Ein Bekannter«, sagte sie. »Er vermietet Tretboote am Strand.«

»Unglaublich«, jammerte David. »Jeder Touri hier versteht die Landessprache. Nur ich nicht!«

»Keine Sorge«, beruhigte ihn Angelina und berührte wie zufällig seinen Arm. »Das gehörte zu meiner Ausbildung als Eurosekretärin.«

»Wo war die?«

»In Baden-Baden.« Ein lasziver Augenaufschlag, der eindeutig David galt.

»Ich dachte, du kommst aus Norddeutschland?«, erinnerte sich Lilian leicht irritiert.

»Wir sind umgezogen, als ich sechs war. Zuerst nach Mainz, dann nach Freiburg. Inzwischen lebe ich wieder ganz woanders.« Sie strich sich mit der Zunge über die vollen Lippen und schaute in Davids Augen. »Der Hunger nach Neuem lässt mich einfach nicht los.«

David schob lässig seine Sonnenbrille nach oben und grinste so unverschämt, als ob ihn das alles nichts anginge.

Lilian fühlte sich überflüssig. Aber das war das Wenigste, was sie störte. Davids bewundernder Blick störte sie weit mehr. Unverholen glitt er über Angelinas jugendliche Figur. Das Chiffontuch verbarg weder die Formen ihrer schlanken Oberschenkel und langen Beine noch das weit ausgeschnittene Höschen, das Bikinioberteil bestand ohnehin nur aus zwei winzigen Dreiecken. Die kleinen, knackigen Brüste, die schon Claudio so angelockt hatten, luden auch heute jeden Betrachter ein, sie genauestens in Augenschein zu nehmen. Jetzt auf einmal genoss Angelina diese Aufmerksamkeit, die sie noch vor einer Viertelstunde ignoriert hatte. Sie fing an, mit ihren hellrot lackierten Fingernägeln die makellosen Fransen an ihrem Tuch glatt zu streichen. Wenn sie und David allein gewesen wären, hätte sie sicher mit ihren spitz zulaufenden, an den Zehen geschlossenen Pumps aus heute knallrotem Leder schamlos über seine Beine gestrichen. Obwohl Lilian so gerne wettete, brauchte sie darauf nicht zu wetten.

»Wir müssen uns leider verabschieden«, sagte Lilian und faltete unmissverständlich das Handtuch. »Hast du vergessen, dass wir nach Populonia wollten, David?«

Im gleichen Moment wusste sie, dass sie einen Fehler gemacht hatte. Und tatsächlich fragte David Angelina, ob sie sie nicht begleiten wolle. Am liebsten hätte Lilian ihm einen Fußtritt versetzt. Aber er hatte Glück. Angelina lehnte dankend ab und erklärte, dass sie sich schon mit Claudio verabredet habe. Dann umarmte sie eine verwirrte Lilian zum Abschied, würdigte einen noch verwirrteren David keines Blickes mehr und stolzierte so schnell davon, wie ihre hohen Stöckel es im Sand erlaubten.

Die Straße nach Populonia führte an der Küste entlang, bog dann ab, schlängelte sich den Hügel hinauf und verwandelte sich in einen Hohlweg mit einem Dach aus belaubten Ästen, die sich fast berührten. Es ging an einem Waldparkplatz vorbei, dem Ausgangspunkt für eine Wanderung zur Bucca delle Fate, einer idyllisch gelegenen Bucht, wie Lilian von Fiorella erfahren hatte. Ein Hinweisschild war nirgendwo zu sehen, eine gewisse Ortskenntnis wurde offenbar vorausgesetzt. Die Straße verließ den Wald und verlief in leichten Kurven weiter bis nach Populonia, wo David auf dem großen Parkplatz problemlos eine Parkbucht fand.

Beide hatten während der Fahrt geschwiegen. Sie schwiegen auch, als sie ausstiegen und ein nach Abgasen stinkender Bus so nahe an ihnen vorbei ratterte, dass man durch den aufgewirbelten Staub kaum noch Luft bekam. Ebenso, als sie den mittelalterlichen Torbogen passierten, der sie in die Stadt einließ. Und auch, als sie die Hauptstraße entlang spazierten und in den Trubel dort eintauchten. Überall putzige Geschäfte, enge Gässchen, historische Gebäude und Trauben von Menschen. Glücklicherweise waren hier keine Motorfahrzeuge erlaubt. An einer Häuserwand die obligatorische Bank im Schatten, die heute allerdings verlassen vor sich hin träumte. Ob es daran lag, dass die Hitze an diesem wunderschönen Maitag noch erträglich war? Oder hatten sich auch die Einheimischen so wenig zu sagen wie David und Lilian? Sie war froh, dass es so viel zu sehen und zu hören gab. So kam sie nicht in die Verlegenheit, mit David ein Gespräch anfangen oder ihn liebevoll anstrahlen zu müssen. Bestimmt wäre sie ihm sonst ins Gesicht gesprungen.

Gleich rechts neben dem Torbogen befand sich eine laute Bar, auf dem Hof davor standen weiße Plastikstühle und -tischchen im Schutz einer schattenspendenden Hecke. Die deutschen Touristen hatten das Ruder fest in der Hand und bestellten unverdrossen eine Aranciata und einen Espresso nach dem anderen. Der Barkeeper sparte sich den Hinweis, dass man hierzulande ›caffè‹ zu Letzterem sagte und knallte die kleinen Tassen mit grimmiger Miene auf den Tresen. Hin und wieder hörte man französische und englische Stimmen, die den aus getriebenem Silber und filigranem Gold gearbeiteten Schmuck in den Auslagen der Geschäfte bewunderten. Populonia war ein Ort, wo das Kunsthandwerk hoch geschätzt wurde. Wohin man sich wendete, überall traf man auf Goldschmiedekunst, gekonnt verarbeitetes Leder und getöpfertes Geschirr in den für die Region typischen Farben Blau, Gelb und Orange.

Lilian wusste, dass Pfingsten in Italien kein bekanntes Kirchenfest war, trotz des unglaublich hohen katholischen Bevölkerungsanteils. Die Schulen verriegelten im Juni ihre Pforten, die Mehrzahl der italienischen Arbeitnehmer ging geschlossen im August in den Urlaub, so dass das Gedränge auf den Straßen, in den Restaurants und am Strand in dieser Hauptreisezeit fast unerträglich werden würde. Jetzt ging es so ruhig zu, dass die Verkäuferinnen Zeit für ein Pläuschchen hatten. Nach der neuesten Mode gekleidet und mit Goldschmuck behängt lehnten sie in den Türrahmen oder standen vor den Läden, wo sie rauchten und sich mit lauten Stimmen unterhielten.

Mit wenigen Worten beschlossen Lilian und David, die Festung zu erkunden. Im Kiosk davor saß eine Dame mit wissendem Lächeln und einer Perlenkette um den faltigen Hals und verkaufte geduldig Eintrittskarten. Sie erschien Lilian wie eine weise alte Frau, die wusste, dass die Zeit alle Widrigkeiten des Lebens besiegte.

Die Anlage bestand aus einem Wehrturm und niedrigen Wehrgängen an den umliegenden Seiten, die man über Treppen erreichen konnte. Kinder kletterten auf die Stufen, guckten durch schmale Schießscharten, postierten sich als Wachsoldaten und jagten braun gesprenkelte Eidechsen, die sich in Mauerritzen versteckten, sobald sie die geringste Erschütterung spürten. Der Wind drang nicht hinter die dicken Festungsmauern, so dass es im mit Gras bewachsenen Innenhof schwül und stickig war. Ein gewaltiger Lorbeerbusch streckte seine blühenden Zweige in den Himmel und verbreitete einen berauschenden Duft. Die Luft vibrierte vor Hitze, intensiven Gerüchen und Kindergeschrei. Alles an diesem Ort roch nach Alter und Jungsein zugleich, eine schwelende Mischung aus Übermut und Vergessen. Lilian musste weg hier.

Über eine Innentreppe stiegen sie den Turm hinauf und gelangten auf eine mit Zinnen bewehrte Plattform. Die Aussicht war überwältigend. Auf der einen Seite lag Elba, weitläufig und bergig. Rechterhand ein Panoramablick auf die Bucht des Golfo di Baratti, dahinter der fast endlose Sandstrand der Costa degli Etruschi, der sich bis zum Küstenstädtchen San Vinzenco erstreckte. In der Ferne ein großer Steinbruch und weiter im Norden die äußersten Ausläufer des Apennin. Wenn man sich landwärts drehte, sah man die grüne Hügellandschaft zwischen Baratti und Piombino und irgendwo dahinter die rauchenden Schlote der Industriestadt Piombino.

Lilian starrte hinaus aufs Meer. Doch was sie sah, war etwas anderes: Angelinas verrutschtes Lächeln, Angelinas aufreizender Gang, Angelina Arm in Arm mit Luisa, Angelina, die Lilian umarmte, Angelina mit Tränen in den Augen. Dazwischen tauchte Claudio auf, ein braungebrannter Italiener am Strand und schließlich David, alle in den roten Fransen von Angelinas luftigem Tuch verfangen. Zugegeben, Lilian war sauer auf David. Stocksauer. Aber es ging nicht nur darum. Etwas anderes beschäftigte Lilian. Etwas, was sie nicht in Worte fassen konnte. Etwas, was nicht passte.

Als die letzten Turmbesucher nach unten gestiegen waren, fing David an: »Du bist so schweigsam.«

»Hm.«

»Fast fühl ich mich wie zu Hause«, versuchte er zu scherzen.

Sie blieb still.

»Du sagst mal wieder nichts als ›Hm‹ und ich kann gucken, wo ich bleibe. Ich dachte, wir sind im Urlaub.«

»Das dachte ich auch«, fauchte sie.

»Was soll dieser Ton?«

»Dreimal darfst du raten.«

»Wenn du nicht bloß so tun würdest, als ob ich aus Luft wäre und zur Abwechslung mal mit mir reden würdest, dann würdest du mir bestimmt das Übliche an den Kopf werfen.«

»Das wäre?«

»Kaum rennt ein hübsches Gesicht mit Busen an euch vorbei, setzt der Verstand aus. Ihr Männer denkt nur an das eine.«

»Tut ihr auch!« Das hatte sie fast ausgespuckt. »Bin ich froh, dass ich nicht als Mann auf die Welt gekommen bin!«

»Übertreibst du nicht ein wenig? Deine neue Freundin hat doch mich angemacht und nicht umgekehrt.«

»Erstens ist sie nicht meine neue Freundin«, zischte Lilian. »Und zweitens hat es dir ja ausgesprochen gut gefallen, von ihr angeklimpert zu werden.«

»Ist das verboten?«

»Du verdammter Lügner!«

»Ist wohl nichts Neues. Ich bin ja bekanntlich ein Mann. Und jeder weiß, dass alle Männer von morgens bis abends lügen.«

»Vor allem solche wie du! Die geben nämlich vor, ihnen würden Frauen mit weiblichen Formen gefallen. Aber kaum latscht so eine mit kleinem Hintern und langen Beinen an denen vorbei, drehen sie durch!«

Er verteidigte sich nicht einmal. Also hatte sie recht. Sie hörte das Blut in den Ohren rauschen.

»Und sogar eingeladen hast du sie noch! Ich dachte, du wolltest im Urlaub endlich mal alleine mit mir sein!«

»Sie sah so aus, als wäre sie froh über ein wenig Anschluss.«

»Auch noch ein Menschenfreund«, giftete sie. »Hätt ich dann wenigstens zugucken dürfen, wenn du sie abknutschst?«

»Das traust du mir zu?«

Im Moment war sie so verletzt, dass sie ihm alles zutraute. Aber sie war klug genug, das nicht auszusprechen. Auf jeden Fall nicht jetzt, wo alles noch in ihr gärte. Außerdem war sie ohnehin zu weit gegangen. Worte mochten zwar verfahrene Situationen klären, aber in einem unbedachten Moment konnten sie auch vieles zerstören. In der Zeit mit David hatte Lilian gelernt, dass man behutsam miteinander umgehen musste. Früher war das anders gewesen.

Eine Weile war es ruhig zwischen ihnen. Sie schauten hinaus aufs Meer und jeder blieb in der Ecke, in der er war.

»Jetzt weiß ich wenigstens, wo das herkommt«, sagte David schließlich.

»Was?«, knurrte sie.

»Deine sinnlose Eifersucht.«

»Ach?«

»Von deinem Vater. Offenbar ein Familienerbe.«

Die Worte hingen in der Luft, stiegen hoch, wehten davon ins unendliche Blau. Sie schaute ihn unverwandt an, sekundenlang, sah ihn aber nicht wirklich. Was sie sah, war ihre Mutter und ihren Vater. Sie standen einander gegenüber, lachten, tobten, weinten. Irgendwann fassten sie sich an den Händen und fingen zu tanzen an. Sie drehten und drehten sich, schneller, immer schneller, auf einmal drehte sich auch Lilians Kopf, wurde schwer, dann wieder leicht, er schwirrte und summte und dröhnte. Energisch schüttelte sie den Kopf. Nein, so einfach war das alles nicht.

»Lenk nicht ab!«, maulte sie, merkte aber, dass sie schon bereit zum Einlenken wurde.

Er kam näher und streichelte ihren Arm. Die unerwartete Berührung hinterließ ein Gefühl in ihr, über das sie nicht nachdenken wollte.

»Warum seid ihr Männer bloß solche Chauvis?«, murmelte sie. Immer noch widerspenstig, immer noch verletzt, immer noch traurig.

»Du bist ungerecht«, sagte er leichthin. »Das ist eben das alte Spiel zwischen Mann und Frau. Egal, wo, egal, wann.«

»Egal, mit wem.« Das kam noch bitterer als beabsichtigt.

Jetzt setzte er das artigste Gesicht auf, das er zustande brachte. »Verzeihst du mir?«

»Hm.«

Er nahm ihre Hand und küsste sie.

16

Als sie die Festung verließen, fiel David das Etruskermuseum ein. Er wollte alles tun, um Lilian milde zu stimmen. Ihr schien im Moment zwar nicht der Sinn danach zu stehen, aber sie bemühte sich redlich, sich nicht wie ein kleines Mädchen zu gebärden. Dieses Jahr mit ihm hatte ihr gut getan. Sie kam immer mehr in Einklang mit sich selbst und legte die alten Verhaltensmuster aus ihrer Ehe ab. Langsam, aber Schritt für Schritt. Eines musste er allerdings zugeben: Obwohl er auf dem Wehrturm nicht wirklich geflunkert hatte, hatte auch Lilian nicht völlig unrecht. Angelina war eine anziehende Frau, die ihre Reize gekonnt ausspielte. Welcher einigermaßen normale Mann würde da so tun, als wäre er blind? Allerdings war ihm Lilian zu wichtig, um die Beziehung zu ihr wegen eines unbedachten Flirts aufs Spiel zu setzen. Zum einen stellte er immer wieder verblüfft fest, dass er gar keine Lust mehr auf andere Frauen hatte. Zum anderen wusste er, wie wenig Spaß Lilian in dieser Hinsicht verstand. Ihr Ex-Mann hatte sich an ihre beste Freundin heran gemacht, während sie selbst schwanger war. Inzwischen waren die beiden verheiratet und Lilian mit David glücklich. Nur die Verletzungen saßen immer noch tief.

Also bezahlte David ohne zu murren den Eintritt in die Privatsammlung Gasparri, schlenderte an Lilians Seite durch die Räume und begutachtete zusammen mit ihr die etruskischen Fundstücke. Die Ausstellung befand sich in einem alten Palazzo und war über wenige, ineinander übergehende Räume verteilt. Hier konnte man sich beim besten Willen nicht verfehlen. Trotzdem achtete er peinlich darauf, ihr nicht ständig zwei Meter vorauszulaufen, sondern brav neben ihr zu bleiben.

Trotz der räumlichen Eingeschränktheit gab es eine so vielfältige Auswahl an Grabbeigaben, wie Fiorella und der Direttore aus Piombino berichtet hatten. Bronze- und Bleigefäße, Amphoren und Vasen, bemalte Keramik, mit oder ohne schwarzer Glasur, Grabsteine, Sarkophage, Schiffsanker und Schmuckgegenstände.

Plötzlich blieb Lilian stehen und starrte in eine Vitrine.

Er drehte sich um. »Kommst du?«

»Das ... das glaub' ich nicht!« Sie rührte sich nicht von der Stelle.

»Was ist?«

Sie schnappte nach Luft und schaute unverwandt auf die Ausstellungsstücke. »Da, da! Schau dir das an!«

Er folgte ihrem Blick. Was er sah, waren Preziosen aus Horn, daneben Ringe aus getriebenem Silber, ein Stückchen weiter drei Amulette aus massivem Gold, eines davon auf eine eigenartige Weise mit noppenartigen Erhöhungen verziert, ein anderes mit Spiralen, das dritte ganz und gar glatt.

»Hübsch.« Er musterte Lilian, die leuchtend rote Wangen bekommen hatte. »Soll ich dir so einen Anhänger als Zeichen meiner Reue schenken? Ich glaube, du überschätzt meine Goldreserven, meine Herzallerliebste.«

»So was hab ich schon mal gesehen.« Sie atmete tief

ein und gleich wieder aus. »Zweimal, um genau zu sein. Und einmal an einem Ort, wo das absolut nicht hingehört.«

Sie zückte ihr Handy.

»Ich dachte, du wolltest das Ding im Urlaub nicht anmachen?«

Er schaute über ihre Schulter. Schon tippte sie Helmuts Nummer ein. Sämtliche weiterführenden Fragen wären vergeblich, das wusste er aus Erfahrung. Gut, dass er die Unterlagen für den Fall Sommer gegen Sommer noch nicht bis zum Ende durchgearbeitet hatte. So hatte er wenigstens etwas zu tun, wenn Lilian bald wieder ihre Nase in Dinge steckte, die sie an diesem Teil der Erde nun wirklich nichts angingen.

»Du bist dir absolut sicher?«

»Hör mal, die Dinger liegen hier vor mir!«, schnaubte Lilian und deutete auf die Amulette, als ob sich in ihrem Zeigefinger eine Mini-Kamera befände und Helmut sie so sehen könnte. »Das eine hat so spiralenförmige Ornamente wie die Ohrringe, die die Spurendienstler in Karinkovs Bude gefunden haben. Der andere Anhänger hat kleine Noppen.«

»Na und?«

»Dieses Muster sieht genauso aus wie das auf dem Ring, den ich in Bormanns Aktentasche gesehen hab.«

»So heißt dieser Tote, von dem du mir eben erzählt hast?«

»Ja«, sagte Lilian ungeduldig. »Der Ring war aus massivem Gold, wie die Ohrringe aus Haslingers Antiquitätenladen!«

»Kein Zweifel?«, fragte Helmut skeptisch.

»Weißt du, ich dachte mir noch, dieser Ring kommt mir irgendwie bekannt vor. Aber eigentlich geht mich das alles gar nichts an, ich bin im Urlaub und überhaupt …« Sie bemühte sich, einen klaren Gedanken zu fassen. »Auf jeden Fall musst du mit dem Sachverständigen telefonieren«, sagte sie so ruhig wie möglich. »Der muss dir sagen können, ob die Ohrringe aus Haslingers Laden etruskischer Herkunft sind.«

»Wart mal, ich hab seinen Bericht sowieso hier irgendwo in der Akte.« Papier raschelte. »Der Typ war hin und weg mit seinen Ming-Vasen und Thonet-Stühlen, da hat keiner auf solche Details geachtet. So, jetzt hab ich's: Antik, steht hier, um fünfhundert vor Christus. Aus der Mittelmeerregion, griechischen oder etruskischen Ursprungs.«

»Bingo!« Lilian fühlte, wie eine Triumphwelle in ihr hoch schwappte und ihre letzten Zweifel davon spülte. »Hast du inzwischen Lisa Kolbs Telefonnotiz gefunden?«

»Du meinst die Beschreibung des Verdächtigen, den dieser Zeuge mit Lungenentzündung zur Tatzeit gesehen hat?«

»Im Hintereingang von Haslingers Laden, ja.«

»Die war genau da, wo du gesagt hast.«

»Lies sie mir vor!«

»Also … Ein Mann, um die sechzig, graues Haar, korpulent, mittelgroß, gepflegte Erscheinung. Er trug einen teuren Mantel, wahrscheinlich dunkelgrau oder dunkelblau und schwarze Schuhe.«

»Bis auf den Mantel passt die Beschreibung auf Bormann.«

»Und auf schätzungsweise zehn Prozent der Regensburger Bevölkerung«, konterte Helmut. »Moment, da steht noch was von einer Brille.«

Lilian schloss die Augen und dachte an den Morgen, als sie Bormanns Leiche gesehen hatte. »Neben dem Toten auf dem Bett lag eine Brille. Ich muss Iris Bormann fragen, ob er die nur zum Lesen brauchte oder auch sonst trug.«

»Du meinst also tatsächlich, dieser Bormann, der in irgendeinem italienischen Luxushotel zufällig von irgendwelchen Mafiosi erschossen wird, ist der ominöse Lieferant, der sich mit unserem Haslinger kurz vor dessen Tod getroffen hat?«

»An solche Zufälle glaub' ich nicht«, sagte Lilian. Ihr Blick fiel auf David, der geduldig in einer Ecke stand und wartete. »Erklär mir bitte, wo Bormann diesen etruskischen Ring her hatte? So was liegt doch nicht auf der Straße rum.«

»Ja, das ist schon seltsam.« Pause. »Bis die italienischen Kollegen herausbekommen, in welchem Museum dieses Ding geklaut wurde, vergehen Ewigkeiten.«

»Meiner Meinung nach tappen die Jungs hier völlig im Dunkeln. Und wenn sie nicht weiterkommen, schütteln sie irgendwelche organisierten Banden aus dem Ärmel.«

»Aber die werden doch in Gottes Namen überprüfen, woher dieser Ring stammt?«

»Tatsache ist, dass Bormann aus Regensburg kommt und ich einen Wertgegenstand in seiner Aktentasche gesehen hab, der allem Anschein nach mit unserem immer noch ungeklärten Fall Haslinger zusammenhängt.«

»Das heißt also, dass ich so viel wie möglich über Bormann heraus bekommen soll.«

»Hör zu: Bormann hat einen Laden in Regensburg. Die

verkaufen da Espressomaschinen, ein Kaffeeausschank ist auch dabei.›Rolfs Beste Bohne‹ heißt das Geschäft.«

»Oh je!«

»Was ist los?«

»Da wird meine liebe Maika traurig sein. Die kauft da immer unseren Kaffee ein.«

» Ich glaube nicht, dass der Laden zumacht«, beruhigte ihn Lilian. »Bormanns Witwe ist nach wie vor die Chefin. Wenn sie alles erbt, dann dürfte sie gut bei Kasse sein.« Sie dachte nach. »Ich muss unbedingt mit ihr reden. Vielleicht weiß sie, ob ihr Mann und Haslinger sich kannten.«

»Halt dich bloß zurück, Lilian. Wenn die Lunte riecht, dann verschwindet sie so schnell, dass wir nicht mal Papp sagen können.«

»Wer behauptet, dass sie was mit dem Tod ihres Mannes zu tun hat?«

»Ich stelle erst mal einen offiziellen Antrag auf Amtshilfe. Wenn ich es richtig dringend mache, dann ist der in ein paar Stunden im LKA und BKA durch. Bei den italienischen Behörden geht's sicher genauso schnell.«

»Da mach dir mal nicht zu große Hoffnungen, die Bürokratiemühlen laufen hier ziemlich langsam.« Sie grinste ihr Handy an. »Der zuständige Commissario ist ein eitler Wichtigtuer, der dich gnadenlos auflaufen lässt, wetten? Allein schon, bis deine gesammelten Faxe übersetzt sind, vergehen hier Ewigkeiten. Leider brauchst du mich.«

Er stöhnte, so theatralisch er konnte. »Und ich dachte, du machst Urlaub!«

»Versprochen?« David hob fragend die Augenbrauen. »Wirklich ganz hoch und heilig und ohne zu schwindeln?«

Das fiel Lilian schwer. Wie sollte sie auch versprechen, dass sie in zwei Stunden zurück sein würde, nachdem sie ihn im ›Vigneto‹ abgesetzt hatte? Immerhin musste sie dringende Ermittlungen führen und das hatte bekanntlich oberste Priorität.

»Auf jeden Fall bin ich zurück, bis deine Reitstunde zu Ende ist«, lenkte sie ein. »Die fängt um halb sechs an? Dann kannst du zuerst Siesta machen und dir beim Reiten anschließend Zeit lassen. Und falls es wirklich länger dauern sollte, dann hilfst du meinem Vater beim Pferdefüttern oder wühlst in deinen Unterlagen.«

Sie widerstand der Versuchung, ihm einen schmatzenden Kuss auf den Mund zu drücken. Es konnte nicht schaden, wenn er dachte, sie wäre immer noch verärgert.

»Sag' schnell ja, sonst komm ich erst zum Abendessen zurück«, drohte sie.

Sie sah ihm genau an, dass er zustimmen würde. Nach der Episode am Strand würde er zu allem, was sie vorschlug, ja sagen. Auf einmal war Lilian der hübschen, unberechenbaren Angelina überhaupt nicht mehr böse. Aber das brauchte David nicht zu wissen.

17

Obwohl man noch einige Beamte mit wichtigen Mienen auf dem Hotelgelände herumstiefeln sah, schien alles wieder normal zu laufen. Aber dieser Eindruck trog. Es waren noch nicht alle Gäste verhört worden und der eine oder andere habe sich bei der Hotelleitung beschwert, erfuhr Lilian von Alessandro. Viele wollten abreisen, aber das führe wiederum zu Schwierigkeiten mit der Polizei und Alessandro selbst sei darüber am allerwenigsten glücklich. Eine verfahrene Situation. Wenigstens sei Bormanns Suite endlich von der Spurensicherung freigegeben. Er selbst sei in arge Bedrängnis gekommen, weil er für Signora Bormann von einer Minute auf die andere eine adäquate Unterkunft habe auftreiben müssen, nachdem sie aus der Klinik entlassen wurde. Heute habe sie aber darauf bestanden, wieder in ihr ursprüngliches Zimmer einzuziehen.

»Macht ihr das nichts aus – neben dem Raum zu schlafen, in dem ihr Mann erschossen wurde?«, fragte Lilian.

Alessandro lehnte sich über den Tresen und raunte ihr zu: »Wenn du mich fragst: Die ist jetzt besser dran als zuvor.«

»Gab es Streit?«

»Das nicht. Aber man hat sie kaum zusammen gesehen, wie du schon weißt. Vorher war sie allein, jetzt ist sie allein. Für sie hat sich nichts geändert. Außer, dass sie jetzt eine reiche Frau ist.«

Lilian musterte ihn nachdenklich. »Heut habe ich erfahren, dass Bormann angeblich aus Regensburg war. Stimmt das?«

»Moment, da muss ich kurz nachschauen. Eine solche Information dürfte ich dir eigentlich nicht geben. Du erfährst das nur, weil du Simones Tochter bist.«

Allmählich wusste sie gewisse familiäre Verflechtungen zu schätzen.

Es dauerte nur wenige Sekunden, dann kam Alessandros Antwort. »Wohnort Regensburg, Geburtsort Hamburg.«

Lilian dankte ihm, ging nach oben und klopfte an Iris Bormanns Tür. Nichts geschah. Sie pochte noch einmal, wieder blieb alles ruhig. Ob Alessandro sich getäuscht hatte und Frau Bormann auf der Terrasse war? Ein drittes, diesmal sehr lautes Klopfen. Dann ein Geräusch, das sich nach Toilettenspülung anhörte.

Die Tür schwang auf. Verquollene Augen, gerötete Wangen, feine blonden Fransen klebten auf verschwitzter Haut. Iris Bormann hatte schon bessere Tage erlebt.

»Geht's Ihnen nicht gut?«, fragte Lilian besorgt.

Iris Bormann wankte, strich sich übers Gesicht, winkte ab. »Geht schon wieder. War grad auf'm Klo.«

Sie drehte sich um, stürzte zur Balkontür und riss sie auf. Die warme Luft, die herein strömte, verhalf ihr offenbar zu keiner Abkühlung. Also rannte sie ins Bad zurück, klatschte sich Wasser auf Gesicht und Dekolleté, spülte noch mal, kam heraus, ohne sich abzutrocknen und hielt sich am Bettpfosten fest.

»Soll ich einen Arzt rufen?«

»Wozu?« Sie lachte. Es klang bitter. »Wegen dem bisschen Gekotze?«

Lilian betrat das Bad. Es roch nach Erbrochenem, auf dem Rand der marmornen Toilette sah man blasse Spritzer. Schnell ging sie hinaus und schloss die Tür hinter sich.

»Sind Sie krank?«

»Quatsch!« Jetzt klang ihr Lachen amüsiert. Auch die Gesichtsfarbe normalisierte sich langsam und in den dunklen Augen glänzten die altbekannten Sterne. »Ich hab zu viele Pralinen gegessen.«

Auf dem Boden neben dem Bett stapelten sich die leeren Schachteln. Lilian zählte fünf Kartons.

»Sie sind schokoladensüchtig«, stellte sie fest.

»Na und?« Aufreizend drehte Iris Bormann sich im Kreis. »Immer noch schlank wie ein Teenager. Oder fast. Wenn ich zuviel davon erwisch, dann steck ich den Finger rein. Hilft garantiert.« Ein Schatten huschte über ihr Gesicht. »Rolf bevorzugte knabenhafte Figuren. Was tut man nicht alles für einen Mann, den man liebt.«

»Haben Sie deshalb mit dem Trinken angefangen?«

Die junge Frau antwortete nicht. Diesmal schlich sich die Traurigkeit nur in ihre Augen.

Lilians Stimme wurde sanft. »Sie haben zuviel für ihn aufgegeben.«

Iris Bormanns Gesicht wurde aschfahl, die Sterne in ihren Augen verblassten. Sie stützte sich am Tisch vor dem Fenster ab, wenigstens etwas Beständiges in dieser vergänglichen Welt. Ihr blonder Haarschopf kippte nach unten, ein Zucken lief durch ihren Körper.

»Alles hab ich ihm gegeben«, flüsterte sie. »Meine Jugend, meine Schönheit, meine Liebe. Aber das reichte nicht. Also bekam er auch noch meine Unabhängigkeit, ihm zuliebe verzichtete ich auf die Schauspielausbildung.

Meine Lehrer dachten, ich tick nicht richtig – ich war die Beste von allen.« Ein bitteres Krächzen. »Aber so ein Platz ist gleich weg, da warten hundert Kandidaten, wie die Geier stürzen sie sich darauf. Als ich ein paar Monate nach der Heirat wieder anfangen wollte, hieß es, jetzt sind wir voll, selber schuld.«

»Warum wollten Sie weiter machen? Sie hatten doch von Anfang an einen guten Job, als Chefin in ›Rolfs Beste Bohne‹.«

»Weil ich keine Verkäuferin bin, sondern Schauspielerin!« Sie richtete sich auf, hoch erhoben hielt sie den Kopf und funkelte Lilian kampflustig an. »Weil ich keine blöden Maschinen an irgendwelche aufgetakelten Schnepfen verkaufen will, die den ganzen Tag nichts anderes zu tun haben, als Espresso zu schlürfen und das Geld ihrer Männer zum Fenster rauszuwerfen!« Sie fuhr sich mit den Händen durch die Haare. »Dieser schrecklichen Männer, die in irgendeinem Aufsichtsrat oder Vorstand sitzen und nie Zeit für ihre Frauen haben. So wie meiner. Sagen Sie selbst, ist das nicht zum Kotzen?«

Ohne Vorwarnung sackte sie zusammen. Lilian sprang an ihre Seite, stützte sie und drückte die junge Frau vorsichtig auf den Stuhl. Sie ließ alles mit sich geschehen, hielt die Augen geschlossen, doch ihr Atem ging immer heftiger. Auf einmal schnellte ihr Kopf nach oben. Sie warf ihn hin und her, hörte gar nicht mehr auf, hin und her, hin und her. Lilian versuchte, ihn festzuhalten, es gelang ihr nur schwer, gleichzeitig redete sie so ruhig wie möglich auf Iris Bormann ein. Aber die zuckte noch mehr. Jetzt fing der ganze Körper zu beben an, Brust, Arme, Beine, als löste sich alles an ihr auf. Sie stöhnte, keuchte, japste nach Luft. Lilian umarmte sie fester, versuchte, ihr mit dem eigenen Körper Halt zu geben, als wäre er ein Rahmen, fest und unverrückbar. Die Berührung tat der Jüngeren sichtlich gut. Nach einigen Minuten entspannte sie sich, atmete gleichmäßiger, wurde irgendwann ruhig und hörte schließlich sogar auf zu zittern.

»Früher war alles anders«, murmelte sie. »Wenn ich denke, wie verrückt er nach mir war. Aber am Ende wollte er nicht mal mehr mit mir schlafen.«

Sie fing an zu weinen. Lilian hielt sie, schaukelte sie wie ein Kind, wartete. Der Duft aus Iris Bormanns blonden Haaren stieg in Lilians Nase, er war seltsam unschuldig, ganz und gar ohne Parfum, er berauschte die Sinne, weil er so rein war.

Bald ließ das Schluchzen nach, wurde leiser und verebbte ganz.

»Soll ich vielleicht doch einen Arzt holen?«

Anstatt eine Antwort zu geben, stand die junge Frau auf, kramte in einer Pralinenschachtel auf dem Nachtkästchen, fand eine Handvoll, setzte sich wieder und verspeiste langsam ein Konfekt nach dem anderen, als wäre nichts gewesen.

Lilian betrachtete Iris Bormann. War das wieder eine ihrer oscarverdächtigen Vorstellungen? »Sagen Sie, war Ihr Mann Brillenträger?«

»Er hat die Brille nur zum Schlafen abgenommen«, antwortete Iris Bormann müde. »Warum?«

»Sie erwähnten einmal, dass Ihr Mann Kontakt zu Kunstsammlern hatte. Ist Ihnen der Name Anton Haslinger bekannt?«

Nachdenklich schob Frau Bormann sich die letzte Praline in den Mund. »Hab ich schon mal gehört. Aber wo?«

»Hat Ihr Mann von ihm erzählt?«

»Ich kann mich nicht erinnern, aber auf jeden Fall kenn ich diesen Namen.«

»Wissen Sie zufällig, ob Ihr Mann am 28. April in Regensburg war?«

Iris Bormann überlegte nicht einmal eine Sekunde und nickte sofort.

»Kann es sein, dass er gegen 20 Uhr mit Herrn Haslinger verabredet war?«

»Ich weiß, dass Rolf an diesem Abend einen Termin hatte. Aber nicht, mit wem.«

»Sie haben ein gutes Gedächtnis. Das ist schon fast drei Wochen her.«

Iris Bormann stand auf, öffnete die Mini-Bar und goss sich mit ruhigen Händen einen Martini ein. »Wer vergisst schon den eigenen Geburtstag?«

Auf der Terrasse tippte Lilian Helmuts Nummer ein. Während die Verbindung durchgestellt wurde, suchte sie sich ein ruhiges Plätzchen am hinteren Ende der Anlage, um ungestört telefonieren zu können. Sie fand eine Bank, die unter einer Pinie mit weit überhängenden Ästen stand. Der Baum spendete willkommenen Schatten und verbarg die Sitzgelegenheit fast vollständig vor neugierigen Blicken. Sie machte es sich bequem und genoss den warmen Wind. Ein friedlicher Ort. Nur der Ausblick war nicht so, wie sie ihn sich vorgestellt hatte. Vor ihr befand sich eines der Wirtschaftsgebäude mit Wäscherei und Vorratsräumen, daneben standen zwei riesige Müllcontainer in Knallorange. Auch in einem Luxushotel gab es nicht nur Sonnenseiten.

Es knackte in der Leitung.

»Hallo, liebste Kollegin«, flötete Helmut. »Ich hatte schon fast Entzugserscheinungen.«

»Spar dir das Gewinsel und pass auf.« Lilian berichtete, was sie herausgefunden hatte.

»Das reicht auf jeden Fall für ein Motiv«, folgerte Helmut. »Bormann wollte nichts mehr von seiner holden Iris wissen, sie war unzufrieden mit ihrem Leben und machte ihn dafür verantwortlich.«

Eine schmale Gestalt fesselte Lilians Aufmerksamkeit. Luisa schlenderte auf die Müllcontainer zu, ein Rucksack baumelte von ihrer Schulter. Hin und wieder sah sie sich um, als ob sie nach jemandem Ausschau hielte. Vielleicht nach Angelina?

»Außerdem hatte Frau Bormann die Gelegenheit«, überlegte Lilian. »Sie verlässt als Letzte die Bar, wie immer hat sie auch am Montagabend einiges getrunken. Die Verbindungstür ist offen, sie geht hinein, es kommt zu einem Streit, sie schießt.«

»Woher hatte sie die Waffe?«

»Gute Frage.« Lilian dachte an Dienstagabend, als sie mit David in diesem erlesenen Lokal in Castagneto Carducci gewesen war. Das Gespräch am Nachbartisch war zwar nicht für ihre Ohren bestimmt gewesen, aber sehr aufschlussreich. »Ich hab gehört, dass eine deutsche Waffe in der Nähe des Tatorts gefunden wurde, vermutlich die Tatwaffe. Du musst herausfinden, auf wen sie zugelassen ist.«

»Mit Sicherheit nicht auf Iris Bormann, sonst säße sie schon in Untersuchungshaft.«

»Das weiß ich selbst.«

Luisa drehte sich wieder um und spähte in alle Richtungen. Dann war sie beim ersten Müllcontainer angelangt. Sie blieb stehen, schob den Deckel zurück und starrte hinein. Ihr Gesicht war ausdruckslos. Ob sie überhaupt sah, was sich da drin befand? Auch wenn ihr Körper hier war, wo waren ihre Gedanken?

»Lassen wir mal beiseite, wie sie an die Waffe gekommen ist«, nahm Lilian den Faden wieder auf. »Sonst hielt sie sich immer an die Anweisungen ihres Mannes und störte ihn nicht, wenn er arbeitete. Sicher wurde er wütend.«

»Vielleicht verlief auch das Treffen mit dem Espressomaschinenlieferanten nicht so, wie er sich das vorgestellt hatte. Er war sauer, seine gefrustete Ehefrau gab ihm den Rest und er fing an, seine Sachen zu packen. Das Letzte, was sie wollte, war allein gelassen werden. Sie machte ihm eine Szene.«

»Ich habe gerade miterlebt, was für extreme Stimmungsschwankungen unsere liebe Iris haben kann. Oder aber das eben war die beste Inszenierung, die ich je gesehen hab.«

Lilian sah, wie Luisa ihren Rucksack öffnete und etwas herausholte. Schwupp, schon verschwand es im Müllcontainer.

»Auf jeden Fall rastete sie aus«, fuhr Helmut fort. »Es war spät, nach eins, der Fernseher lief auf Hochtouren. Niemand hörte was von dem Knall.«

»Oder auf der Waffe steckte ein Schalldämpfer. Bormann hatte nur einen einzigen Einschuss in der Brust, direkt beim Herzen. Er muss sofort tot gewesen sein.«

»Danach kam Frau Bormann zur Besinnung und wusste nicht, was sie tun sollte. Also lief sie nach unten und warf die Waffe weg.«

»Da muss es dann halb zwei oder später gewesen sein. Klar, dass keiner sie gesehen hat.«

Wieder landete ein Teil im Müll. Schwupp, das nächste folgte. Lilian kniff die Augen zusammen. Was war das bloß? Sah aus wie Papier.

»Ist das nicht zu weit her geholt?« Helmut machte eine Kunstpause. »Immerhin gäbe es noch ein anderes Motiv.«

»Iris Bormann ist jetzt sicher eine reiche Frau.«

»Dann mach ich mich am besten gleich dran, so viel wie möglich über ihre Finanzen herauszufinden.« Er heulte auf. »Als wenn ich sonst nichts zu tun hätte!«

»Was denn, du bemitleidenswerter Bulle?«

»Am Haidplatz war mal wieder eine Kundgebung von irgendwelchen Rechtsradikalen mit dazugehöriger Anti-Fa-Gegendemo. Alles in allem vielleicht dreißig Leutchen, höchstens vierzig.«

»Gab's Ärger?«

»Nur ein paar zerdepperte Flaschen, zertretene Mikrophone und die eine oder andere Beule. Nicht zuletzt, weil an die dreihundert Beamten die Innenstadt absicherten. Natürlich gab's ein Riesengezetere in der Presse und in der Stadt sowieso, weil mit diesem angeblich unnötigen Polizeiaufgebot Staatsgelder verschleudert und die Anwohner belästigt würden und der Einzelhandel Umsatzeinbußen hinnehmen müsse.« Er grunzte. »Ich möchte mal wissen, was die lieben Geschäftsleute und braven Bürger sagen, wenn die rechten Krawallmacher ihnen die Ladenfenster einwerfen und die Autos anzünden.«

»Ich versteh' dein Problem nicht. Das fällt doch nicht in unser Ressort.«

»Das nicht. Aber irgend so ein ganz Schlauer fühlte sich durch die Sicherheitsmaßnahmen und den Lärm dermaßen in seiner persönlichen Freiheit eingeschränkt, dass er selbstgebastelte Brandbomben auf die Einsatzwägen warf. Dem Kerl ist kein politischer Hintergrund nachzuweisen und jetzt haben wir ihn am Hals.« Er ächzte noch mehr. »Dabei hab ich Maika versprochen, dass sie heut pünktlich in ihren Flamenco-Kurs kommt, und ich die Kinder ins Bett bringe.«

Luisa machte jetzt den Rucksack weit auf, holte alles, was noch darin war, heraus und warf es in den Container. Es schien wirklich Papier zu sein. Waren das Luisas gesammelte Geschichten, mit denen sie plötzlich nicht mehr zufrieden war? Ihr Gesicht war immer noch so abwesend, als wäre sie in Trance. Dann zog sie den Rucksack zu, schnallte ihn um und ging davon.

»Du Ärmster«, sagte Lilian ungerührt und stand auf.

18

Lieber Papa,

es brennt im Bauch, es drückt im Magen, es hämmert im Kopf. Klick. Ich bin anders als die anderen. Klick. Ich gehe unter die Dusche. Wasser strömt über meinen Körper. Kaum spüre ich es. Klick. Heißer. Ich drehe den Hebel nach links. Gut. Es wärmt mich, spült alles fort. Noch heißer. Klick. Ich drehe weiter. Es dampft. Rote Haut. Schön. Noch heißer. Klick, Klick. Aaaaaa ... Nicht mehr schön, nichts ist schön. Tut weh. So soll es sein. Aufdrehen bis zum Anschlag, Qualm überall. Es zischt und kocht. Verbrennt es mich? Bin ich dann weg? Klick. Klick. Klick. Auf einmal kalt. Noch kälter. Wie Eis. Ich zittere. Endlich ist alles taub.

Ich hasse mich. Ich hasse meinen Körper. Zu nichts nütze. Bluten soll er, brennen, gefrieren, irgendwann zerstöre ich ihn ganz. Zernagtes, zerschnittenes Fleisch. Alles reiße ich weg. Haut. Erinnerungen. Schmerzen. Wann verschwinde ich? Ich liebe meinen Körper. Er ist alles, was ich habe. Ich will ihn schmücken. Mit fremden Lippen, fremder Haut, fremden Augen. Mit Worten, Verlangen. Liebe. Ein paar Sekunden nur, Minuten, Stunden. Vorbei. Dann muss ich wieder auf die Suche gehen.

Alles haben sie mitgenommen. Schon wieder sehe ich die Hände. In mir ist nur Ekel, Abscheu. Und Angst. Sie schnürt mir die Kehle zu. Dann höre ich diese leise Stimme. Sie sagt mir, dass ich schuld bin. ICH. Weil ich bin, wie ich bin. Weil ich diesen kleinen Körper habe. Weil es sein muss, wie es ist. Die Tante wird traurig sein, flüstert sie, furchtbar traurig. Und böse. Sie wird dich hassen. Das will ich nicht. Also bin ich still.

19

Der Container war halbvoll: Essensabfälle, verschimmeltes Brot, Plastikflaschen, Verpackungsmaterial. Hier dachte offenbar niemand an Mülltrennung. Und Papier, Berge von weißem Papier. Die Blätter lagen oben auf, darauf ein paar Stifte.

Ratlos blickte Lilian auf die leeren Bögen. Das war völlig normales, unbeschriftetes Din-A-4-Schreibmaschinenpapier. Warum hatte Luisa es nicht ihrem Vater ins Büro gelegt, wenn sie es nicht mehr selbst für ihre Geschichten brauchte? In einem Hotel dieses Ausmaßes fiel allerlei Schreibkram an. Zugegeben, Luisa hatte die Schwelle zur Pubertät schon seit einiger Zeit überschritten. Da tat so mancher Heranwachsender Dinge, die ein Erwachsener nicht mehr nachvollziehen konnte. Aber welchen Sinn machte es, unbenutztes Papier wegzuwerfen?

Lilian wollte sich umdrehen. Da fiel ihr Blick auf zusammengeknüllte Blätter, die anders aussahen als der Rest. Sie stellte sich auf die Zehenspitzen, streckte sich, so weit es ging, fischte die Kugeln heraus und strich sie glatt. Was sie sah, waren Zeichnungen: Doppelte Gesichter, die an Nase und Stirn auseinander wuchsen, umgeben von einem Geflecht in sich verschlungener Haare in Braun und Schwarz. Blaue Kastanienfrüchte auf silbernen Blättern, in den aufgeplatzten, stacheligen Schalen glänzte es feucht. Tränen, die aus einem grünlichen Mond ins Meer tropften. Ein Pferd aus Flammen, in grellem Gelb und bedrohlichem Purpur. Die Hufe schleuderten Feuer, die Mähne des edlen Tieres glich lodernden Zungen. Ein Bild voller Kraft, ein Bild voller Gefahr, ein Bild, das Lilian berührte.

Also doch nicht nur leeres Papier. Trotzdem blieb ihre Frage unbeantwortet: Warum hatte Luisa es weggeworfen?

Dumpfe Schläge. Pferdeschnauben. Die Sonne brennt. Wiehern. Ruhig, bleib ruhig, nur den einen Huf noch. Der Rücken schmerzt. Zuerst die Zange, raus mit den Nägeln, einen nach dem anderen. Der da klemmt, Mist. Noch mal fester ziehen. Jetzt geht's. Aufsammeln, sonst tritt man sie sich in die Füße. Durch die Sohle, das tut weh. Alles schon passiert. Dann das Horn abknapsen. Vorsicht, nicht in der Mitte, wo die empfindliche Stelle ist. Das Pferd lässt den Huf nicht da. Scheiße, verdammte! Bleib ruhig, Scirocco! Die Sonne sticht. Schweiß. Überall. Klebrige Kleidung. Komm schon, gib mir deinen Huf. Schnauben. Gut so. Jetzt die Feile, ja, die grobe. Scheiß-Arbeit, anstrengend, aber muss sein. Mach schnell. Schwer, so schwer, dieser Huf, dieses Bein, dieses Gewicht. Noch mal die Feile, kurz. Das Hufeisen, gib. Passt nicht. Geh zum Amboss. Wart, das mach ich. Dafür bist du zu klein, tust dir am Ende weh. Halt solang Scirocco. Sing ihm ein Lied. Auf einem Baum ein Kuckuck, simsalabimbambasaladusaladim ... Jetzt passt's. Schau, wie angegossen. Lachen. Gib mir den ersten Hufnagel, dann den Hammer. Wieder dumpfe Schläge. Zweiter Nagel. Hämmern. Nächster. Gleich vorbei. Mann, ist das heiß! Nächster, schlagen. Ruhig, ganz ruhig, mach jetzt bloß keinen Mist. Scirocco! Nur noch einer. So, die Spitzen umbiegen, dann abzwicken. Heiß, so heiß. Tropfen rinnen über die Haut. Fertig. Endlich! Scheiß-Kreuz, da zieht's. Sammelst du die Spitzen auf? Danke, meine Kleine.

Gebannt schaute Lilian zu. Es dauerte eine Weile, bis der junge Mann alle vier Hufe des Pferdes neu beschlagen hatte. Er war einer von Simons Ragazzi, wie man die landwirtschaftlichen Helfer hier nannte, auf die man überall auf dem Gutshof traf. Der hier hatte derbe Hände und ein frisches Lachen, das er trotz der schweren Arbeit immer wieder ertönen ließ. Sie reichte ihm die Werkzeuge und Eisennägel. Noch heute kannte sie die genaue Reihenfolge. So etwas vergaß man nicht, wenn man dem Vater als Kind geholfen hatte, noch lange, bevor man das erste Mal aufs Pferd gestiegen war.

Inzwischen war es fast sechs und die Hitze brannte schon lange nicht mehr so wie um die Mittagszeit. Einer der Vorteile, wenn man im Mai in den Süden reiste. Tagsüber war es warm, aber die Vormittage und Abende brachten die nötige Abkühlung. Der leichte Wind strich durch Lilians Haare, die Sonne hatte gerade noch genug Kraft, um ihre nackten Arme zu wärmen. Für die Jahreszeit war es ein lauer Abend. Oder Nachmittag, wie man hierzulande sagte. In der Toskana dauerte la Mattina, der Morgen bis zur Mittagszeit, il Pomeriggio, der Nachmittag, schloss sich übergangslos an und zog sich bis in den frühen Abend. Dazwischen hielt man Siesta. Ein anderer Rhythmus als in Deutschland, von der Hitze vorgegeben.

Als der Ragazzo mit dem Hufbeschlagen fertig war,

ging Lilian zur Umzäunung des Rettangolo, des Reitplatzes. David hatte sein Pferd an einer langen Hanf-Leine in den abgetrennten Bereich geführt. Simon erklärte ihm seinen ›Natürlichen Reitstil‹, eine ganz eigene Art der Kommunikation, die er im Laufe der Zeit für den Umgang mit den Pferden entwickelt hatte. Ein anderer Weg als der, den er früher am Chiemsee versucht hatte und der in den traditionellen Reitställen gelehrt wurde. Alle Reitgerten, Peitschen, Sporen, Trensen, Kandaren hatte er zurück gelassen. Er wollte nicht mehr Herr sein, sondern frei unter freien Lebewesen. Dafür schuf er die besten Voraussetzungen: Die Pferde lebten artgerecht in ihrer Herde mit festen Rangordnungen, verbrachten das ganze Jahr unter freiem Himmel, hatten frisches Futter und Weiden im Überfluss. Das dankten sie durch einen ausgeglichenen Charakter, geringe Infektanfälligkeit und hohe Trittsicherheit im Gelände.

Lilians Vater trug seinen Bouteri-Hut, eine Leder-Überhose, die John Wayne alle Ehre gemacht hätte, und einfache Stiefeletten. Er sah anders aus als früher und war doch gleich geblieben. Lilian konnte sich nicht an ihm satt sehen. Es faszinierte sie, wie er sich mit den Pferden bewegte und sich mit ihnen verständigte, ohne ein Wort zu sprechen. Egal, ob sein Pferd den Kopf hob, ob es die Zunge bleckte, im Zick-Zack lief, die Nüstern blähte, er imitierte alles. Hin und wieder stieß er Laute aus, raue, kehlige Töne, die sich zu einer seltsamen Sprache formten. Am Anfang betrachtete David ihn verblüfft, aber dann erkannte er, dass Simon sich dem Pferd gegenüber wie ein Artgenosse verhielt. Als Fluchttier sah es im Menschen erst einmal eine Bedrohung. Wenn es merkte, dass der Mensch auf der dem Tier bekannten

Instinktebene Zugang zu ihm suchte, schwand die Angst, und eine neue Basis des Vertrauens entstand.

Zuerst arbeiteten David und Simon am Boden. Die Leine, die an einem einfachen Halfter ohne Mundstück befestigt war, war Simons Erfindung und ersetzte die üblichen Zügel. Er führte vor, wie man sie schwingen sollte und was man damit erreichen konnte. Er lockte das Tier, animierte es zu Drehungen, ließ es rückwärts gehen. Durch die unbegrenzten Möglichkeiten, die ihm auf einmal zur Verfügung standen, verlor David alle Scheu und wagte Experimente, die in den meisten herkömmlichen Reitställen strikt verboten waren. Er bewegte sich ohne Angst unter dem Pferdekörper, streichelte die Beine, schmiegte sich an die warmen Flanken, genoss diese ungewöhnliche Nähe. Sogar hinten konnte er gefahrlos vorbei gehen, kein einziger Huf schlug aus. Sein Gesicht leuchtete vor Anstrengung und Zufriedenheit.

Lilian saß auf der Umzäunung und schaute zu. Plötzlich war alles weg, die Verstimmung mit David genauso wie die aktuellen Ermittlungen. So musste auch sie ausgesehen haben, als Kind, wenn sie mit dem Papa auf den Koppeln gewesen war: rote Wangen, zerzauste Haare, vom Staub verschmierte Hände. Der warme, dumpfe Geruch der Pferde hing in der Luft, das Leder der schweren Sättel verbreitete diesen herben Duft, den Lilian seit ihrer Kindheit kannte. Die Unbeschwertheit von damals erwachte wieder in ihr. Wie gut, dass sie rechtzeitig gekommen war, um dieses Schauspiel zu beobachten. Gestern noch hatte sie geglaubt, sie würde es nicht aushalten, ihren Vater beim Reitunterricht zu beobachten. Aber jetzt war sie nur mit dem beschäftigt, was sich vor ihr abspielte. Alles fremd und doch so vertraut.

Simon strahlte eine Ruhe aus, die Lilian früher so nicht wahrgenommen hatte. Woran lag das nur? An diesen anderen Erinnerungen, die mit ihrer Mutter zusammen hingen? Lilian versuchte, die Schleier zur Seite zu ziehen, die die Bilder in ihrem Kopf vor ihren eigenen Augen verbargen. Aber wieder gelang es ihr nicht.

Simons Handy klingelte.

»Pronto!« Er hörte zu, nickte, sagte zweimal ›Si‹, schwieg. »Vengo subito, ich komme gleich.«

David hatte nichts von der Unterbrechung bemerkt, er trainierte immer noch mit seinem Pferd. Aber auf Simons Stirn zeigten sich auf einmal zwei tiefe Furchen. Mit schweren Schritten kam er auf Lilian zu.

»Wir müssen aufhören.«

»Warum?«, fragte Lilian verwundert.

»Fiorella ist fix und fertig.«

»Was ist passiert?«

»Sie haben Marias Bruder gefunden.«

Lilian brauchte einen Moment, um zu verstehen, wer gemeint war: der heimliche Wilderer.

»Was soll das heißen?«

»Er ist tot.«

Ihr Mund wurde trocken. »Wie das?«

»Erschossen.« Simon nahm den Hut ab und wischte sich den Schweiß von der Stirn. »Man weiß noch nichts Genaues. Wir machen morgen weiter, es reicht sowieso.«

Lilian sprang vom Zaun. »Ich helfe euch beim Absatteln.«

Simon nickte abwesend und stapfte davon. Auf halbem Weg blieb er stehen.

»David hat ein gutes Gespür, er kann mit Pferden umgehen«, urteilte er und ging weiter. Dann achtlos über die Schulter: »Wie du. Weißt du noch, Lilly?«

Beim Abendessen gab es nur ein Gesprächsthema: den tragischen Tod von Marias Bruder. Die Bestürzung über seinen Jagdunfall war groß. Während man voller Andacht die von Fiorella in Teig ausgebackenen Akazien- und Zucchiniblüten verspeiste, diskutierte man die Fakten und rekonstruierte den vermutlichen Ablauf.

Marias Bruder war bekanntermaßen ein leidenschaftlicher Jäger gewesen. Hasen, Wildschweine, Vögel, nichts, was es in den Bergen zwischen Baratti und Piombino zu jagen gab, ließ er sich entgehen. Seine Leidenschaft ging so weit, dass er frühmorgens vor allen anderen aufstand und spät nachts nach allen anderen nach Hause kam. Wenn er irgendwann dazwischen bei einer hübschen Signora oder Signorina hängen blieb, die seine Trophäen bewunderte, wurde es noch später.

Vier hartgesottene Trekkingspezialisten aus Hannover, die sich auf einer mehrtägigen Wanderung befanden, machten am späten Freitagvormittag in einem Waldstück in der Nähe von Baratti den grausamen Fund. Ein Mann lag mit durchschossenem Kopf in der Nähe des Trampelpfades, über den sie sich trotz sengender Hitze kämpften, neben ihm ein Jagdgewehr. Er musste schon seit einiger Zeit dort liegen, denn die Leiche wies zahlreiche Biss- und Fressspuren auf. Wie nicht anders zu erwarten, hatten die Wanderer mehrere Handys dabei. Trotz erheblicher Sprachprobleme gelang es ihnen, sich so gut verständlich zu machen, dass die Carabinieri die Stelle innerhalb kürzester Zeit fanden. Ein paar Meter weiter entdeckte man ein nicht abgesperrtes Auto, dessen Halter leicht ausfindig gemacht werden konnte: Marias Bruder, die frisch gefundene Leiche. Allem Anschein nach stammte die Kugel in seinem Kopf aus seinem eigenen Gewehr. Man nahm an, dass sich aus seiner Waffe versehentlich ein Schuss gelöst oder einer seiner im Moment unauffindbaren Jagdkumpane unabsichtlich auf ihn geschossen hatte.

Die ersten Nachforschungen ergaben, dass der Tote zuletzt am späten Nachmittag des vergangenen Montag gesehen worden war. Bei seiner Arbeitsstelle in Follonica, der Speditionsfirma Lorenzo Aruzzo s.r.l., ließ er verlauten, er würde sich nach Büroschluss mit einem Kumpel zum Jagen treffen. Die Mutter gab an, er sei nach der Arbeit nicht mehr nach Hause gekommen. Da er das aber öfter tat und nach dem Jagen auswärts übernachtete, habe sie sich zuerst nichts dabei gedacht. Die arme Signora erlitt bei der Nachricht vom Tode des einzigen Sohnes einen Schock. Maria, seine Schwester, kümmerte sich um alle notwendigen Formalitäten und konnte ihren Dienst im ›Vigneto‹ bis auf weiteres nicht antreten – für Fiorella eine mittlere Katastrophe, auch wenn sie das nur hinter vorgehaltener Hand im Kreise der Familie äußerte. Zum Glück gab es noch weitere Angestellte, die sofort anboten, sie in der Küche zu unterstützen. Fiorella war eine praktisch denkende Frau. Der Tod war eine grauenvolle Angelegenheit, ungestillter Hunger nicht weniger.

Um halb zehn wurde der Caffè serviert. Durch die ausführlichen Gespräche war das allgemeine Entsetzen einer latenten Betroffenheit gewichen, hie und da wurde schon wieder gelacht, die ersten Gäste verabschiedeten sich. Auch David stand auf.

»Die viele Sonne ist anstrengend. Zuerst am Strand, dann beim Reiten.« Er gähnte. »Bitte entschuldigt mich, aber ich muss ins Bett. Kommst du mit?«

Darauf hatte Lilian keine Lust. Sie war noch zu aufgekratzt und wollte so viel wie möglich über diesen neuen Toten erfahren. Und ein wenig Strafe musste sein. So konnte David nun doch in aller Ruhe darüber nachdenken, von wem er sich in Zukunft anflirten lassen wollte, auch wenn sie ihm schon lange nicht mehr böse war. Also trank sie in Ruhe ihren Espresso, gönnte sich eine zweite Portion Panna di cotta und lauschte den Ausführungen am Tisch.

Lilian warf einen Blick auf die Uhr. Zwei Uhr morgens. Sie war hellwach, es war heiß im Zimmer. Davids Gewissen schien rein zu sein. Sein Atem ging ruhig und gleichmäßig, er schlief selig wie ein Kind. Nur sie konnte nicht schlafen. Zuerst war sie zwar eingenickt, aber dann aus unruhigen Träumen hochgeschreckt. Ein Geräusch musste sie geweckt haben.

Sie stand auf, öffnete leise die Fensterläden und atmete die frische Kühle ein, die von draußen herein strömte. Eine Nachtigall trillerte ihre Melodie, hin und wieder raschelte es im Gebüsch, vielleicht eine Kröte oder eine Maus, die mutig wurde, wenn die Finsternis kam. Die wenigen Laternen auf dem Gut waren inzwischen ausgeschaltet. Die Dunkelheit saugte alles auf. Da draußen gab es nur den Wald, ein paar Wolken und die Nacht, die heute nicht schwarz, sondern so dunkel wie tiefblauer Samt war.

Auf einmal hörte sie es wieder. Klack Klack Klack. Die gleichen Schritte, über ihr, wie früher. Damals waren sie von unten, aus der Küche gekommen. Klack Klack Klack. Dann diese lauten Stimmen, die sie kannte. Sie klagten an, warteten, stritten, versiegten. Sie klangen hilflos, verzweifelt, als befänden sie sich an einem Abgrund und starrten in die ausweglose Tiefe. Klack Klack Klack. Mit klopfendem Herzen wälzte sich die kleine Lilly im Bett und horchte auf die Geräusche im Haus. Mamas Stöckelschuhe, ihre sich überschlagende Stimme, Papas dunkle, die hin und wieder sogar gefährlich klang, so wie seine schweren Schritte. Manchmal ertönte eine dritte Stimme, auch sie war der kleinen Lilly vertraut. Klack Klack Klack. Nie verstand sie, was die Erwachsenen ausspuckten, obwohl sie einmal sogar an der Küchentür lauschte, mit nackten Füßen, die sich so kalt anfühlten, als wäre sie barfuß durch den tiefsten Schnee gestapft. Also schlich sie wieder hinauf in ihr Zimmer und weinte sich in den Schlaf. Klack Klack Klack.

Das war lange her. Aber warum kamen die Schritte über ihr dann nicht endlich zum Stillstand?

20

Verblüfft fragte Lilian: »Wieso zwei Testamente?«

»Bei dem einen ist Iris Bormann die Alleinerbin. Angeblich wurde es am 6. Mai 1998 ausgestellt, mit Stempel des Notars. Zumindest hab ich mir das so notiert«, sagte Helmut. »Es wäre demnach rechtsgültig.«

»Das muss Bormann kurz nach der Hochzeit verfasst haben. Seine Frau hat mir erzählt, sie hätten eine Woche nach ihrem achtzehnten Geburtstag geheiratet«, überlegte Lilian. »Das war vor sieben Jahren, also 1998. Ihr Geburtstag ist am 28. April, das würde passen. Aber was ist das für ein zweites Testament?«

»Diese Nachbarin, mit der ich geredet hab, ist sicher, dass es ein zweites geben muss. Von dem ersten, rechtsgültigen Testament hat Iris Bormann ihr irgendwann mal eine Kopie gezeigt. Das zweite hat die Putzfrau von besagter Nachbarin vor ein paar Wochen auf Bormanns Schreibtisch liegen gesehen. Er muss es da vergessen haben, es war wohl nur ein Entwurf, ohne Datum oder Unterschrift.«

»Was hat die Putzfrau von Bormanns Nachbarin in Bormanns Haus zu suchen?«

»Die macht bei beiden sauber«, erklärte Helmut.

»Und was steht da drin, in diesem ominösen zweiten Testament?«

»Da erbt eine gewisse Sybille Bormann alles. Wobei nach deutschem Erbrecht auch Iris Bormann ihren

Pflichtanteil bekommt. Das ist dann die Hälfte, hab ich mir sagen lassen.« Er pfiff durch die Zähne. »Immer noch genug, um jemanden umzubringen. Der Espressoladen in der Grasgasse macht einen ausgesprochen guten Eindruck, hat Maika mir erzählt.«

»Was gibt's sonst zu erben?«

»Ein Büro im Stadtwesten, gegenüber vom Westbad, eine zweite Filiale in Düsseldorf und Bormanns bescheidene Hütte.« Ein Zungenschnalzen. »Die ist wirklich vom Allerfeinsten. Gut versteckt in der Nähe vom Schelmengraben, wo die Schickimickis wohnen. Ein richtiger Palast, mit Pool, riesigem Park und einer Garage für mindestens vier Autos.«

»Du klingst neidisch.«

»Bin ich auch. Wenn ich an unser mickriges Reihenhäuschen denke, für das Maika und ich bis an unser Lebensende blechen werden ...«

»Das Leben ist ungerecht. Finde dich damit ab«, meinte Lilian lakonisch. »Wer ist Sybille Bormann? Eine frühere Frau?«

»Nein. Bormanns erste Frau starb vor 18 Jahren in Hamburg, Verkehrsunfall.« Es raschelte. »Genau. Sie hatte die Vorfahrt übersehen, tragische Sache. Sie starb auf dem Weg ins Krankenhaus. Die zweite Frau ...«

Wieder hörte Lilian, wie Akten umgeblättert wurden. »Allmählich wirst du alt, liebster Kollege.«

»Was soll das heißen?«

»Bei jeder Gelegenheit musst du nachgucken. Früher hast du das alles aus dem Ärmel geschüttelt.«

»Ich brauch eben Urlaub!« Entrüstet blies er ins Telefon. »Aber der ist erst im August, heut ist Samstag und dieser Scheiß-Regen hier geht mir auf die Nerven.

Und du erzählst mir dauernd, wie warm und sonnig es da unten ist.«

Lilian zog es vor, keine persönlichen Fragen mehr zu stellen. »Und Bormanns zweite Frau?«

»Von der hat er sich vor zehn Jahren scheiden lassen, sie bekam ihren Anteil.«

»Wer ist dann diese Sybille?«

»Bormanns Nichte, die Tochter seines einzigen Bruders. Aber weder den Bruder noch die Nichte konnten wir bisher ausfindig machen. Nicht in Regensburg, nicht in Hamburg und auch sonst nirgendwo. Die sind wie vom Erdboden verschluckt.«

»Hast du mit Bormanns Notar gesprochen? Die Aussage dieser Putzfrau ist womöglich nicht sehr zuverlässig.«

»Der Herr Notar gibt keine Auskunft. Nach der Testamentsverlesung sollen wir uns an die Witwe wenden und erst dann wird er sich äußern.«

Lilian dachte nach. »Wenn Iris Bormann wusste, dass ihr Mann ein zweites Testament entworfen hat und sie nicht mehr Alleinerbin sein würde, dann war aus ihrer Sicht Eile geboten.«

»Woher sollte sie das wissen? Das hat er ihr doch sicher nicht auf die Nase gebunden.«

»Vielleicht wusste sie es von besagter Nachbarin.«

»Hatschi!«

»Gesundheit.«

»Aaahhhhh ... So ein Mist! Jetzt hab ich mir auch noch so einen blöden Schnupfen eingefangen.« Helmut schniefte herzzerreißend. »Du kannst ja mal bei Iris Bormann anklopfen, aber bitte so vorsichtig wie möglich.«

»Du kennst mich doch!«

»Eben.«

»Übrigens war ihr Mann Brillenträger. Hast du den Antrag auf Amtshilfe gestellt?«

»Der ist sogar schon durch.« Er schnäuzte sich. »Du hattest recht. Dieser Commissario Missironi ist ein aufgeblasener Affe. Ich hab ihm ein Foto der etruskischen Ohrringe gemailt, die in Karinkovs Bude waren. Mit der Bitte um dringende Bearbeitung. Aber bis jetzt hab ich noch keine Antwort, ob die Dinger aus irgendeinem Museum verschwunden sind.«

Er schimpfte noch ein Weilchen vor sich hin, bis Lilian ihn daran erinnerte, dass sie über Handy telefonierte. Außerdem hatte Helmuts Anruf sie praktisch aus der Dusche geholt, sie war noch nicht einmal geschminkt und brauchte unbedingt einen Espresso. Immerhin hatte sie schon einen Morgenspaziergang gemacht. Sie verabschiedete sich und ging zum Haus zurück. Als sie dort ankam, tutete es zum zweiten Mal.

»Grad bringt mir Hakan eine Anfrage von unserem geschätzten italienischen Kollegen«, ertönte Helmuts Stimme übergangslos. »Ist wohl schon vor Tagen eingegangen und erst gestern Abend aus dem Übersetzungsbüro zurückgekommen. Die lassen sich vielleicht Zeit!«

»Ist es so wichtig, dass du mich schon wieder stören musst? Ich hab noch nicht mal Kaffee getrunken!«

»Bei der Tatwaffe im Fall Bormann handelt es sich tatsächlich um ein deutsches Fabrikat«, sagte Helmut wichtigtuerisch. »Sie haben die Walther PPK 9 am Strand im Gebüsch gefunden. Missironi hat von Interpol erfahren, dass die Pistole auf einen gewissen Dr. Franz

Kohlmeier zugelassen ist. Der Mann wohnt hier gleich um die Ecke!«

»Wo?«

»In Nittendorf.«

»Was wissen wir über ihn?«

»Chirurg am Regensburger Uniklinikum, sechsundfünfzig, nichts im Computer. Er hat allerdings einen Jagdschein und als Jäger darf er Kurzwaffen besitzen.«

»Und wie kommt die Waffe eines so unbescholtenen Bürgers nach Italien? Hat er sie als gestohlen gemeldet?«

»Mach mal halblang. Ich hab das Fax vor einer Minute auf den Tisch bekommen. Außerdem ist heut Samstag!«

»Du kannst den Herrn Doktor ja mal anrufen.«

»Und du kannst jetzt deinen Espresso schlürfen«, brummte Helmut und legte auf.

»Du siehst nicht gut aus.«

Lilian musterte David ernst. Sein Gesicht war aschfahl, unschöne Schweißperlen standen auf seiner Stirn

»Mir geht's auch beschissen.« Er ächzte, krümmte sich und suchte nach einer Lage, in der er den Druck im Magen nicht mehr spürte. »In meinem Bauch grummelt's wie blöd, dabei hab ich so gut geschlafen. Kannst du mir eine Wärmflasche organisieren?«

Fünfzehn Minuten später hatte sie endlich ihren Morgenkaffee getrunken und kam mit einer prall gefüllten Wärmflasche und einer großen Tasse Kamillentee zurück. Die Wärme tat ihm sichtlich gut, der Tee genauso. Er entspannte sich zusehends.

»Dann müssen wir unseren Ausflug zum Strand eben abblasen«, sagte sie mit Trauermiene.

»Ich schon, aber du nicht«, entgegnete er mit einem halben Lächeln. »Streng dich nicht so an, du kriegst sonst ganz hässliche Falten am Mund und an den Augen. Wär schade drum.«

»Wovon redest du eigentlich?« Sie bemühte sich um einen unverfänglichen Gesichtsausdruck.

»So traurig, wie du unbedingt ausschauen willst, kannst du gar nicht sein. Endlich kannst du so viele Zeugen befragen, wie du willst, und keiner kommt dir in die Quere.« Er nippte von seinem Tee und grinste noch mehr. »Außerdem ist das nur die ausgleichende Gerechtigkeit für meinen Flirtversuch mit dieser hübschen Angelina, denkst du jetzt hundertpro. Meinst du, ich weiß nicht, wie nachtragend ihr Frauen seid?«

Sie schenkte ihm ein undurchsichtiges Lächeln und sammelte Autoschlüssel, Jacke und Notizbuch ein.

»Nur eins noch, bevor du dich deinen Pflichten widmest.«

»Das wäre?«

»Wünsch mir trotzdem gute Besserung. Du darfst so viel und lang in diesem Nobelhotel herumlungern, wie du willst, solange sich bloß mein Magen wieder beruhigt. Ich werde mich keine einzige Sekunde lang beschweren.«

Sie hauchte ihm die innigsten Genesungswünsche ins Ohr, derer sie fähig war, drückte ihm einen Kuss auf die Nasenspitze und schlüpfte summend zur Tür hinaus.

21

Noch nie hatte Lilian frisches Laub so leuchten gesehen. Es schillerte rot, orange, lila, blau und gelb, obwohl es doch nur grün war. Offenbar hatte dieser Morgen Spaß daran, sich zu verkleiden. Einmal wenigstens wollte er sich anders zeigen, als er war. Der Golf von Baratti war allerdings so wie immer. Strahlend, voller Verheißung und in einem hellen Blau erwachte er zwischen den bewaldeten Felsen unter einem fast genauso blauen Himmel. Von den wenigen Wolken, die in der Nacht vorbei gezogen waren, war nichts mehr zu sehen. Vermutlich hatten sie sich Richtung Norden davongestohlen und machten dem armen Helmut das Leben schwer.

Lilian parkte das Auto und betrat das Hotelgebäude. Es war erst neun und wenig los. Wie so oft hatte sie nichts gegessen, nur den zwar heiß ersehnten, aber winzigen Espresso hinunter gekippt. Wieder einmal bedauerte sie es, dass es auf dem Gut ihres Vaters keine Cappuccinomaschine gab. Sie hörte das Scheppern der Kaffeetassen und Frühstücksteller aus der Küche, ein unwiderstehlicher Duft nach gerösteten Kaffeebohnen und frisch aufgeschnittener Salami strich an ihr vorbei und ließ ihren Magen zu knurren anfangen. Am besten, sie machte zuerst einen Abstecher an die Bar.

Die Verbindungstüren zum Frühstücksraum schwangen auf und Angelina spazierte auf den gewohnt hohen, vorne geschlossenen Pumps heraus. Kleidung, Make-up,

Fingernägel – alles an ihr flimmerte in sämtlichen Regenbogenfarben und erinnerte Lilian an diesen übermütigen neuen Tag, der ihr die Fahrt hierher versüßt hatte.

»Einen wunderschönen Guten Morgen!« Angelinas schwarze Haare wippten erwartungsvoll. »Was machst du hier, schon so früh?«

»Cappuccino trinken«, antwortete Lilian knapp und wollte sich weg drehen.

»Ich liebe Cappuccino«, schwärmte Angelina. »Ich hatte erst eine Tasse. Darf ich dir Gesellschaft leisten?«

Sie wartete Lilians Antwort nicht ab, sondern hakte sich bei ihr unter und zog sie hinaus auf die Terrasse. Lilian ließ es geschehen. Angelinas Berührung war angenehm, ihr aufreizendes Gehabe abgelegt wie eine Larvenhaut, für die sie zu groß geworden war. Vielleicht konnte sie ja gar nichts dafür? Womöglich war es nur ihr Alter, das sie vergessen ließ, wie man sich einem Mann gegenüber verhielt, der einer anderen gehörte.

Auf der Terrasse wählten sie einen Tisch, der zur Hälfte unter einer Palme stand. Angelina setzte sich in den Schatten, Lilian in die Sonne. Der Kellner übersah alle anderen Anwesenden und nahm sofort ihre Bestellung auf. Offenbar war Lilian inzwischen als besonderer Gast bekannt, der in der Gunst des Hotelbesitzers stand.

Lilian fragte ihr Gegenüber weder nach Claudio noch nach sonst irgendeinem Mann und redete erst recht nicht von David. Sie hatte genug damit zu tun, Angelina zu betrachten. Heute sah sie aus wie ein Engel, der ohne Männer glücklich war. Lilian dachte nicht mehr an gestern. Sie schaute in dieses zarte, junge Gesicht, das so erstaunlich viele Falten aufwies, und freute sich über eine wieder gefundene Freundschaft. Unbekümmert erzählte Angelina von Mainz und Freiburg, wo sie aufgewachsen war, und entfachte in Lilian den Wunsch, zusammen mit ihr durch die Straßen dieser Städte zu schlendern, in einer lauten Eisdiele ein Eis zu schlecken, Ansichtskarten auszusuchen, die sie nie abschicken würde, und irgendwelchen Krempel zu kaufen, der in der hintersten Ecke eines alten Schrankes verschwinden würde.

Als die Cappuccini und Lilians Hörnchen kamen, läutete ihr Handy. Es war Miriam. Sie überschlug sich fast vor Neuigkeiten vom Bodensee. Diese Unterkunft sei wirklich oberätzend, in einem alten Kloster, was habe man sich bloß dabei gedacht, Sara sei wieder zickig ohne Ende, dafür sei endlich auf Tina Verlass. Und diese Betreuerinnen, mein Gott, wie unmöglich! Betten machen, T-Shirts einräumen, Küchendienst, nenne man so was Pfingstferien oder Arbeitslager? Lilian rätselte, wer von Miriams Freundinnen ihre Tochter so aufgestachelt hatte, aber dann berichtete sie übergangslos vom erträglich warmen Wetter und den herrlichen Ausflugszielen, und Lilian war beruhigt. Lindau sei schick, Meersburg süß, Konstanz echt cool und der Bodensee insgesamt ziemlich geil. Während Lilian noch darüber grübelte, von welcher Freundin diese Ausdrucksweise stammen mochte, versicherte Miriam ihr, sie erhole sich wunderbar. Die Mama solle sich mal keine Sorgen machen, in ein paar Tagen sähen sie sich ohnehin, noch ein paar Küsschen und schwupps war sie wieder weg. Lilian blieb kaum Zeit, sich von ihr zu verabschieden.

»Das war meine Tochter«, erklärte sie und steckte das Handy weg. »Gerade hab ich gemerkt, wie groß sie geworden ist.«

Angelinas Blick ruhte auf ihr. Sie sagte nichts und nippte vorsichtig von ihrem Cappuccino.

Auch Lilian nahm einen Schluck. Er war heiß, sie verbrannte sich die Zunge. »Hast du auch Kinder?«

Kaum merklich schüttelte Angelina den Kopf. Ihre unbeschwerte Freude am Erzählen schien wie weggeblasen. »Mein Vater ist vor vier Wochen gestorben«, sagte sie plötzlich.

Lilian blinzelte.

»Ohne Vorwarnung, einfach so.« Sie schaute ins Nirgendwo, als suchte sie dort nach seinem Grab. »Ich habe ihn lange nicht mehr gesehen. Da war noch so viel, worüber ich mit ihm reden wollte.« Nach einer Weile fügte sie leise hinzu: »Jetzt ist es zu spät.«

Die Worte hallten nach. Zu spät ... Wieder erschlug die Endgültigkeit dieser zwei Worte auch Lilian. Ihre Mutter war gestorben, als Lilian in einem Alter war, in dem sie eine Mutter gebraucht hätte. Als Vertraute, als Freundin, als Vorbild. Ein paar quietschende Reifen und ein ins Schleudern geratenes Auto vernichteten dieses halb gelebte Leben und die Hoffnungen der kleinen Lilly. Alles, was ihr blieb, waren Erinnerungen, die sie verdrängte, und Verdächtigungen, die sie nicht auszusprechen wagte.

»Du siehst so aus, als hättest auch du Verstorbene zu betrauern«, sagte Angelina sanft.

»Meine Mutter.«

Lilian schwieg. Das tat sie immer, wenn die Sprache auf ihre Mutter kam: still sein. Auf einmal spürte sie das unbändige Verlangen, endlich dieses Schweigen zu brechen. Wäre Angelina die Richtige, um sich ihr zu öffnen? Lilian wusste nicht, warum ihre Seelen sich immer wieder berührten, aber sie spürte eine unerklärliche Verbindung.

»Sie starb bei einem Autounfall. Mein Vater kam nach Hause, aber sie nicht«, fing Lilian zaghaft an. »Sie war einfach nicht mehr da. Ich konnte nicht mehr zu ihr hoch schauen, mich nicht mehr an ihr reiben, nicht mehr meiner eigenen Wege gehen. Ich war so ... allein.« Sie schloss die Augen. »Noch heute träume ich von ihr. Von ihren Armen, die mich halten, sicher und geborgen. Aber dann wache ich auf und fühle mich so einsam wie damals.«

»Was war mit deinem Vater? Hat er dir nicht geholfen?«

»Kann ein Vater die Ansprüche einer Dreizehnjährigen erfüllen?« Lilian öffnete die Augen. Sie konnte sie ohnehin nicht vor den Bildern verschließen, die sie jetzt überfluteten. »Er hat den Wagen gefahren. Es regnete, der Wagen überschlug sich. Ich habe nie verstanden, warum sie auf der Stelle tot war, während er ... Wir haben nie darüber geredet.«

»Der Tod macht jeden sprachlos.« Angelina griff nach ihrer Hand und drückte sie behutsam.

Sie schauten aufs Meer hinaus. Es leuchtete in einem klaren Türkis, nur weiter hinten, wo es tiefer wurde, ging es in ein dunkles Kobaltblau über. Am Himmel zeigten sich feine, aus dem Norden aufziehende Schleierwolken. Nicht mehr lange, dann war es vorbei mit diesen strahlenden Farben.

Während Lilian das Farbenspiel beobachtete, spürte sie, dass sich etwas veränderte. Auf einmal fühlte sie sich so leicht, als wäre ein Gewicht, das sie seit Jahren zu Boden drückte, von ihren Schultern verschwunden.

Seit Jahrzehnten. Sie hatte endlich ihre Sprache wiedergefunden.

»Zuerst wollte ich gar nicht weg fahren, als ich von Vaters Tod erfuhr«, sagte Angelina irgendwann. »Aber für ihn war es immer das Wichtigste, dass es mir gut ging. Also machte ich mich dann doch auf diesen weiten Weg.« Sie ließ Lilians Hand los. »Ich fühle mich entwurzelt. Auf einmal bin nur noch ich übrig.«

»Lebt deine Mutter nicht mehr?«

»Auch sie starb, als ich zu jung war. Ich weiß noch, wie nach der Beerdigung mein Vater mit mir spazieren ging und versuchte, mich zum Lachen zu bringen. Ich seh ihn noch vor mir, in seinem dunkelgrauen Anzug, das Hemd zerknittert, die Augen voller Tränen. Komm, Engelchen, lach für mich, bat er, die Hedda hätte gewollt, dass wir lustig sind. Also tat ich den beiden den Gefallen und lachte.«

Jetzt sprach sie zu sich selbst, versunken in ihre Erinnerungen. Ein tiefer Schmerz schwang in ihren Worten mit, ein Schmerz, den Lilian kannte. Diese Väter, dachte sie, und wusste nicht einmal, warum sie das dachte. Ihr eigener hielt sich mit seinen sechsundsechzig problemlos auf jedem erdenklichen Pferd, zankte sich mitten in der Nacht mit seiner neuen Frau und beschäftigte Lilians Gedanken, seit sie sich erinnern konnte. Es waren besondere Beziehungen, die Töchter zu ihren Vätern aufbauten.

Die Schleierwolken wurden dichter. Das unbeschwerte Türkis des Wassers wich einem stumpfen, ausgewaschenen Blau. Fast unmerklich wurde es kühler. Lilian war froh um ihren Platz, der nicht im Schatten lag.

Auf einmal zwinkerte Angelina. Sie kam zurück von

dort, wo sie gewesen war, an diesen weißen Tisch, auf diese blitzende Terrasse, in dieses blasser werdende Land.

»Ich hoffe, wenigstens deinem Vater geht es gut«, sagte sie leichthin.

»Das weiß ich nicht so genau«, gestand Lilian. »Wir reden wenig. Eigentlich reden wir gar nicht. Obwohl es viel zu klären gäbe, für ihn vermutlich genauso wie für mich.«

»Darf ich dir einen Rat geben?«

»Ich bitte darum.«

»Nutze die Zeit, die euch bleibt.« Angelina betonte das vorletzte Wort. »Auch du hast die Erfahrung gemacht, wie es ist, wenn es auf einmal zu spät ist. Einmal ist genug.« Sie verstummte. Plötzlich sagte sie mit erstickter Stimme: »Einmal ist immer genug. Egal, worum es geht.«

»Es ist schwierig.«

»Was?«

»Miteinander reden.«

»Manche schaffen es ihr Leben lang nicht. Aber wir haben nur dieses eine Leben.«

Langsam trank Lilian einen Schluck aus ihrer Tasse, inzwischen hatte der Kaffee eine angenehme Temperatur erreicht. Nur auf das Hörnchen verspürte sie keinen Appetit mehr. Sie schob den Teller zur Seite.

»Weißt du, was mir gerade klar geworden ist?«, fragte sie.

»Was?«

»Warum ich Polizistin geworden bin.«

Angelina hob die Augenbrauen und schaute sie erwartungsvoll an.

»Weil ich wissen wollte, warum dieses Auto damals verunglückt ist«, antwortete Lilian zögernd. »Weil ich die Wahrheit herausfinden wollte.«

»Macht es dich zufrieden, wenn du sie herausgefunden hast?«

»Nicht immer«, gab Lilian zu. »Manchmal wäre es besser, sie nicht zu kennen. Die Wahrheit gibt oft nicht die Antwort, die man erwartet hat. Im Gegenteil, sie macht vieles schlimmer.«

»Nicht immer«, wiederholte Angelina leise und suchte wieder nach Lilians Hand.

Auf einmal raschelte ein Blatt Papier und ein lachendes Gesicht tauchte neben ihnen auf.

»Da bist du ja!« Luisa drückte Angelina zwei Küsschen auf die Wangen und umarmte sie stürmisch. »Ich hab dich schon überall gesucht!«

Angelina erwiderte die Begrüßung und Luisa, heute in Minirock und durchsichtigem Blüschen, das ihren geblümten BH zeigte, setzte sich auf den Stuhl neben sie.

»Für dich, Schwester«, sagte Luisa feierlich und hielt ihr das Blatt vor die Nase.

»Ich bin nicht deine Schwester.«

»Leider. Dann könntest du da bleiben. Wo's doch so schön ist, hier bei uns.«

Angelina nahm den Papierbogen, auf dem eine Zeichnung in kräftigen Farben leuchtete. »Was ist das?«

»Ein Geschenk.«

»Wie schön du malen kannst!«

»Das hat die Mama auch immer gesagt.« Luisa schaute schnell zur Seite.

Angelina betrachtete das Bild. Ein Mädchen mit schwarzen Haaren, schmalen Hüften und übergroßen

Brüsten tanzte engumschlungen mit einem Mann, der sie um zwei Köpfe überragte.

Angelina tippte auf den Mann. »Wer ist das?«

»Großes Geheimnis.«

»Aber das Mädchen bist du, oder?«

Luisa strahlte. »Hab ich mit dem neuen Aquarellmalkasten gemalt, den Babbo mir gegeben hat, als ich aus Florenz zurückkam.«

»Wie war's in Florenz?«, fragte Lilian, um auch etwas zum Gespräch beizusteuern.

»Bis auf Babbos Schwester ziemlich cool.« Luisa warf den Kopf in den Nacken. Eine Bewegung, die von Angelina hätte stammen können. »Da gibt's soooooo süße Jungs! Jeden Abend hat mich ein anderer eingeladen. Einer war sogar richtig verrückt nach mir, der war schon fast dreißig!« Ihrem wehmütigen Gesichtsaudruck nach zu urteilen, hatte die Anziehungskraft auf Gegenseitigkeit beruht.

»Für manche Kleinigkeiten bist sogar *du* noch zu jung, Luisa«, sagte Angelina entschieden.

Das Mädchen zog eine Schnute und fing an, auf ihren abgebissenen Fingernägeln herum zu kauen. »Du redest schon wie Babbos Schwester! Ich soll bloß aufpassen, dass ich nicht schwanger werde, keifte sie mich dauernd an. Als ob ich nicht wüsste, was da zu tun ist.«

»Warum wolltest du zurück, wenn es in Florenz so toll war?«, schaltete sich Lilian wieder ein.

»Ich wär schon noch geblieben. Aber die Tante hat gepetzt. Also verlangte Babbo, dass ich heim komme.« Luisa verdrehte die Augen.

»Er hat recht«, urteilte Angelina sanft. »Gewisse Dinge brauchen ihre Zeit.«

Sie legte der Jüngeren den Arm um die Schulter und Luisa lehnte den Kopf an Angelinas Wange. Dann fing das Mädchen zu kichern an und flüsterte etwas in Angelinas Ohr.

Jetzt war Luisa endgültig die Nummer Eins. Da Lilian wusste, wie wichtig Freundinnen waren, nahm sie es ihnen nicht übel. Obwohl da ein Band zwischen den beiden zu sein schien, das nicht nur aus Freundschaft gesponnen war. Lilian blinzelte. Das Bild der lachenden Gesichter hatte sich nicht verändert. Wie kam sie nur auf diesen Gedanken?

22

»Nein, Rolf hat nie von einer Nichte erzählt. Ich kenne auch weder einen Dr. Franz Kohlmeier noch diesen Herrn Haslinger, mit dem Sie mich ständig nerven.« Iris Bormanns Sternenaugen blitzten kampfeslustig. »Und ich werde Ihnen auf keinen Fall verraten, wo ich an meinem Geburtstag gewesen bin. Warum stellen Sie mir eigentlich all diese Fragen?«

Diesen Moment hatte Lilian gefürchtet. Sie hatte keinerlei offizielle Handhabe, um hier zu ermitteln. Wenn Frau Bormann sich bei der italienischen Polizei oder gar bei der Regensburger Staatsanwaltschaft über diese neugierige deutsche Polizistin beschwerte, könnte sie Lilian in große Schwierigkeiten bringen. Allerdings musste Iris Bormann dazu die Rechtslage kennen und Lilian bezweifelte, dass sie das tat. Am besten, sie knallte ihr einen Schuss vor den Bug. Abrupt stand sie auf.

»Dann berede ich mich am besten gleich mit meinem Kollegen von der hiesigen Kripo.« Sie lächelte übertrieben freundlich. »Commissario Missironi wird es sicher interessant finden, wenn Sie mir in dieser Angelegenheit nicht behilflich sein wollen.«

»Tun Sie das«, sagte Iris Bormann ungerührt. »Ich wüsste nicht, was es diesen Lackaffen angeht, wo ich meinen Geburtstag verbracht habe. Wie gesagt, ich war den ganzen Tag unterwegs und kam erst spät zurück.«

»Haben Sie Ihren Mann nicht mehr angetroffen? Hat er Ihnen nicht zum Geburtstag gratuliert?«

»Das hat er am Vormittag getan. Als ich zurückkam, war er schon im Bett. Deshalb weiß ich nicht, ob er sich am gleichen Abend mit diesem Antiquitätenhändler getroffen hat. Mehr kriegen Sie nicht von mir zu hören, egal, wie oft Sie noch antanzen.«

Die Kugel hatte ihr Ziel verfehlt. Lilian überlegte sich eine neue Taktik und fragte mit mitleidigem Blick: »Verbringen Sie Ihre Geburtstage immer alleine?«

»Rolf wollte mich zum Abendessen in die Stadt einladen. Aber als er hörte, dass ich lange weg bin, hat er den Tisch im ›La Piazzetta‹ für den nächsten Abend reserviert.«

»Versuchen Sie bitte, sich zu erinnern. Vielleicht hat Ihr Mann an diesem Tag den Namen Haslinger erwähnt. Oder was er sonst an diesem Tag vorhatte.«

Iris Bormann stützte den Kopf auf die linke Hand und dachte nach. Die gefühlvolle Tour schien besser anzukommen. Lilian setzte sich wieder.

Sie saßen auf zartgrünen Plüschsesseln in der Hotelbar. Eine einsame weiße Rose schaute von der Vase auf ihrem Tischchen zu den Nachbartischen mit den gleichen spiegelglatten Oberflächen und der gleichen Blumendekoration hinüber. Iris Bormann hatte inzwischen den zweiten Martini bestellt und sich Pralinennachschub bringen lassen. Außer den beiden Frauen war niemand im Raum. Blank geputzt und ruhig wartete er auf Gäste, denen es draußen zu heiß wurde. Am Tresen erschien hin und wieder ein ernst dreinblickender Kellner, der sich dezent erkundigte, ob die beiden Damen etwas benötigten. Sie konnten ihn vor der Spiegelwand an der Theke hin und her laufen sehen, während er die Bestellungen für draußen vorbereitete. Eiswürfel klapperten in hohen Gläsern, Cappuccini wurden aufgeschäumt, Wasser- und Sektflaschen zischten beim Öffnen. Die Glastüren, die zur Terrasse führten, standen weit offen, gedämpftes Gelächter drang herein, von den Pools war lautes Geplansche und das Tapsen eiliger Kinderfüße zu hören, irgendwo kläffte ein Hündchen. Auf den Liegestühlen leuchteten farbenfrohe Handtücher mit Delphinen, übergroßen Sonnen und aufgedruckten Schaumkronen, es roch nach Jill-Sander-Sonnencreme und dem unverkennbaren Kokosmilchduft, den Lilian seit ihrer Kindheit mit Sonnenbaden in Verbindung brachte.

»Am Morgen verließ Rolf vor mir das Haus. Wie immer, er war jeden Tag der Erste im Büro.« Iris Bormann strich sich nachdenklich die blonden Fransen aus der Stirn. »Kurz bevor ich von zu Hause weg fuhr, hab ich ihn angerufen. Da hat er mir gratuliert.«

»Wann war das?«

»Um halb zehn.«

»Was hat er gesagt?«

»Dass er später einen Arzttermin habe. Beim Internisten.«

»War Ihr Mann krank?«

»Nicht, dass ich wüsste. Irgendein Check-up, sagte er.« Eine Praline verschwand in ihrem Mund. »Diese Krise vor drei Jahren hat ihm ziemlich zugesetzt. Ich hab ihn gedrängt, regelmäßig zu den Vorsorgeuntersuchungen zu gehen, schließlich war er nicht mehr der Jüngste. Aber Rolf war der Meinung, er würde ewig leben.« Sie kaute andächtig. »Ich war froh, dass er wenigstens hin und wieder zum Arzt ging.«

Lilian notierte sich den Namen des Arztes, der seine Praxis in der Landshuter Straße hatte. »Hat Ihr Mann gesagt, was bei dieser Untersuchung heraus gekommen ist?«

»Nein. Allerdings war er danach ... anders.«

»Inwiefern?«

»Noch gütiger als sonst. Als wollte er mich für irgendetwas entschädigen.« Sie leerte ihr Glas und bestellte sofort das nächste.

»Was war das für eine Krise, vor drei Jahren?«

»Einer unserer Lieferanten meldete über Nacht Konkurs an. Auf die Schnelle konnte Rolf nur einen neuen Lieferanten ausfindig machen, der horrende Preise verlangte. Rolf hat ohnehin immer sehr knapp kalkuliert, also brauchte er dringend einen Kredit. Aber die Bank sperrte alle Konten.« Sie zupfte unsichtbare Fussel von ihrem grell gemusterten Kleid, heute im Art-Deco-Look. Diese knalligen Kleider passten nicht zu ihrer ungeschminkten, fast nachlässigen Natürlichkeit. »Die Herren in Grau weigerten sich, ein weiteres Darlehen zu finanzieren. Sie hatten kurz davor die zweite Filiale in Düsseldorf gesponsert, dort lief es aber nicht gut, wir waren heillos verschuldet. Als Rolf dann auf einmal mit Enzo zusammen arbeitete, ging's wieder aufwärts.«

»Wer ist Enzo?«

»Ein italienischer Geschäftsmann, der sitzt hier ganz in der Nähe. Er beschafft die besten und günstigsten Siebträgermaschinen, die's gibt.«

»Wie lernte Ihr Mann ihn kennen?«

»Ein Bekannter aus Frankfurt stellte den Kontakt her. Rolf fuhr nach Italien, um den Vertrag auszuhandeln. Auf einmal hatten wir wieder Geld, das Geschäft lief glänzend, auch die Bank ließ mit sich reden.« Sie lächelte gleichgültig. »Seit damals kommen wir alle drei Monate her. Jedes Mal in die teuerste Suite, selbstverständlich all inclusive.«

»Dann hat Ihr Mann sich mit Enzo getroffen? Am Montagabend, kurz vor seinem Tod?«

»Nein, sicher nicht. Seit einiger Zeit war er mit Enzo nicht mehr zufrieden, warum, weiß ich nicht. Aber das hab ich Ihnen doch schon erzählt.«

Jetzt erinnerte sich Lilian. »Den Namen Enzo haben Sie allerdings nicht erwähnt. Warum wollte Ihr Mann sich von ihm distanzieren?«

»Ehrlich gesagt: Ich hab's nicht kapiert. Die Lieferungen waren zuverlässig, kaum je Reklamationen, wirklich gute Qualität zu fairen Preisen.« Ein schneller Griff, diesmal verschwanden zwei Pralinen in ihrem Mund. »Die Verträge machte Rolf zwar immer alleine, aber ich hab ihm trotzdem meine Meinung gesagt.«

»Wie hat er reagiert?«

»Er meinte, es sei an der Zeit, neue Wege zu gehen. Das Leben sei so schnell vorbei, da müsse man bereit sein, hin und wieder Veränderungen zu ertragen, auch wenn sie wehtäten.« Ungläubig schüttelte sie den Kopf, vergaß sogar das Konfekt und den Martini, der eben kam. »Wer nur an Altem festhält, ist tot. O-Ton Rolf.« Sie zuckte mit den Schultern. »So philosophisch kannte ich ihn gar nicht.«

»Was passiert jetzt mit der Firma? Führen Sie die Geschäfte weiter?«

Ein schrilles Lachen. »Eine verhinderte Schauspielerin auf dem Chefsessel! Zu komisch, oder?«

»Heißt das Ja oder Nein?«

»Suchen Sie sich's aus.«

»Wer sonst außer Ihnen könnte die Firma weiter betreiben?«

»Da findet sich schnell jemand. Irgendein Betriebswirtschaftler, der die alte Belegschaft rausschmeißt und ein paar neunmalkluge Frischlinge von der Uni mitbringt.«

»Sie halten nicht viel von solchen Spezialisten?«

»Ein durchgeknalltes Pack, das sich an Zahlen und Wichtigtuerei aufgeilt. Den schicken Benz nicht zu vergessen.« Jetzt bemerkte sie den Martini und trank gierig. »Diesen Typen überlasse ich gern das Feld, leg' mich an den Pool und sonne mich. Ist doch egal, ob ich mich im Laden oder zu Hause langweile. Mit einem kleinen Unterschied: kein Rolf mehr da, dem zuliebe ich das alles ertragen würde.«

»Sie erben also das Haus und die Firma?«

»Als wir geheiratet haben, hat Rolf ein Testament zu meinen Gunsten gemacht.« Ihre Finger betasteten die Schokoladenstückchen. Zärtlich strichen sie über glatte, dunkle Oberflächen.

»Wäre es möglich, dass Ihr Mann das Testament geändert hat?«

»Alles ist möglich.« Sie blieb bei einem kantig geschnittenen Nougatstück hängen. Behutsam drückte sie die Schnittflächen an, sie wurden runder und runder. »Wenn er es geändert hat, dann hat er die neue Fassung im Safe aufbewahrt. Warum schauen Sie nicht einfach nach?«

»Ich verstehe Sie nicht.«

»Der Tresor ist in Rolfs Arbeitszimmer, ganz klassisch hinter dem hässlichsten Gemälde im ganzen Haus.

Drei Putten auf dunkelblauem Grund. In der zweiten Schreibtischschublade von unten finden Sie den Schlüssel.« Ihre Finger zerquetschten die Schokolade. Braune Klumpen klebten an Daumen, Zeige- und Mittelfinger. »Hiermit erteile ich Ihnen mein Einverständnis zu einer Hausdurchsuchung. Meine Nachbarin hat einen Schlüssel. Wenn Sie wollen, geb ich Ihnen das schriftlich.«

»Wie kommen Sie auf einmal auf eine solche Idee?«

»Sie denken, ich hätte Rolf wegen des Erbes abgeknallt. Mit der Waffe dieses Chirurgen, den ich nicht kenne. Als Polizistin müssen Sie das denken.« Sie fing an, einen Finger nach dem anderen abzulecken. Genüsslich und langsam. »Ich habe keine Lust, dauernd wie eine Verbrecherin behandelt zu werden. Wenn Sie im Safe meines Mannes ein neues Testament finden, laut welchem ich nicht mehr die Haupterbin bin, dann wissen Sie, dass ich keinen Grund hatte ihn umzubringen.«

»Warum sind Sie so sicher, dass wir ein solches Testament finden werden?«

Iris Bormann hielt die Fingerkuppen in die Höhe und musterte sie kritisch. Alle sauber und glänzend. »Warum sonst wäre Rolf so gütig zu mir gewesen?«

»Nur weil sie kooperiert, ist sie nicht weniger verdächtig«, schnaubte Helmut in die Leitung.

»Unsere liebe Iris will ablenken«, stimmte Lilian zu. »Aber die Gelegenheit sollten wir nutzen. Du weißt, wo der Safeschlüssel ist.«

»Und du weißt so gut wie ich, dass ich für eine Hausdurchsuchung die schriftliche Einverständniserklärung der Eigentümerin und einen richterlichen Beschluss brauche.«

Sie grinste das Handy an. »Die Erklärung ist schon unterwegs und ein Richter findet sich mit Sicherheit.«

»Lilian! Kein Richter dieser Welt wird mir dafür seine Unterschrift geben! Du bist da unten in Urlaub und hast mit diesem Fall im Moment überhaupt nichts zu tun.«

»Geh doch zu Gruber, dem Kegelkumpan von Maikas Vater.« Sie kicherte. »Von dem kriegst du deinen richterlichen Beschluss in weniger als fünf Minuten.«

»Du spinnst.«

»Ganz was Neues. Aber danke für das Kompliment.«

»Ich versteh' das trotzdem nicht.«

»Was?«

»Warum die Bormann unbedingt will, dass wir den Safe aufmachen.«

»Entweder sie pokert oder sie weiß von vornherein, was wir finden. Sie ist Schauspielerin durch und durch. Schön. Langsam glaube ich wirklich, dass diese Vorstellung neulich in ihrem Zimmer reinstes Improvisations-Theater war. Sie hat nicht mit meinem Besuch gerechnet, hat sich aber spontan darauf eingestellt und mir einen Nervenzusammenbruch vorgegaukelt.«

»Aha.« Helmut schwieg. »Dritte Möglichkeit: Sie weiß, dass kein Richter eine solche Hausdurchsuchung genehmigt, und die Sache im Sand verläuft.«

»Dann sollten wir erst recht dafür sorgen, dass sie sich ärgert.« Lilian kaute auf ihrem Fingernagel. »Außerdem versteh' ich nicht, warum sie mir partout nicht erzählen will, was sie an ihrem Geburtstag getrieben hat. Bei allen anderen Fragen hat sie bereitwillig Auskunft gegeben. Aber da hackt sie nur darauf rum, dass sie den ganzen Tag unterwegs gewesen und spät nach Hause gekommen sei.«

»Am gleichen Abend ist Haslinger erschossen worden.«

»Du meinst, sie hat was mit seinem Tod zu tun?«

»Zumindest will ich wissen, was sie den lieben langen Tag angestellt hat.«

»Die Hausdurchsuchung ist also gebongt?«

»Wie sollen wir sonst herausfinden, wo sie gewesen ist? Vielleicht stolpern wir über irgendwas in diesem Palast.« Helmut fing an zu pfeifen. »Wir sollten Schluss machen, denk an deine Handyrechnung.«

»Auf einmal in Eile?«

»Hab' ganz vergessen, dass ich noch eine Verabredung auf der Dult hab, im Glöcklzelt.«

»Wie nett. Ich arbeite im Urlaub und du gehst während der Arbeit aufs Volksfest. Bestimmt stopfst du dich mit gebratenen Hähnchen und Steckerlfisch voll und gönnst dir zum Abschluss eine Maß Bier.«

»Warum so neidisch? In der Toskana gibt's doch genug Feines zu essen und zu trinken.«

»Mit wem triffst du dich? Mit Gruber?«

Er grunzte nur.

»Hast du übrigens diesen Dr. Franz Kohlmeier schon erreicht?«

»Nur den Anrufbeantworter. Aber von einer charmanten Krankenschwester in der Uniklinik hab ich erfahren, dass er ein Arbeitstier ist und ein überaus korrekter Vorgesetzter. Er ist Chefarzt in der Chirurgischen Abteilung und engagiert sich wohl auch für KUNO, die neue Kinderklinik. Macht karitative Veranstaltungen und treibt fleißig Spendengelder ein.«

»Wusste die Krankenschwester was über die Walther PPK?«

»Nicht wirklich. Sie sagte nur, das Jagen sei seine zweite Leidenschaft. Neben der Arbeit, versteht sich.«

»Und die erste?«

»Seine Gattin. Seit fünfundzwanzig Jahren verheiratet, aber noch nie, einfach NIE hat dieser Wunderknabe den Hochzeitstag vergessen. Jedes Jahr kriegt seine Frau einen Strauß mit dreißig roten Rosen und ein Abendessen beim ›David‹ im Watmarkt.«

»Und wo bleibt der Ring mit Brillie?«

»Ich frag ihn bei Gelegenheit. Auf jeden Fall hat Kohlmeier ein Alibi für die Tatzeit, am Montagabend hat er operiert, da konnte er unmöglich auf die Schnelle in die Toscana fahren. Also, ich muss jetzt los.«

»Letzte Frage, liebster Kollege.«

»Wenn es wirklich die Letzte ist.«

»Regnet es immer noch?«

Ohne Antwort legte er auf.

23

David schlief, tief und fest. Sicher tat das seinem Magen gut. Vorsichtig machte Lilian die Zimmertür wieder zu und ging nach draußen. Sie war früher zurückgekommen als gedacht. Es blieb ihr noch Zeit, um vor dem Mittagessen einen Spaziergang zu machen.

Sie schlenderte durch das Kastanienwäldchen. Durch die Blätterkronen sah sie, dass die feinen Wolken auch hier in den Bergen dichter wurden. Wann war es wohl vorbei mit dem lauen Frühlingswetter? Sie spürte einen Tropfen im Gesicht. Ob es bald den gleichen Dauerregen wie zu Hause gab? Sie hätte Helmut nicht ärgern sollen. Noch ein Spritzer auf der Stirn. Sie ging schneller.

Ihr Weg führte sie zu den Pferden. Ihr Vater unterrichtete gerade zwei Mädchen. Den weißblonden Haaren nach zu urteilen, handelte es sich um Touristinnen. Ohne Sattel trabten sie durch den Rettangolo, die Gesichter der Mädchen glühten vor Begeisterung und Konzentration. Bald verfielen sie in Schritt und ließen die Tiere abkühlen. Dann kamen sie zum Stehen, glitten zu Boden und brachten die Pferde hinaus.

Lilian näherte sich langsam.

Als die Pferde auf der Koppel waren, verabschiedeten sich die Mädchen in einer Sprache, die sich nach Schweden oder Norwegen anhörte, und Simon winkte Lilian zu.

»Warst du in Alessandros Hotel?«, fragte er, als sie bei ihm angekommen war. »Gibt's was Neues?«

Sollte sie ihm von ihrem Verdacht gegen Iris Bormann erzählen? Oder lieber von Angelinas Rat? Da Lilian von der einen Sache nichts verlauten lassen wollte, und in der anderen offiziell nicht ermittelten sollte, verneinte sie.

»Maria ist wieder da.«

»Wie geht's ihr?«

»Sie ist froh, dass sie wieder unter die Leute kommt.« Er drehte sich weg. »Fiorella ist überglücklich.«

Lilian dachte an die Stimmen in der Nacht. »Schön habt ihr es hier«, meinte sie, obwohl sie etwas anderes sagen wollte. Sie hielt das Gesicht in den Wind. Noch ein Tropfen traf sie. »Hier gefällt's mir besser als am Chiemsee.«

Er musterte sie. Abwartend.

»Eine herrliche Landschaft am Chiemsee, ich weiß. Der See, die Berge vor der Haustür, die Almwiesen.« Sie senkte die Stimme, als sollte das niemand hören, vor allem nicht ihr Vater. »Aber ich wollte immer weg von dort.«

Auf einmal war es ausgesprochen. Ein Punkt auf Lilians ellenlanger Liste abgehakt. Gespannt schaute sie ihren Vater an.

Ein feines Lächeln huschte über sein Gesicht, versteckte sich, tauchte plötzlich wieder in einem Mundwinkel auf, schlüpfte hinüber zum anderen und verschwand endgültig.

»Es war dir zu eng.« Seine hellen Augen in dem von der Sonne gegerbten Gesicht suchten ihren Blick, fanden ihn, hielten ihn. »Mit mir. Und mit Stefan.«

Ein Seufzen, das aus ihrem tiefsten Inneren kam. Er

hatte recht. Bevor sie über ihre Mutter reden konnten, mussten sie mit Stefan anfangen, ihrem Ex.

»Ihr hattet verschiedene Vorstellungen von einem gemeinsamen Leben. Du wolltest hinaus in die große weite Welt und er wollte sich ein Nestchen bauen.«

Sie schwieg. Genauso war es gewesen.

»Das war eure Sache. Aber meine Sache fing dort an, wo mein Gut betroffen war. Ich arbeitete damals schon bei den Bouteri hier in der Maremma mit, zu der Zeit lernte ich Fiorella kennen.«

Die Farbe seiner Augen erinnerte sie an die Zone im Meer, wo die seichten Stellen immer tiefer wurden.

»Auf einmal machte Fiorellas Onkel mir dieses einmalige Angebot. Er wollte den ›Vigneto‹ verkaufen. Das war meine und Fiorellas Chance. Nur, für das Gut zu Hause brauchte ich einen zuverlässigen Pächter.«

Lilian sah ihn unverwandt an. Plötzlich war alles so einfach. Er redete, weil sie angefangen hatte, das Schweigen zu brechen. Sie brauchte ihm keine Vorwürfe mehr zu machen. Sie brauchte nur zuzuhören.

»Was sollte ich tun? Deine Mutter und ich hatten einen gutgehenden Betrieb aus dem alten Hof gemacht. Ich hatte ihn von meinen Eltern geerbt. So etwas lässt man nicht einfach verkommen, Lilly.«

Er nannte sie so wie früher. Sie wies ihn nicht zurecht. Sie sah das große Bauernhaus der Eltern vor sich: dunkles Holz, grüne Fensterläden, Geranien auf Fenstersimsen und Balkonen, alles schienen sie rot und pink zu färben. Im schmucken Nachbargebäude waren die Gäste untergebracht. Morgens konnten sie von den Zimmern auf die goldgelben Felder und endlosen Weiden hinunterschauen. Überall grasten Pferde und Kühe, das

Blau des Sees glitzerte in der Ferne, dahinter die Berge. Simons und Veras Reich – und das der kleinen Lilly.

»Sollte ich mir irgendeinen Kerl suchen, der nur in seine eigene Tasche wirtschaftete? Stefan war der geeignete Mann: Diplomierter Landwirt, mit einem guten Gespür für die Tiere, noch dazu kannte er den Betrieb, weil ihr mich oft besucht hattet.« Simon schaute seine Hände an. »Auf der anderen Seite diese unübersehbaren Probleme zwischen euch. Und als Krönung: Heike bekommt ein Kind von ihm.«

»Zur gleichen Zeit wie ich.« Sie versuchte ein Lächeln, aber es wurde nur eine Grimasse. »Ich fühlte mich von allen verraten. Mein Mann macht sich an meine älteste Freundin ran und lässt mich hängen, mit einem Baby und einem Beruf, den ich nur als Vollzeitkraft ausüben kann. Und du verpachtest ihm das Gut, mein Zuhause.«

»Das ich zuerst dir angeboten hatte«, erinnerte er sie milde. »Glaub' mir, ich hab nach anderen Lösungen gesucht.«

»Wenigstens auf Viktor war Verlass«, sagte sie leichthin. Auf einmal kam ihr ein Gedanke. »Hast du ihn geschickt? Damit ich bei der Entbindung nicht alleine bin?«

»Er war mir was schuldig. Außerdem wusste ich, dass du *mich* nicht dabei haben wolltest.«

So viel war ausgesprochen, was jahrelang verschwiegen worden war. Es hing in der Luft, kreiste, wurde leicht, verflüchtigte sich schließlich ganz. Sie legte ihre kleine Hand auf seinen Arm, spürte die Muskeln darunter, von der harten Arbeit mit den Tieren. Wenn sie nicht gewusst hätte, dass er sechsundsechzig war, hätte sie ihn für wesentlich jünger gehalten. Alles an ihm strotzte vor Gesundheit. So wie früher.

»Warum hast du mir das damals nicht gesagt?«, fragte sie leise.

»Du meinst, als wir uns das letzte Mal getroffen haben? Bei diesem unglaublichen Streit?« Einen Moment schien er traurig zu sein. »Ich habe mich geschämt.«

»Warum?«

»Weil ich mehr an mich dachte als an dich. Obwohl du meine Tochter bist.«

Sie starrte ihn an, glaubte fast, sich verhört zu haben.

»Wer sich schämt, ist verletzlich«, flüsterte er.

Sie ließ ihre Hand, wo sie war.

»Also schreit man. Damit niemand merkt, wie dumm man ist. Ich hätte anders reagieren müssen, ich weiß. Aber keiner reagiert immer so, wie er es gerne hätte. Auch kein Vater.«

Sie wartete. Auf die bösen Worte, die sie sich vor zehn Jahren an den Kopf geworfen hatten, die sie immer noch im Ohr hatte. Aber sie kamen nicht. Sie hatten keinen Platz mehr zwischen Vater und Tochter. Etwas Neues war entstanden. Etwas, was älter als sie selbst war.

24

Als Lilian zurückkam, schlief David immer noch. Von Fiorella erfuhr sie, dass er am späten Vormittag ein karges Mittagessen zu sich genommen hatte und gleich wieder ins Zimmer verschwunden war. Sein Magen hatte sich offenbar beruhigt, aber er war müde und wollte nicht gestört werden.

Die beiden Frauen aßen zusammen, Simon war unterwegs, und Maria richtete das Abendessen her. Man hörte sie in der Küche mit Geschirr hantieren.

Bei der Nachspeise piepste Lilians Handy. Sie blickte auf den Display, entschuldigte sich und ging nach draußen.

»Wie war's auf der Dult? Hat der Steckerlfisch geschmeckt?«, fragte Lilian ihren Kollegen.

»Weißt du, was wir gefunden haben?«, entgegnete Helmut nur.

»Ich nehme an, es geht um die Hausdurchsuchung bei Bormanns, die du nicht machen wolltest.«

Lilian grinste. Inzwischen kannte sie ihren Kollegen gut genug. Sie brauchte ihm nur einen Köder vor die Füße werfen, schon schnappte er danach wie ein ausgehungerter Wolf nach der wehrlosen Beute.

»Da wären zum einen mal die beiden Testamente«, sagte er ungeduldig. »In dem von 1998 ist Iris Bormann die Haupterbin, im anderen kriegt sie ihren Pflichtanteil und Sybille Bormann den Rest.«

»Die Nachbarin hatte also recht.«

»Das Schärfste kommt noch. Dieses zweite Testament ist rechtsgültig. Alles da: Datum, eine Erklärung, dass der Verfasser im Vollbesitz seiner geistigen Kräfte ist, und Unterschrift.«

»Auf wann ist es datiert?«

»Auf den 28. April 2005.«

»Iris Bormanns Geburtstag! Soll das heißen, dass sie nun doch keinen Grund hatte, ihren geschätzten Gatten aus dem Weg zu räumen?«

»Auch ein halbes Vermögen ist Grund genug für einen Mord«, gab Helmut zu bedenken. »Vielleicht hat sie dir diesen Hinweis mit dem geänderten Testament nur gegeben, um von sich abzulenken.«

Lilian befand sich auf dem Rasen vor dem Haus. Sie hatte den gleichen wunderbaren Ausblick wie sonst auf die umliegenden Hügel, auf die Weinberge mit den alten Rebstöcken, die sich in endlosen Reihen die Hänge hinaufzogen. Nur der Himmel hatte sich verändert. Graue Wolken türmten sich drohend über ihr, das warme Lüftchen war einem kühlen Wind gewichen, der erbarmungslos an ihr vorbeipfiff. Sie hatte keine Jacke dabei und fror.

»Warum hat Bormann auf einmal die Hälfte dieser Nichte vermacht, von der er nie gesprochen hat?«, rätselte sie.

»Vielleicht schuldete er ihr Geld?«

»So viel?« Sie ging langsam weiter. »Was habt ihr noch im Tresor gefunden?«

»Eine Liste.«

»Was für eine?«

»Eine ausgesprochen seltsame.«

»Lass dich nicht so bitten.«

»Eine Tabelle mit drei Spalten. Die lauten: ›Datum‹, ›Kunde‹, ›Euro‹.«

»Eine Verkaufsliste«, sagte Lilian verständnislos. »Zu deiner Information: Bormann verkaufte Espressomaschinen. Was soll daran so ungewöhnlich sein?«

»Seit wann gibt's Espressomaschinen, die zehntausend Euro kosten?«

»Uuuupppps.«

»Alle Beträge sind in dieser Größenordnung. Der erste Eintrag war 2002, der letzte im April 2005. Am 28., um genau zu sein.«

»Schon wieder Frau Bormanns Geburtstag!«

»Rate mal, wer da als Kunde drin steht.«

»Woher soll ich ...?« Lilian schnappte nach Luft. »Doch nicht Anton Haslinger?«

»Hundert Punkte gehen an die Dame in der Toskana.«

»Welcher Betrag steht da?«

»An diesem Tag gar keiner. Aber Haslingers Name taucht seit zwei Jahren öfter auf, die Summen sind immer so um die acht, neuntausend.«

»Schmuggel also!« Auf einmal wurde es Lilian heiß. »Bormann muss Haslinger unter der Hand den etruskischen Schmuck verkauft haben, er war tatsächlich dieser ominöse Lieferant.«

»Deshalb hat die Aushilfe aus Haslingers Laden die Ohrringe auch nie zu Gesicht bekommen. Ihr Chef muss diese Dinger ohne ihr Wissen weiter verkauft haben, an interessierte, zahlungskräftige Kunden.«

»Bilde ich mir das ein, oder hat nicht einer von Haslingers Kollegen, so ein Antiquitätenhändler in Stadtamhof, mal so eine Bemerkung gemacht?«

»Dass Haslinger Hehlerware verscherbelte?« Es raschelte, offenbar wühlte Helmut sich durch seine Papierberge. »Weißt du noch, wie der hieß?«

»Gerner ... Nö. Gerling?«

»Einen Gerling hab ich hier. Ja, der hat so was in der Art gesagt. Warum hat da keiner nachgefasst?«, fragte er wütend. »Der Forster wäre dafür zuständig gewesen. Na warte, den kauf ich mir!«

»Deshalb also musste Haslinger seinen Laden nicht schließen«, überlegte Lilian. »Vor zwei Jahren gab's die erste Mieterhöhung, die allgemeine Nachfrage an Antiquitäten ging stetig zurück. Aber für so besonders exquisite Sammlerstücke gibt man in gewissen Kreisen dann doch den einen oder anderen Euro aus. Da fragt keiner nach, wo das Zeug herkommt.«

»Es kommt noch dicker. Es gibt einen zweiten Namen auf der Liste, den wir kennen. Neben einigen anderen Honoratioren der Stadt, versteht sich.«

»Wer soll das sein?«

»Unser geschätzter Leiter der Chirurgie, Dr. Franz Kohlmeier. Stolzer Besitzer der Walther PPK, mit der Bormann erschossen wurde.«

»Wie bitte? Die beiden kannten sich?«

»Auf jeden Fall kaufte Kohlmeier von Bormann geschmuggeltes Zeug.« Er gluckste. »Vermutlich für den Hochzeitstag seiner Frau, als Ersatz für den Brillie.«

»Was sagt Kohlmeier zu dieser Liste? Hast du schon mit ihm gesprochen?«

»Hab ihn immer noch nicht erreicht. Aber ich weiß jetzt, dass er fürs Wochenende auf einen Kongress nach Paris gefahren ist, mit der holden Gattin. Hakan versucht, das Hotel ausfindig zu machen.«

»Könnte Kohlmeier was mit Haslingers Tod zu tun haben?«

»Auf keinen Fall. An besagtem Abend hielt er einen Vortrag im Alumneum. Vermutlich kannte er Haslinger nicht mal.«

»Gut, einer weniger. Was ist mit den Fingerabdrücken in Haslingers Laden? Hast du schon überprüft, ob die von Bormann identisch sind mit denen, die man auf Haslingers Leiche gefunden hat?«

»Unser geschätzter italienischer Kollege lässt sich Zeit und die aus Bormanns Haus taugen nichts. Diese neugierige Putzfrau ist leider eine wahre Perle.«

»Dann überlegen wir mal gemeinsam«, schlug Lilian vor. Sie war ein Stückchen gegangen und schon fast bei den Weinbergen angekommen. »Am Abend, als Haslinger erschossen wurde, erwartete er einen Lieferanten. Vermutlich Bormann, der mit der neuesten Schmuggelware vorbeikam. Haslinger war unter Druck, weil die Miete wieder erhöht worden war. Er konnte nicht den ursprünglich vereinbarten Preis zahlen. Es kam zu einem Streit zwischen ihm und Bormann.« Sie blieb stehen. »Aber warum sollte Bormann ihn deshalb gleich umbringen? Er war doch Geschäftsmann und hatte viel zu verlieren!« Sie schlenderte weiter. »Sag' mal, steht da auch ein gewisser Enzo drauf, auf dieser Liste?«

»Enzo? Wart mal ... Nein, ich seh nichts. Wer ist das?«

»Ein italienischer Geschäftsmann, der Bormann mit besonders günstigen Maschinen belieferte.«

»Warum soll der da drauf stehen?«

»Stimmt, der käme eher als Lieferant in Frage«, gab Lilian Ihrem Kollegen recht. »Laut Iris Bormann kam der Kontakt zwischen ihrem Mann und Enzo vor drei Jahren zustande, seit damals ging es mit dem Geschäft wieder aufwärts. Der erste Eintrag auf der Liste ist 2002, sagtest du?«

»Juli 2002.«

»Ich fahr gleich noch mal bei der Bormann vorbei. Vielleicht weiß sie noch, wann genau ihr Mann das erste Mal hierher gefahren ist.«

»Aber pass auf! Wir wissen immer noch nicht, was sie an ihrem Geburtstag angestellt hat. Auch im Kaffeeladen, hat Hakan gesagt, weiß niemand, was sie da getrieben hat. Am Ende war *sie* es, die Haslinger erschossen hat, ihr Mann kam dazu, als es schon zu spät war – und Karinkov muss für alles herhalten.«

»Bearbeite Karinkov. Warum macht dieser Kerl den Mund nicht auf? Wenn's sein muss, schnapp dir seinen Anwalt.«

Es fing zu tröpfeln an. Lilian ging zum Haus zurück. »Was treibt eigentlich Hakan die ganze Zeit?«

»Er frischt seine Französischkenntnisse auf.«

»Durch Telefonate nach Paris?«

»Und nach Brüssel. Inzwischen wissen wir, dass Sybille Bormann dort lebt. Das ist aber fast schon alles, was er über sie herausgefunden hat.«

»Was soll das heißen?«

»Sie ist vor sieben Jahren nach Brüssel gezogen, sie muss da eine Stelle in einem Ministerium haben. Aber mehr kriegt er einfach nicht über sie raus. Ihr Name taucht in keiner einzigen Mitarbeiterliste auf.«

»Das gibt's doch nicht!«

»Er versucht gerade, alle Sybilles zu überprüfen, die in den letzten Jahren dort gearbeitet haben. Kann ja sein, dass sie geheiratet hat und anders heißt.« Helmut summte vor sich hin.

»Was ist denn mit dir los?« Lilian fing zu laufen an. Inzwischen regnete es in dichten Schnüren. »Auf einmal so guter Laune, trotz des miesen Wetters?«

»Wovon redest du? Draußen scheint die Sonne!«

»Herr Gott, was für eine Liste? Davon höre ich zum ersten Mal!«

»Vom zweiten Testament haben Sie gewusst, warum nicht auch von dieser Liste?«

»Nichts hab ich gewusst!« Iris Bormann stemmte die Hände in die Hüften und blitzte Lilian an. Die Wut stand ihr gut, sie ließ die kleinen Sterne in den Augen noch mehr leuchten. »Was wollen Sie mir unterstellen?«

»Warum wollten Sie unbedingt, dass meine Kollegen in Regensburg den Safe Ihres Mannes öffnen? Sie wussten, wo er den Schlüssel aufbewahrte. Also hatten Sie genug Gelegenheit, selbst nachzuschauen.«

»Rolf hatte den Schlüssel immer bei sich. Nur wenn wir gemeinsam weg fuhren, ließ er ihn zu Hause.«

»Sie und Ihr Mann hatten eine seltsame Beziehung.«

»Weil er mir misstraute? Wenn Rolf in seinem Arbeitszimmer war, sperrte er grundsätzlich ab. Jetzt verstehe ich auch, warum. Wer würde nicht auf Nummer Sicher gehen – bei solchen Summen?« Iris Bormann kippte den Martini in einem Zug hinunter. »Außerdem wird mir klar, warum es damals vor drei Jahren so abrupt bergauf ging. Mit der Schmuggelware sanierte er das Unternehmen.«

»Sie sind sicher, dass Ihr Mann kurz vor dem Juli 2002 das erste Mal hier gewesen ist?«

»Im Frühling, hundertpro. Als er zurückkam, schwärmte er mir vor, wie schön es hier sei.« Sie legte den Kopf schief. »Aber ich kann mir nicht vorstellen, dass Enzo etwas damit zu tun hat. Ich hab ihn einmal getroffen. Einer der wenigen von Rolfs Geschäftskontakten, dem ich persönlich begegnet bin. Ein sehr charmanter Mann und ein berechnender, aber zuverlässiger Businessman. Seine Spedition läuft gut.«

Sie befanden sich in der Lounge. Ein Raum, der nicht von dieser Welt zu sein schien. Er lag hinter der Eingangshalle und bestand fast nur aus Glaswänden mit Blick aufs jetzt aufgewühlte Meer. Blau, Blau, Blau, wohin man blickte. Teppiche und Sofas in Blau-Grünschattierungen, als wären sie algenbewachsene Felsen zwischen Korallenriffen. Auf den Tischen standen große kobaltblaue Schalen, in denen Muscheln und Schneckengehäuse im weißen Sand lagen. Obwohl erst später Nachmittag war, waren sämtliche Lichter eingeschaltet und die Lampenschirme zauberten Reflexe an die Wand. Draußen tobte ein Sturm und verwandelte das Meer in stahlblauen Schaum, der nach allen Seiten spritzte. Der Wind heulte und pfiff, er rüttelte an den dünnen Fensterscheiben, als wollte er herein. Lilian fühlte sich wie in einer surrealen Szene. Sie wusste, sie saß auf festem Untergrund, glaubte aber fast, die rasenden Wellen wagten sich bis zu ihr. Auch Iris Bormann schien Teil dieser Welt zu sein. Auf ihrem Kleid tummelten sich Fische, Quallen und Tintenfische mit langen Armen.

»Kannten Sie Anton Haslinger persönlich?«, fragte Lilian.

»Wie oft wollen Sie mich das eigentlich noch fragen?«

»Sie sind sicher, dass Sie ihn an Ihrem Geburtstag nicht getroffen haben?«

»Was soll dieser Quatsch?«

»Sagen Sie doch einfach, wo Sie an diesem Tag gewesen sind, dann lass ich Sie in Ruhe.«

Scharf sog Frau Bormann den Atem ein. »Das gefällt Ihnen.«

»Was?«

»Mich zur Hauptverdächtigen abzustempeln. Jetzt hab ich also nicht nur meinen Mann erschossen, sondern auch noch diesen mir völlig unbekannten Antiquitätenfuzzi.« Ein Kellner mit Pferdeschwanz und geschmeidigen Bewegungen brachte ihr unaufgefordert ein weiteres Glas Martini, doch sie lachte so sehr, dass sie weder ihn noch das Glas bemerkte. »Warum hätte ich diesen Kerl umbringen sollen? Um warum ausgerechnet Rolf? Ich habe ihn geliebt!« Sie lachte noch mehr. »Außerdem gibt's hier genug Leute, die was gegen meinen Rolf hatten. Fragen Sie doch mal diesen sauberen Hotelbesitzer, warum er sich an dem Abend, als Rolf erschossen wurde, noch mit ihm gestritten hat!«

»Sie reden von Alessandro?«

»Von wem sonst?«

»Warum sollte Alessandro sich mit einem seiner Gäste zanken?«

»Vielleicht wegen seines hübschen Töchterchens? Dieser Hotelchef ist doch total vernarrt in die eigene Tochter – und zwar mehr, als ein Vater das sein sollte.«

»Sie trinken zu viel.«

»Warum auf einmal so fürsorglich, Frau Kommissarin?«

»Sie ruinieren sich Ihr Leben. Sind Sie dafür nicht zu jung?«

»Wenn ich etwas bin, dann zu alt.« Auf einmal kippte ihr Lachen und wurde bedrohlich laut.

Die wenigen Gäste auf den Sofas reckten die Hälse. Lilian legte Iris Bormann eine Hand auf den Arm. Die junge Frau ließ es geschehen, atmete ein paar Mal stoßartig ein, gleich wieder aus und hörte so abrupt mit dem hysterischen Gelächter auf, wie sie angefangen hatte.

»Rolf dachte, ich merk' es nicht«, sagte sie leise. »Aber ich bin nicht blind, und blöd schon gar nicht. Hab gleich kapiert, warum er immer die ganz jungen Dinger von der Sekretärinnenschule einstellte.« Jetzt sah sie das volle Glas, nahm es in die Hand, drehte es hin und her und begutachtete es, als fragte sie sich, wie es dort hingekommen sei. »Nicht mal hier hatte er so was wie Anstand.«

»Wie meinen Sie das?«

»Neulich hab ich gesehen, wie er die Tochter des Hauses angetatscht hat.«

»Luisa?«

»So heißt sie wohl.«

»Wann war das?«

»Am Montag, glaub' ich. Ja, genau, kurz vor dem Abendessen. Ich kam gerade aus der Bar und wollte noch schnell nach oben, weil ich was vergessen hatte.« Sie starrte ins Glas. »Der Aufzug befindet sich hinter der Eingangshalle. Ich biege um die Ecke, auf einmal seh ich Rolf und das Mädchen.«

»Und?«

»Er ... er hielt sie am Arm fest und strich über ihren ... Hintern.«

Lilian dachte an Luisas abfällige Bemerkung über Rolf Bormann. »Was passierte dann?«

»Die andere Aufzugstür ging auf und diese schwarzhaarige Frau kam heraus, diese schreckliche Zicke, die mit jedem rummacht. Sie sagte irgendwas zu Rolf.«

»Haben Sie verstanden, was?«

»Nein, da war ja der ganze Lärm aus der Halle und dem Speisesaal. Dann nahm sie das Mädchen an der Hand und weg waren sie.«

»Haben Sie Ihren Mann darauf angesprochen?«

»Nein, der verschwand gleich. Außerdem wollte ich nicht, dass er mich sieht. Mir war das ... peinlich. Ich drückte mich auf die Seite, hinter eine Palme. Vielleicht hat ja diese Luisa ihn ermuntert? Die macht allem, was nach Mann aussieht, schöne Augen.« Sie kaute auf ihren Fingernägeln herum und guckte Lilian mit ihren großen Sternenaugen an. Auf einmal sah sie aus wie ein kleines Mädchen, das eines Morgens in einer Welt aufwacht, in die es nicht gehört. »Angelina heißt die mit den schwarzen Haaren, glaub' ich. Das hätte ich der gar nicht zugetraut, ich dachte, die hat nur Vögeln im Kopf. Deshalb versteht sie sich wohl so gut mit Luisa.«

»Was soll das heißen?«

»Vorgestern hab ich diese Angelina mit einem in der Bar gesehen, mit 'nem Italiener. Groß, mit Bart. Die haben da rumgemacht, dass es schon fast unerträglich war.«

Das musste Claudio gewesen sein, der Lilian bei ihrem missglückten Joggingausflug geholfen hatte.

»Gleich zieht die sich aus, dachte ich noch. Aber auf einmal steht sie auf und lässt den Kerl einfach sitzen. Ohne ein Wort, zack, weg. Der guckte schön blöd.« Sie kicherte schadenfroh. »Als ich später nach oben ging – ich muss an ihrer Tür vorbei, sie hat ihr Zimmer auf unserem Gang –, da hörte ich sie heulen. Völlig durchgeknallt.«

Armer Claudio, dachte Lilian. Arme Angelina.

»Aber der Barkeeper hat gegrinst, als sie einfach weg ist«, gluckste Iris Bormann.

»Wie das?«

»Mit dem hat sie am Abend davor rumgetan. Ich war die Letzte an der Bar, da mussten sie sich natürlich zurück halten, denn der ist ja hier angestellt.« Unbeschwert schwenkte sie ihr Glas durch die Luft. »Der, der mir eben den Martini gebracht hat.«

Lilian setzte sich aufrecht hin und überlegte, welche Inszenierungen dieser Frau echt und welche gespielt waren.

»Aber später hat sie ihn auf ihr Zimmer mitgenommen, das hab ich noch mitgekriegt. Obwohl die sich echt anstrengten, dass ich nichts merkte. Und seither kennt sie ihn nicht mehr.« Achtlos stellte sie das Glas auf dem Beistelltischchen ab und schaute durch die Fensterfront auf die aufgepeitschte See und die tobenden Elemente. »Wahrscheinlich hat sie inzwischen schon wieder einen Neuen am Angelhaken. Frauen wie die meinen doch, die könnten jeden haben.«

Lilian dachte an David und war fast sicher, dass Frau Bormann zur Abwechslung einmal die Wahrheit sagte.

25

Lieber Papa,

alles weg. Alles, was ich brauche, für dich, für mich. Auch die Bilder. Hab ich das weg geworfen? Werde ich verrückt? Wenn ich in den Spiegel schaue, sehe ich zwei Frauen. Die eine mit Falten, die andere mit glatter, junger Haut. Sie sind liebenswert und einsam. Keiner da, der sie versteht. Nur wir verstehen uns. Wir sind unschuldig und haben glänzende Träume. Dann sind wir alt, weise, aber ohne jede Hoffnung. Wir sind uns ähnlich, doch wir sind nicht gleich. Die Jahre und der Schmerz trennen uns.

Sprachlos. Herzlos. Kampflos. So fühle ich mich. Nie hab ich gekämpft. Nicht einmal für das Kind. Ich hätte es mir gewünscht. Obwohl alle gesagt hätten, ich sei zu jung dafür. Ich fühlte, wie es wuchs. Alles veränderte sich. Wenn ich mich auf den Bauch legte, spannten meine Brüste. Gleichzeitig wurde ich weicher. Seltsam. Wie kann ein Mensch weich sein? Und auf einmal diese Einheit, auf einmal liebte ich meinen Körper, ohne Einschränkung. Das erste Mal in meinem Leben. Aber dann kam dieser Ekel, den ich kenne, seit ich denken kann. Nein, kein Körper für ein Kind. Deshalb die Treppe. Es ging nicht anders. Augen zu, ein Plumpsen, ein paar blaue Flecken, drei Tage im Krankenhaus. Es war so einfach.

Ich konnte mit niemandem reden. Auch nicht mit

diesem Mann, der der meine war. Einmal versuchte ich es. Er meinte, jede Seele suche nach der Mutter, die zu ihr passe. Also sei diese Seele zu den Sternen zurückgekehrt, um sich ein anderes Heim zu suchen, einen anderen Schoß, eine andere Mutter. Eine, die richtig sei. Alles Quatsch. Aber jetzt bin ich noch einsamer als zuvor. Egal, wer bei mir ist, wer mich umarmt, wer mich vor mir selbst verbirgt – ich bin allein. Keiner kann mich trösten. Sie lachen, schmeicheln, gieren. Wie gut das tut. Aber es heilt keine Wunden. Leere. Schwärze. Dunkelheit. Sie gräbt sich in meine Seele. Verzweiflung tropft hinein. Langsam. Irgendwo ist da ein gewaltiges Reservoir, das immer neuen Nachschub liefert. Bald schwappt es über. Warum schicke ich sie alle nicht einfach weg? Oder laufe fort, so weit ich kann?

Ich kann nicht schlafen. Also stehe ich auf und suche nach meinem Kind. Die Nacht ist schwarz, nur die Sterne blitzen. Ob sein Stern dort oben leuchtet? Ob es ein anderes Zuhause gefunden hat? Ob es mir verziehen hat?

26

»Noch mal – und ganz langsam bitte. Der Lärm hier ist unglaublich.«

»Was knackt denn da so in der Leitung?«

»Das Gewitter«, antwortete Lilian mit einem argwöhnischen Blick durch die Windschutzscheibe.

Sie hätte warten sollen. Sie war auf dem Heimweg, hatte aber noch eine gute Strecke zu fahren. Die Windböen peitschten zwar nicht mehr so wie vor einer halben Stunde, aber jetzt donnerte der Regen aufs Autodach und gegen die Fenster und raubte ihr schlagartig die Sicht. Sofort nahm sie den Fuß vom Gaspedal.

»Also ... Commissario Missironi hat mir ein ellenlanges Fax geschickt«, wiederholte Helmut geduldig. »Es geht los mit dem Obduktionsbericht. Bormann wäre wohl sowieso bald gestorben.«

»Wie das?«

»Er hatte Krebs, überall im Gewebe schon Metastasen. Bormanns Arzt, dieser Internist in der Landshuter Straße, hat die Untersuchungsergebnisse des Rechtsmediziners bestätigt. Zuerst wollte er keine Auskünfte geben, von wegen Schweigepflicht. Aber als er hörte, dass Bormann tot ist, tat er nicht lang rum. Als Bormann am 28. April bei ihm war, teilte er ihm die endgültige Diagnose mit, wollte ihn ins Krankenhaus einweisen und mit seiner Frau reden. Aber Bormann stellte sich quer.«

Krampfhaft starrte Lilian durch den Regen auf die

Straße, ein Blitz zuckte durch das düstere Grauschwarz. »Warum hat Bormann ihr nichts gesagt?«

»Vielleicht wollte er sie nicht beunruhigen?«

Die Scheibenwischer tanzten wie zwei Derwische, Nässe spritzte an den Kotflügeln hoch, der Wagen fing zu schlingern an. Lilian lenkte gegen, stieg ein paar Mal kurz hintereinander auf die Bremse, das Auto fing sich wieder.

»Am gleichen Tag hat Bormann das zweite Testament unterschrieben.« Lilian fuhr noch langsamer. »Was steht noch in Missironis Fax?«

»Die Untersuchung der Staubpartikel an Bormanns Schuhen ist interessant. Der Zusammensetzung nach kommt der Staub aus einer Gegend bei ... Pi-om-bu-no. Nein, bi-no heißt das.«

»Das ist hier in der Nähe.«

»Hat Missironi auch geschrieben. Aber das Spannendste ist, dass die italienischen Kollegen die gleichen Partikel an der Kleidung eines anderen Toten gefunden haben. Irgend so ein zwielichtiger Typ, mit nettem Vorstrafenregister, der da unten wohl auch abgeknallt wurde. Giovanni Salvo heißt der Mann, arbeitet in ... Fo-lo-nica, wohnhaft in, äh, Ven-tu-rina.«

»Kenn ich nicht.«

Ein Grunzen. »Hab ich auch nicht angenommen.«

»Seit wann ist er tot?«

Helmuts Antwort war nicht zu verstehen, da sich ein Sturzbach übers Auto ergoss. Die Scheibenwischer hatten keine Chance mehr. Lilian lenkte den Wagen an den Straßenrand und hielt an. Bei diesem Unwetter fuhr nur noch weiter, wer lebensmüde war.

»Klingt so, als wäre Salvo dieser neue Lieferant gewesen,

mit dem sich Bormann kurz vor seinem Tod getroffen hat«, überlegte Lilian. »Es ging gar nicht um Siebträgermaschinen, sondern um den etruskischen Schmuck, wetten?«

»Vermutlich. In der Zwischenzeit hab ich auch mit Dr. Kohlmeier telefoniert. Er war äußerst bestürzt, als er von Bormanns Tod erfuhr. Sie haben sich bei einer Kunstauktion kennen gelernt. Die Sache mit den antiken Wertgegenständen hat Kohlmeier sofort zugegeben. Allerdings will er nicht gewusst haben, dass es sich um Schmuggelware handelte.«

»Schwer zu glauben.«

»Das klären wir, wenn er aus Paris zurück ist. Auf jeden Fall weiß ich jetzt, warum seine Walther eine so weite Reise gemacht hat. Bormann hatte ihn darum gebeten. Er sagte, er habe in Italien einen Termin mit einem Geschäftspartner, den er noch nicht kenne, und ihm sei wohler, wenn er eine Waffe dabei habe.«

»Na, also!«

»Aber die Kugel, mit der Salvo getötet wurde, stammt nicht aus Kohlmeiers Walther. Das war ein Großkaliber.«

»Auf jeden Fall muss ich da hin.«

»Wohin?«

»In Salvos Wohnung. Venturina ist nicht weit von hier. Vielleicht weiß da jemand, ob er und Bormann sich kannten.«

»Schaffst du das noch heute?«

Jetzt zuckten Blitze mehrere Male hintereinander durch den wütenden Regen und Donner grollte in den Wolkenbergen.

»Ich bin froh, wenn ich heil nach Hause komm.« Sie warf einen Blick auf die Armbanduhr. »Außerdem ist bald Essenszeit. Die Frau meines Vaters frisst mich, wenn ich das Essen verschmähe und ihre Kochkünste nicht gebührend würdige.«

Kaum hatte sie das Gespräch beendet, summte das Handy gleich wieder.

»Vergiss es, ich fahr heut nirgendwo mehr hin«, knurrte sie und stierte in die Wassermassen, die die Straße in einen reißenden Fluss verwandelten.

»Wie schade«, tönte Davids Stimme. »Ich hab solche Sehnsucht nach dir.«

»Ich sitz' hier irgendwo fest. Kann sich nur noch um Stunden handeln.«

»Der Sturm ist gleich vorbei. Hier bei uns hat es eben zu regnen aufgehört.«

Lilian entspannte sich. »Hast du mich vermisst?«

»Wenn ich nicht geschlafen hab, hab ich nur an dich gedacht.«

»Lügner!«

»Weil ich ein Mann bin?«

»Weil du nur an Ladies in Red gedacht hast.«

»Ich schwöre, dass ich kein einziges Mal von deiner neuen Freundin geträumt hab. Weder in wachem noch in schlafendem Zustand.«

»Du hast wirklich nur an mich gedacht?«

»Unermüdlich.«

»Das kann nicht wahr sein, denn jedes Mal, wenn ich ins Zimmer geguckt hab, hast du geschlafen.«

Zufrieden stellte sie fest, dass das Poltern auf dem Wagendach nachgelassen hatte. Der Regen strömte nur noch in feinen Bächen über die Scheibe.

»Das Ausruhen hat deinem Bauch sicher gut getan«, neckte sie ihn.

»Er zwickt nicht mehr.«

»Du bist also bereit für neue Schandtaten?«

»So viele du willst.«

»Dann stürze ich mich sofort in die Fluten und schwimme zu dir.«

Lauthals lachte er los.

»Ich bin eine hervorragende Schwimmerin.«

Ein Blitz zerriss das trübe Grau, aber sie wartete vergebens auf den nachfolgenden Donner. Das Gewitter entfernte sich.

»Sogar eine todesmutige.«

»Deshalb lache ich nicht.«

»Warum dann?«

»Da heißt es immer, Männer denken nur an das Eine.«

Kerzen flammten auf, Teller klapperten, ein sanftes Kling-Klang von aneinanderstoßenden Gläsern, in allen Ecken Gemurmel und Getuschel. Lachen und laute Wortfetzen schwirrten aus der Küche, hingen über den erwartungsvollen Gesichtern im Speisesaal, schließlich folgten einstimmige Ahs und Ohs an der langen Tafel. Als Primo Piatto gab es Crostini, belegt mit schmackhaften Saußen aus Spargelstückchen, Leberpastete und pikantem Pecorino. Danach wurde die Zuppa di Verdura aufgetragen, ein für die Region typischer Eintopf aus weißen Bohnen, Fenchel, Kartoffeln, scharfen Peperoncini und Brot. Vielversprechend zog der pikante Duft durch den Raum, Teller kreisten, wurden abgesetzt, dann andächtiges Schweigen, während Löffel klirrten und Gesichter zu leuchten anfingen.

Der wichtige Direttore aus dem Museum war dieses Mal ohne Anmeldung zum Abendessen erschienen. Trotzdem wurde er nicht enttäuscht, die Speisenfolge war so abwechslungsreich wie immer, und Fiorella hatte sich wieder einmal selbst übertroffen. Auch David wagte sich an die Tafel, Magenverstimmung hin oder her. Nach einem ganzen Tag im Bett hungerte er nicht nur nach etwas Essbarem, sondern auch nach Abwechslung. Maria brachte ihm einen Tè di Menta und Brodo con Riso, während alle anderen den Gemüseeintopf lobten.

»Ich will weder Pfefferminztee noch Reissuppe«, maulte er.

»Dein Magen ist noch zu empfindlich«, bemerkte Maria knapp. »Wenn du unbedingt willst, bringe ich dir als Hauptspeise Kartoffelbrei mit gekochtem Rindfleisch von gestern.«

»Was kriegen die anderen?«

»Ofenkartoffeln in Olivenöl mit gedünsteten Zwiebeln und gegrillten Schweinebraten mit Schwarte.«

Missmutig löffelte er seine Suppe, fügte sich aber in sein Schicksal und fing mit seiner Nachbarin ein Gespräch an. Er schien froh zu sein, andere Ansprechpartner als nur die vier Wände des Schlafzimmers zu haben.

Lilian betrachtete ihn halb mitleidig, halb amüsiert. Ein Blick streifte sie. Einer, der nicht für sie bestimmt war. Sie drehte den Kopf. Der Blick wanderte weiter und fand Fiorella, die anmutig lächelnd an der Tafel saß, heute in unschuldigem Weiß. Goldene Kreolen blitzten an ihren Ohren, die Lippen hatte sie entgegen ihrer sonstigen Gewohnheit mit einem dezenten Lippenstift nachgezogen.

»Am Nachmittag war ich im Archäologischen Park

von Baratti«, verkündete die Schönheit aus Venetien. Sie hatte auch den letzten Abend hier verbracht, sich mit dem einen oder anderen angefreundet und wollte nun offenbar ihre Tischnachbarn beeindrucken.

»Tatsächlich?«, fragte der Direttore höflich, aber nicht im Mindesten so interessiert wie vor wenigen Abenden, und vertiefte sich in seinen Gemüseeintopf.

Keine Sekunde zu früh. Lilians Vater musterte ihn so akribisch, als wäre er ein Küchenchef, der das saftige Stück Fleisch vor sich in die besten Einzelteile zerlegen will.

»Ist das wahr, was ich von Alessandro gehört habe?«, fragte Simon. »Man hat ein neues Etruskergrab in den Bergen gefunden?«

Schnell hob der Direttore die Lider, sah an Simon vorbei und nickte eifrig. »Ganz in der Nähe, wo die Leiche von Marias Bruder lag, hat man es entdeckt. Es gibt so viele dort, es ist eine Schande, dass man sie nicht ausheben und öffnen kann. Dieses war sogar schon freigelegt, die schwere Steinplatte versperrte nur noch zur Hälfte den Eingang.«

»Was war drin?«

»Nichts«, sagte der Direttore traurig. »Die Grabräuber waren schneller.«

»Grabräuber?« Die brünette Schöne rollte mit den Kulleraugen. »Ich dachte, wir leben im einundzwanzigsten Jahrhundert!«

»Grabräuber gibt es heute genauso wie früher. Nur, heutzutage arbeiten sie in Büros, surfen im Internet und haben feine Westen an, zumindest die eine Sorte. Die andere schnallt sich ein Gewehr um und geht zum Wildern.«

»Wie das?«, fragte Lilian verständnislos.

»Die Jäger kennen unsere Hügel wie ihre Westentasche. Vor zwei Jahren, ich erinnere mich genau, hat mir einer den Eingang zu einem Grab gezeigt, von dessen Existenz ich keine Ahnung hatte. Mit unseren Ultraschallgeräten hätten wir wesentlich länger gesucht.«

»Woher wissen die Burschen so gut Bescheid?«

»Da geben die Väter ihr Wissen an die Söhne weiter und die wieder an die nächsten Söhne und so geht das immer fort.«

»Ist es so einfach, sich Zugang zu einem Grab zu verschaffen?«

»Es hängt von der Art des Grabes ab.«

»Was für welche gibt es?«

»Zum einen die Kammergräber. Sie sind in den hier üblichen Kalksandstein gehauen und sehen von außen wie ein riesiges Steinhaus aus. Dann die Hügelgräber, die besitzen eine Abdeckung in Form einer falschen Kuppel. Die äußere Verkleidung besteht aus rundgemauerten Steinquadern. Bei dem neuen, von dem wir reden, handelt es sich aber um ein Fossagrab. Es ist relativ einfach, in ein solches Grab hinein zu kommen.«

»Wie sieht das aus?«

»Wie eine Grube oder ein Schacht. Deshalb nennt man es auch Pozzograb.«

Lilian erklärte David, dass fossa Graben und pozzo Grube oder Schacht bedeutete.

»Ein solches Grab kann man leicht übersehen, sogar, wenn es schon freigelegt ist. Nur eine schachtartige Vertiefung im Waldboden, an den Seitenwänden mit gewaltigen Steinplatten gegen den Untergrund abgegrenzt, steile Stufen nach unten – das war's. Das sieht man natürlich erst, wenn das Erdreich abgetragen ist.« Er lächelte Maria zu, die eben mit einem großen Tablett aus der Küche gekommen war. »Am besten, ich nehme mir gleich von diesem wunderbar duftenden Braten. Danke, Signorina Salvo.«

Salvo ... Lilian musste sich verhört haben. Aber im Allgemeinen war auf ihre Ohren Verlass. Sie war sicher, dass der Direttore ›Salvo‹ gesagt hatte. Sie starrte Maria an, den Direttore, dann wieder Maria. Maria Salvo. Das war nicht möglich! Oder doch? Demnach wäre Maria die Schwester von Giovanni Salvo? War er, der heimliche Wilderer, das Verbindungsglied? Lilian wurde erst jetzt bewusst, dass sie sich nicht an seinen Vornamen erinnern konnte. Er war nur als Marias Bruder bekannt. Aber er war doch einem Jagdunfall zum Opfer gefallen! Allerdings hatte Lilian nicht mehr weiter verfolgt, ob er tatsächlich durch eine Kugel aus seinem eigenen Gewehr gestorben war, wie es geheißen hatte. War er identisch mit diesem Toten namens Giovanni Salvo, der den gleichen Staub an den Füßen hatte wie der tote Bormann? Der in der Nähe von Baratti erschossen worden war, irgendwo in den Bergen, Bormanns möglicher Lieferant für antike Schmuggelware? Plötzlich sah Lilian klar. Als Wilderer kannte Giovanni Salvo die Berge und wusste, wo noch intakte Gräber zu finden waren. Es musste ein Leichtes für ihn gewesen sein, während seiner Streifzüge die Gegend auszukundschaften, ein verstecktes Grab zu öffnen und die Grabbeigaben zu entwenden.

»... ein Vermögen! Diese Fundstücke sind mit Geld fast nicht zu bezahlen, sie haben einen unglaublichen archäologischen Wert«, führte der Direttore mit leuchtenden Augen aus.

Lilian merkte, dass sie überhaupt nicht mehr zugehört hatte. Sie musste sich zwingen, nicht sofort aufzuspringen. In ihrem Inneren schien eine Bombe zu ticken.

»Aber diese armen Wichte verkaufen alles für einen Apfel und ein Ei, nur um sich ihre armseligen Löhne aufzubessern. Nicht zu fassen, was aufgrund dieser dummen Profitgier in irgendwelchen Kanälen verschwindet«, wetterte der Direttore. »Die Händler im Ausland zahlen ein Vielfaches von dem, was die armen Kerle hier damit verdienen. Von den Endkunden ganz zu schweigen. Und unser Staat geht leer aus.«

Jetzt hielt Lilian nichts mehr. Abrupt schob sie den Stuhl zurück, murmelte eine Entschuldigung und verschwand nach draußen. Das Gewitter war vorbei, es regnete nicht einmal mehr, klare, frische Nachtluft empfing sie. Ungeduldig tippte sie Helmuts Nummer in ihr Handy.

»Einen wunderschönen guten Abend, werte Kollegin«, säuselte er. »Wütet euer Sturm immer noch?«

»Ich hab keine Zeit für Süßholzraspeln«, blaffte sie ihn an. Sie ärgerte sich, weil sie die Verbindung zwischen Bormann und Marias Bruder erst jetzt bemerkt hatte. »Dieser Tote namens Giovanni Salvo – wann ist der erschossen worden?«

»Du stellst vielleicht Fragen! Mitten in der Nacht! Ich hab den ganzen Tag malocht, sitze endlich auf der Terrasse, sing meiner kleinen Tochter ein Schlaflied vor und schau in den Sternenhimmel. Die Unterlagen sind im Büro.«

Fast konnte sie sehen, wie er ungnädige Blicke auf eine tausend Kilometer weite Reise schickte.

»Streng deine kleinen grauen Zellen an! Es ist verdammt wichtig!«

Er seufzte. »Soweit ich mich erinnere, muss es kurz vor dem 20. Mai. gewesen sein.«

»Warum nicht früher?«

»Weil dieser Salvo da noch in der Arbeit und quietschlebendig war.«

»Bormann ist in der Nacht vom 18. auf den 19. Mai erschossen worden.«

»Genau deshalb vermutet unserer Commissario, dass die beiden Todesfälle zusammen hängen.«

»Warum weiß ich nichts davon?«

»Hör mal, das ist das Neueste vom Neuen! Salvos Leiche wurde erst gestern gefunden! Die italienischen Kollegen haben noch keine konkreten Anhaltspunkte, ob Bormann und Salvo sich kannten.«

»Irgendwelche Besonderheiten an der Leiche?«

»Wildfraß.«

Lilian holte tief Luft und zwang sich, Helmut nicht ins Wort zu fallen.

»Der Kerl lag ein paar Tage da unten in den Bergen rum«, erzählte Helmut weiter, der sein zuverlässiges Gedächtnis wieder gefunden zu haben schien. »Offenbar gab es Differenzen mit den Carabinieri, die den Vorfall als Jagdunfall einstuften. Aber dann ordnete Mirssironi eine ballistische Untersuchung an, gegen den Widerstand des Carabinieri-Chefs. Und die hat eindeutig ergeben, dass die Kugel nicht aus Salvos Gewehr stammt.«

»Dann ist ja alles klar.«

»Ist es das?«, fragte Helmut irritiert.

Lilian erzählte ihm ungeduldig, was sie wusste.

»Du meinst also, Giovanni Salvo hat diese Gräber

leer geräumt und den Inhalt an Bormann verscherbelt?« Pause. »Das würde erklären, warum die sicher gestellten Wertgegenstände in keinem einzigen Museum zwischen Rom und Florenz vermisst werden.«

»Ich frage mich, woher die beiden sich kannten«, überlegte Lilian. »Ein einfacher Arbeiter und ein Geschäftsmann aus Deutschland haben nicht wirklich Berührungspunkte.«

»Wer weiß, vielleicht sind sie sich mal in einer Bar begegnet oder einer von Bormanns Geschäftskontakten hat Salvo vorgestellt. Da gibt es tausend Möglichkeiten.«

»Ich fahr gleich morgen nach Venturina und versuch, was rauszukriegen.«

Auf einmal fing Helmut an, ›Stille Nacht‹ zu singen.

»Was ist denn mit dir los?«, fragte Lilian.

»Das war das letzte Gute-Nacht-Lied für meine kleine Jasmin. Jetzt schläft sie garantiert. Egal, zu welcher Jahreszeit.«

27

Es galoppierte. Über Felder, Berge, Wasser und durch die Wolken. Sein Schwarz fraß sich in Lilians Denken, die roten Flammen hieben in ihren Körper, das glühende Gelb jagte durch ihre Erinnerungen. Ein flammender Feuerball, der in weiter Ferne loderte, sie aber doch versengte. Die Funken schlugen Brücken zu nassen, blauen Kastanien, Tränen tropften aus einem blassgrünen Mond und löschten das Feuer, dazwischen tanzte eine Frau, die aussah wie ein Kind. Auf einmal legten Frauenarme sich sanft um die kleine Lilly, schaukelten sie wie in einer Wiege, und eine zarte Melodie hüllte sie ein, die mühelos das Feuerross vertrieb.

Als Lilian erwachte, schien die Sonne aufs Bett. Sie war allein. Wo war David? Dieser beunruhigende Traum fiel ihr wieder ein, aus dem sie mitten in der Nacht hochgefahren war. Sie kannte die einzelnen Versatzstücke, aber sie erinnerte sich nicht, woher, und wusste erst recht nicht, wie sie in ihren Schlaf gelangten.

Die Tür ging auf und David erschien. Auf einem Tablett balancierte er zwei dampfende Tassen, ein aromatischer Geruch nach frischem Kaffee erfüllte den Raum.

»Buon giorno, amore mio«, gurrte Lilian und nahm ihren Milchkaffee in Empfang.

»Bin ich das?«, fragte David. »Deine Liebe?«

»Wer sonst würde mir am frühen Morgen einen so begnadeten Kaffee zubereiten und ans Bett bringen?«

Er schenkte ihr einen schmachtenden Blick und schlürfte seinen Kamillentee. »Ich will mich nicht mit fremden Federn schmücken. Fiorella war die Kaffeeköchin. Und leider ist es schon halb zehn.«

Sie sprang auf. »Oh je, ich muss los.«

Er drückte sie ins Kissen zurück. »Trink erst mal in Ruhe. Die Verbrecher warten auf dich.«

Auch wieder wahr. »Geht's dir heute besser?«

»Ein halber Tag im Bett tut mir sicher noch gut, außerdem kann ich dann in Ruhe meine Akten durchgehen. Wenn du vom Verbrecherjagen zurückkommst, können wir zur Abwechslung einen kleinen Ausflug machen.« Er schlüpfte unter die Decke und kitzelte ihre Zehen. »Oder hast du eine bessere Idee?«

Sie trat nach ihm. »Wenn ich eins nicht ausstehen kann, dann ist das Kitzeln.«

Er hörte sofort auf. »Verzeihst du mir?«

»Nur gegen tausend Küsse.«

Sicherheitshalber fing er schon einmal an, seine Schuld abzuarbeiten.

Lilian erfuhr von Fiorella, wo in Venturina Giovanni Salvo mit seiner Mutter gewohnt hatte. Bereits am Vorabend hatte Lilian die klapperdürre Maria mit Fragen gelöchert, doch sie bekam nicht die Antworten, die sie erhoffte. Maria erwies sich als untypische Italienerin. Sie war bereits aus der mütterlichen Wohnung aus- und mit einer Freundin in ein neues Appartement gezogen und wusste deshalb wenig über die Gewohnheiten ihres Bruders. Allem Anschein nach war sie nicht traurig darüber, ihn aus den Augen verloren zu haben. Seine halblegalen Jägerbekanntschaften waren nur ein Grund dafür.

Venturina war ein lautes Städtchen auf dem Weg zum Meer, wo sich Touristen und Einheimische durch die Straßen schoben, denn heute war Markt. So dauerte es einige Zeit, bis Lilian sich bis zur Piazza del Popolo gekämpft hatte. Es war heiß, fast schwül, und Lilian ärgerte sich, weil sie keine Sandalen, sondern ihre viel zu warmen Sneakers angezogen hatte.

Signora Salvos Wohnung befand sich in einem ockerfarbenen Haus mit abbröckelndem Putz. Im Erdgeschoss war der Parucchiere des Ortes ansässig. Zwei Männer saßen geduldig auf ihren Drehstühlen, während der Frisör ohne Hast an der spärlichen Haarpracht des einen Kunden herumschnippelte. Als Lilian an der geöffneten Ladentür vorbei ging, wehte ihr ein Geruch nach Rasierwasser und Herrenshampoo in die Nase. Über eine Außentreppe gelangte sie zur Wohnungstür im ersten Stock. Sie klingelte. Zuerst geschah nichts, sie läutete noch einmal. Da wurde die Tür aufgerissen und ein toskanischer Wortschwall ergoss sich über sie. Sie verstand kaum etwas, vermutete aber, dass dies die für die Signora typische Art der Begrüßung war. Lillian hatte eine gebrochene, alte Dame erwartet und schaute erstaunt in das erwartungsvolle Gesicht der adrett zurecht gemachten Frau Ende Fünfzig. Lilian stellte sich als Tochter von Marias Arbeitgeber vor. Wie erwartet, erwies sich das als kluger Schachzug, denn Signora Salvo betrachtete sie nun mit einem Anflug von Respekt und bat sie mit einer kleinen Verbeugung, bei ihr einzutreten.

Durch einen düsteren Gang ging es in ein fast noch dunkleres Wohnzimmer mit zwei winzigen Fenstern, deren Läden zugeklappt waren. Ein milchiger Lampenschirm verbreitete trübes Licht. Es roch nach Kaffee, zu viel Feuchtigkeit und geröstetem Brot. Der Fernseher lief in ohrenbetäubender Lautstärke. Unbeeindruckt schob die Signora einen Berg Zeitungen von einem Eck des geblümten Sofas ins andere, bot Lilian den freigewordenen Platz an und schenkte ihr ungefragt ein Tässchen Caffè ein. Ein Plastikdeckchen zierte den niedrigen Tisch, auf dem zwei Kanarienvögel in einem goldenen Käfig mit geschwungenen Gitterstäben den Fernseher zu übertönen versuchten. Lilian fragte sich, wie sie Giovanni Salvos Mutter vernehmen sollte, ohne einen Gehörschaden zu erleiden. Sicherheitshalber fing sie mit der Mitleidstour an und erkundigte sich schreiend nach dem Befinden der werten Signora nach dem furchtbaren Tod des einzigen Sohnes. Wie erwartet ratterte eine zweite unverständliche Salve los. Lilian nickte teilnahmsvoll und erkundigte sich vorsichtig, ob man die Lautstärke des Fernsehgerätes dämpfen könne. Die Signora war inzwischen so milde gestimmt, dass sie Lilians Bitte anstandslos nachkam.

»Trotzdem verstehe ich nicht ganz, warum Sie – als Tochter von Signor Simone – mich aufsuchen.« Ihre wachen Augen unter den dick getuschten Wimpern betrachteten Lilian interessiert.

»Ich möchte, dass derjenige, der Ihren Sohn auf dem Gewissen hat, seiner gerechten Strafe nicht entgeht«, verkündete Lilian genauso pathetisch wie ernst. »Als Polizistin kann ich nicht tatenlos zusehen, wenn jemand auf so grausame Weise getötet wird.«

»Endlich einmal eine professionelle Einstellung.« Die Signora klimperte zustimmend mit den Lidern, auf denen der dick aufgetragene lilafarbene Puder in der Lidfalte zusammenlief und unansehnliche Klumpen hinterließ. »Wo die hiesige Polizei sowieso nichts tut, als Giovannis Freundinnen zu belästigen.«

»Wie das?«

»Marisciallo Puzzo von den Carabinieri vermutet jetzt auf einmal, ein eifersüchtiger Ehemann habe meinen armen Giovanni erschossen. Zuerst der Unsinn mit dem Jagdunfall, wo mein Junge ein solches As beim Schießen war und dann das!« Sie tippte sich an die Stirn. »Das hätten Sie hören sollen. Brrr-Brrr-Brrr. Ich dachte, das hört nie wieder auf.«

Lilian warf ihr einen verständnislosen Blick zu.

»Na, als die Nachricht von Giovannis Tod die Runde machte. Da riefen sie auf einmal alle an: Rita, Francesca, Patrizia, Caterina und was weiß ich, wer noch alles.« Ein trauriges Lächeln. »Mein Giovanni war ein fescher Mann, Signorina.«

Lilian überhörte die Signorina, für die sie nicht mehr jung genug war, und probierte den Kaffee. Er schmeckte stark und süß. »Aber Sie glauben nicht, dass ein eifersüchtiger Gatte dahinter steckt.«

»Auf keinen Fall.« Sie fixierte die Kanarienvögel, die aufgrund der plötzlichen Stille verunsichert vor sich hin zirpten.

»Warum sind Sie so sicher?«

»Am Dienstagmorgen – also bevor Giovanni starb – sagte er mir, er werde sich am gleichen Abend mit seinem Kumpel Flavio treffen. Die beiden gingen oft gemeinsam zum Jagen.«

»Warum so spät?«

»So spät war das nicht. Nach der Arbeit, gegen fünf

oder sechs, also noch eine oder zwei Stunden, bis es dunkel wurde.«

»Und an diesem Abend?«

»Da wollte Giovanni sich gar nicht mit Flavio treffen! Gestern hab ich mich mit Flavios Mutter unterhalten. Zufällig, beim Macellaio Trappani, dem besten Metzger von Venturina, nur, falls Sie noch einkaufen müssen. Auf jeden Fall erzählte sie mir, Flavio sei seit einer Woche in Pisa. Auf einem Vorrkshopp.« Sie sprach das englische Wort italienisch aus.

»Die Vermutung liegt nahe, dass Ihr Sohn das als Ausrede benutzt hat«, sagte Lilian vorsichtig. »Vielleicht, um eine seiner verheirateten Freundinnen nicht in eine peinliche Situation zu bringen.«

Neidvoll betrachtete sie die luftigen Sandaletten ihrer Gastgeberin. In Lilians Füßen pochte es inzwischen vor aufgestauter Wärme.

»Eben nicht«, engegnete Signora Salvo mit blitzenden Augen. »Vor anderen hätte Giovanni das vielleicht getan, aber doch nicht vor La Mamma! Mir hat er die Wahrheit gesagt. Immer! Ich wusste genau, bei welcher seiner Damen er gerade war.« Sie blähte ihre ohnehin schon stolze Brust, alles wackelte und bebte. »Dann hab ich von Flavios Mutter noch erfahren, dass Flavio sehr beeindruckt war.«

»Wovon?«

»Von Giovannis guten Aussichten.«

»Das müssen Sie mir genauer erklären.«

»Giovanni hat Flavio erzählt, er würde bald ein sehr lukratives Geschäft abschließen.«

Lilian spitzte noch mehr die Ohren.

»Ich wusste natürlich, dass Giovanni eine Nebenbeschäftigung hatte. Von den miesen Gehältern bei uns kann keiner leben. Mein Giovannino erzählte nie was Genaues, aber es muss was mit dem Jagen zu tun gehabt haben.«

Die Signora zeigte auf ein Foto an der Wand. Ein Mann mit imposantem Schnurrbart und einem Gewehr in der Hand war darauf abgebildet, neben ihm ein kleiner Junge, der ehrfürchtig zu dem Mann hoch blickte.

»Das ist mein seliger Rugero. Daneben sehen Sie Giovanni mit acht, neun Jahren. Rugero hat dem Jungen alles beigebracht, Jagen, Schießen, einfach alles. Er hat ihn von klein auf in die Berge mitgenommen.«

Also hatte der Direttore recht gehabt.

»Und Sie meinen, dass an dem Abend, als Giovanni erschossen wurde, etwas passiert ist, was mit diesem gewinnbringenden Geschäft zusammen hing?«

»Das meine ich.«

Signora Salvo wiegte den Kopf mit den schweren Goldohrringen hin und her und klopfte an den Käfig. Die Stille schien sie zu irritieren. Die Vögel flatterten kurz, pickten nach Körnern, piepsten zweimal und hüllten sich wieder in betrübtes Schweigen.

»Wenn ein eifersüchtiger Ehemann etwas damit zu tun hätte, dann wüsste ich das. So was spricht sich rum, hier in der Gegend.«

Das glaubte Lilian sofort. »Aber diese einträgliche Sache, von der Giovanni seinem Kumpel erzählt hat, ist nicht so gelaufen, wie er sich das vorgestellt hatte.« Sie überlegte. »Seit wann hatte Ihr Sohn diese Nebenbeschäftigung?«

»Kann ich nicht genau sagen. Früher half er in einer Bar aus, arbeitete mal hier mal da. Ich würde sagen, seit zwei, drei Jahren.« Sie kniff die Augen zusammen. »Ja, seit er in dieser Spedition in Follonica arbeitet.«

»Was sagte sein Arbeitgeber dazu?«

»Nicht. Das machen hier alle so.« Sie zog die Brauen nach oben. »Außerdem hat Enzo, der Chef der Spedition, selbst tausend Nebeneinkünfte, mit diesem modernen Internet-Zeug.«

In Lilians Kopf fing eine Glocke zu läuten an. Zuerst ein dumpfer Ton, den sie nicht fassen konnte, irgendwo ganz weit hinten. Von Sekunde zu Sekunde wurde er lauter, dröhnte irgendwann, bis er schließlich in das beunruhigende Bimmeln einer Alarmglocke überging.

»Enzo, sagten Sie?«, fragte sie atemlos. »So heißt der Chef der Spedition, wo Giovanni arbeitete?«

»Lorenzo Agrippa, aber alle nennen ihn Enzo.«

Lilian hatte genug gehört. Jetzt war ihr klar, wo Bormann Giovanni Salvo kennen gelernt hatte. Sie ließ sich die Adresse der Spedition geben, leerte die Kaffeetasse, dankte der Signora und versprach ihr, den am Tod ihres Sohnes Schuldigen eigenhändig hinter Gitter zu bringen. Kaum war sie auf der Treppe, schallte der Fernseher aus Signora Salvos Wohnung und die Piepmätze fingen wieder an zu tirilieren.

Als Lilian auf der Piazza stand, wunderte sie sich immer noch über das Pathos in ihrer Stimme. Wen wollte sie beeindrucken? Oder färbte die italienische Redeweise allmählich auf sie ab?

28

›Lorenzo Agrippa s.r.l.‹ prangte in großen, roten Lettern über dem Geschäftsgebäude der Spedition. Es lag am Stadtrand im Industriegebiet von Follonica, einem Küstenstädtchen mit langen Sandstränden östlich von Piombinos rauchenden Fabrikschloten. Lilian umrundete das Betriebsgelände, das sich hinter einem hohen Zaun befand, aber gut einsehbar war. Heute war Sonntag, alles lag verlassen da. Der Sturm vom gestrigen Abend hatte ein Schild abgerissen und eine Plastikplane durch die Luft geschleudert. Aber sonst sah alles unverdächtig aus. Weder das Bürohaus, die geparkten LKWs und Lieferwagen, noch die Lagerhallen ließen vermuten, dass hier etwas nicht mit rechten Dingen zuging. Hier würde man nur etwas in Erfahrung bringen, wenn man in ein paar Hängeschränken wühlte oder sich in das Computersystem einloggte. Sie zog das Handy aus der Tasche und tippte Helmuts Büronummer ein. Er meldete sich sofort.

»Heut ist Sonntag«, sagte sie vorwurfsvoll. »Was sagt Maika dazu, dass du schon wieder am Schreibtisch sitzt?«

»Was sagt David dazu, dass du im Urlaub herumschnüffelst?«

Sie informierte ihn über das, was sie über Giovanni Salvo und Enzo herausgefunden hatte.

»Lass bloß die Finger von dieser Spedition«, beschwor Helmut sie. »Wenn dieser Enzo da wirklich mit drin hängt, dann sollen die italienischen Kollegen sich darum kümmern.«

»Wenn die hier anrücken, dann lässt dieser saubere Geschäftsmann in Windeseile alles verschwinden, wetten?«

»Mach bloß keinen Quatsch!«, warnte Helmut.

Lilian wählte den Rückweg über die Schnellstraße. Das war ein Umweg, aber sie hatte keine Lust auf kurvige Sträßchen. Der Verkehr war ruhig, wie es sich für einen Sonntag gehörte. An der nächsten Ausfahrt setzte sie den Blinker und fuhr auf der Landstraße weiter.

Heute lag Alessandros Hotel wieder ganz malerisch in der blauen Bucht. Vom gestrigen Sturm war nichts übrig geblieben außer Bergen von abgerissenen, noch nicht weggeräumten Ästen. Ein frischer Geruch hing in der Luft, als hätte der Regen das Meer sauber gemacht.

Von der Empfangsdame in der Halle erfuhr Lilian, dass Iris Bormann bei der Kripo sei, um irgendein Protokoll zu unterschreiben. Auch Alessandro und Angelina waren außer Haus. Lilian überlegte, ob sie warten sollte, entschied sich aber dagegen.

Als sie wieder auf dem Parkplatz stand, sah sie eine vertraute Gestalt aus einem Wagen aussteigen und auf sich zukommen.

»Warum ziehst du nicht ein?«, fragte Angelina sie lachend und umarmte sie. »Du entwickelst dich zum Dauergast.«

»Ich hab dich gesucht.«

Angelina hakte sich bei ihr unter. »Ich war in Grosseto. Jetzt brauch ich Luft ohne Autoabgase. Machst du mit mir einen Strandspaziergang?«

Sie wanderten zum Meer hinunter.

»Grossetto kenn ich nicht«, sagte Lilian. »Wie war's?«

»Na ja. Zurzeit hab ich keine Lust, in italienischen Boutiquen herum zu hängen.«

»Warum bist du dann hin gefahren?«

»Um auf andere Gedanken zu kommen.«

»Auf welche?«

Angelina antwortete nicht. Lilian überlegte, ob sie nach Claudio fragen sollte, entschied sich aber dagegen und fing an zu erzählen. Sie berichtete von den ersten Versuchen zwischen ihr und ihrem Vater, die Vergangenheit nicht länger tot zu schweigen.

»Das ist ein guter Anfang«, sagte Angelina und betrachtete zufrieden ihre frisch manikürten Fingernägel.

Jetzt, nach dem Gewitter, war das Meer wieder erstaunlich ruhig. Die Wogen waren zwar höher als sonst, aber es war nichts mehr von den tosenden Wassermassen zu sehen, die am Vortag gewütet hatten. Leise plätscherten zahme Wellen über den Sand und weckten in Lilian das unbändige Verlangen, ihre immer noch heißen Füße ins kühle Nass zu tauchen. Sie schlüpfte aus den Schuhen und tapste hinein.

»Ist das herrlich! Komm rein!«

Aber Angelina stand wie angewurzelt auf ihren wie üblich vorne geschlossenen, hohen Schuhen und schaute wortlos, fast irritiert zu.

Lilian spürte, wie das Wasser über ihre Zehen wirbelte und die Fußgelenke kitzelte. Übermütig wie ein Kind planschte sie herum. Da entdeckte sie eine Muschel, außen zartrosa, innen ein blasses Creme. Sie roch nach Salz und fühlte sich fest und beständig an, während die feinen Schattierungen eine ungeahnte Leichtigkeit in sich bargen.

»Schau, was ich gefunden hab! Die schenk ich dir.«

Lilian wollte Angelina die Muschel in die Hand drücken, aber dazu hätte Angelina ins Wasser kommen müssen. Doch sie blieb, wo sie war.

»Hast du Angst vor dem Wasser?«

Ohne Erklärung ging Angelina weiter. Lilian schnappte sich die Schuhe und lief ihr nach.

»Zieh doch deine Pumps aus«, forderte sie Angelina auf. »Es ist so angenehm, barfuss im Sand.«

»Keine Lust.«

»Aber deine Schuhe sind total unpraktisch. Zu hoch und hinten kommt der ganze Sand hinein.«

»Lass mich in Frieden!«

Erstaunt über Angelinas feindseligen Ton musterte Lilian sie. Angelinas verschlossener Gesichtsausdruck sagte ihr, dass eine weitere Diskussion sinnlos wäre. Lilian verstand nicht, was los war mit ihr, aber sie reichte ihr versöhnlich die Muschel.

»Ein kleines Geschenk.«

Jetzt nahm Angelina das unscheinbare Ding in die Hand und betrachtete es stolz. »Ich werde sie in Ehren halten«, sagte sie feierlich.

Instinktiv wusste Lilian, dass sie das tun würde. »Warum hast du mich angeflunkert?«

»Wie meinst du das?«

»Neulich hast du erzählt, du hättest den ermordeten Bormann gar nicht gekannt. Von seiner Frau hab ich aber erfahren, du hättest vor kurzem mit ihm geredet.«

»Wann soll das gewesen sein?«

»An dem Abend, als er starb. Da hat er sich wohl an Luisa heran gemacht.«

»Ach, das!« Sie machte eine wegwerfende Handbewegung.

»Was hast du zu ihm gesagt?«

»Dass er seine dreckigen Hände wegnehmen soll. Und zwar sofort.« Angelina sah sie herausfordernd an. »Wenn du in meiner Situation gewesen wärst – hättest du zugeschaut? Oder weg geschaut?«

»Natürlich nicht.« Lilian zog sie weiter. »Ihr versteht euch gut.«

»Wer?«

»Du und Luisa.«

»Ich mag sie. Manchmal denke ich …«

»Was?«

»Dass sie mich bräuchte. Es ist schön, gebraucht zu werden. Das gibt dem Leben einen Sinn.« Angelinas Augen trübten sich. »Ich habe mir immer eine Tochter gewünscht. Aber ich kann keine Kinder bekommen. Klar, ich hab einen Job, von dem viele träumen. Ich bin ungebunden, verdiene gutes Geld und kann tun und lassen, was ich will. Aber wer weint mir eine Träne nach, wenn ich gestorben bin?«

Wie von selbst fand Lilian den Weg zu den Pferden. Durch den Kastanienwald, über den Schotterweg, an den Koppeln vorbei. Die Pferde hoben den Kopf, betrachteten Lilian, grasten weiter. Auf einmal tauchte Simon in der Tür zur Sattelkammer auf, er musste die näher kommenden Schritte gehört haben. In der Hand hielt er eine Zange und einen Lederriemen.

»Welch unerwarteter Besuch«. Er lächelte und ging wieder hinein.

Lilian folgte ihm langsam.

An der Wand des kleinen Raumes hingen Scaffardi, schwere maremmanische Sättel. Sie waren aus gutem Leder gearbeitet, viele mit Lederschnüren verziert, manche hatten einen Knauf am vorderen Ende, alle waren so geformt, dass der Reiter bequem und sicher darin sitzen konnte. An der Wand gegenüber der Tür hingen Satteldecken, Pferdehalfter und die langen Leinen aus Hanf, die die Zügel ersetzten. In einem kleinen Regal gab es Kardätschen und Bürsten zum Saubermachen, Werkzeuge zum Auskratzen der Hufe, Sprühflaschen mit Desinfektionsmittel und Anti-Mücken-Spray.

»Alles Handarbeit«, sagte Simon und befestigte den Riemen an einem Scaffardo, der auf einem Holzbock vor ihm aufgebaut war. »Ein Freund von mir fertigt alle Sättel für mich an.«

Lilians Finger glitten über Leder, Seile, Halfter, während sie aus den Augenwinkeln ihren Vater beobachtete. Wie geschickt er mit Zange und Ösen umging. Ein herber Geruch lag in der Luft, das Leder atmete. Warm war es hier drinnen, fast drückend. Die Tür stand offen, aber das Fenster war geschlossen, sodass sich kein Hauch regte.

Nach ein paar Minuten brach Simon das Schweigen. »Fiorella macht sich Sorgen um David.«

»Warum?«

»Weil er so oft allein ist.«

»Ich dachte, sie sei eine stolze Etruskerin. Muten die ihren Männern nicht auch was zu?«

»Manchmal zu viel.« Seine Stimme vibrierte.

Lilian wartete.

»Sie sieht manche Dinge anders als ich.«

Auf einer Seite hatte Simon den Riemen schon durch eine Öse gezogen, aber auf der anderen sperrte sich das Leder. Er presste die Lippen aufeinander.

»Vielleicht sind es auch nur die uralten Kämpfe, die wir ausfechten. Dieses ewige Ringen um Macht zwischen Mann und Frau.« Er sprach sehr langsam, als wöge er die Bedeutung eines jeden Wortes genau ab. »Worum es geht, interessiert nicht. Aber es hört nie auf. Nicht in diesem Leben.«

Die Leine lag schwer in Lilians Hand, rieb über ihre Haut. Sie hätte ihrem Vater von David erzählen können, dass vieles sich verändert hatte und nicht mehr so war wie bei den Auseinandersetzungen mit Stefan. Aber sie fragte nur leise: »War das auch früher so?«

»Du meinst ... zwischen mir und deiner Mutter?«

Behutsam legte er die Zange zur Seite und betrachtete sein Werk. Er runzelte die Stirn, als wäre er mit der Position der Lederriemen nicht zufrieden. Dabei saßen sie perfekt auf beiden Seiten.

Auch Lilian schwieg. Sie spürte, wie diese alte Angst in ihr hoch kroch, den Rücken hinauf, in den Brustkorb, bis zu den Schultern. Ein eiserner, vertrauter Griff. Sie schüttelte sich. Aber die Umklammerung wich nicht und ihr Herz pochte immer noch zu laut.

»Aus David wird mal ein guter Reiter«, sagte Simon plötzlich ohne jeden Zusammenhang.

Sie hielt immer noch die Leine fest, als gäbe sie ihr Halt. Dann riss sie das Seil in einem Ruck von der Wand.

»Zeig mir, wie du reitest.«

29

Lieber Papa,

meine Puppe hat blaue Augen. Ich liebe ihre kleine Stirn, die schwarzen Haare, sie sieht aus wie die Mama. Oder waren Mamas Haare braun? Ich weiß es nicht mehr. In meinem Kopf dreht sich alles, rauscht, verschwimmt. Ihre Ärmchen sind süß, die Fingerchen und das rote Kleidchen. So ein Kleid hätt ich auch gerne. Die Mama wollte mir immer so ein Kleid kaufen, mit weißem Kragen. So sauber ist sie, meine Puppe. So sauber wäre ich auch gerne. Ich ziehe ihr das rote Röckchen aus. Sie fängt zu weinen an. Hör auf zu weinen, fahr ich sie an, das tut nicht weh. Das ist schön. Aber meine Puppe findet es nicht schön. Sie hat Angst. Ich lache sie aus und knöpfe ihr das rote Blüschen auf. Da weint sie noch mehr. Ich schlage ihr ins Gesicht. Jetzt ist sie still, aber die Tränen fließen immer noch. Ich sehe, wie sie ihr übers Gesicht laufen, den Hals hinab, auf die Brust. Langsam wische ich ihr die Tränen weg, auf der Brust sind besonders viele. Auch am Bauch. Noch weiter unten, sogar zwischen den Beinen. Ich muss sie weg wischen, alle. Das tut dir gut, Püppchen, sag' ich, was für eine weiche Haut du hast. Aber sie hört nicht auf zu weinen. Sie tut mir gar nicht leid. Auf einmal hasse ich sie. Sie ist schuld. Weil sie so klein ist, weil sie so süß aussieht in ihrem Kleidchen. Aber ich habe doch gar kein solches Kleidchen, Papa. Die Mama hat mir nie eins gekauft.

30

Der Anblick war überwältigend. Vor ihnen die Weite der Felder, Ginsterbüsche, so groß wie ausgewachsene Männer, die den Wegrand säumten, blasslila Orchideen, die sich zwischen den Stämmen der Lentiscobüsche zeigten. Ein Vogelpärchen saß auf dem Ast einer Schlehe und zwitscherte eine zweistimmige Melodie. Überall die sanften Hügel des Val di Cornia mit den saftig grünen Wiesen und endlosen Macchiawäldern.

Lilian und ihr Vater passierten eine Senke, hier staute sich die Luft und es wurde von einer Sekunde zur anderen windstill. Kein Blatt, das sich mehr regte. Ein diffuses Licht hüllte das Waldstück ein, auf das sie zuritten. Es war noch hell, aber die Dämmerung schritt voran und der immer dichter werdende Wolkenteppich erzeugte einen Dunst, der eine bizarre Stimmung verbreitete. Als hätte sich der Tag verirrt und die Nacht vergessen, dass sie schon erwartet wurde.

Lilians Pferd wieherte. Simon hatte es für sie ausgesucht, eine dunkelbraune Stute mit sanften Augen und einer Blesse auf der Stirn, sie hieß Rebecca. Auf einmal legte sie die Ohren an, der Kopf schwang zur Seite, jeder Muskel war angespannt. Vielleicht ein Wildschwein im Gebüsch? Instinktiv streichelte Lilian den breiten Hals, murmelte beruhigende Worte und fasste die Leine kürzer, wie Simon es ihr gezeigt hatte. Die Stute entspannte sich, blieb aber aufmerksam.

Im Wald war alles wie verzaubert. Hier hatte sich die Dunkelheit mehr beeilt als draußen, die Farben verschwammen, flossen ineinander, lösten sich auf. Dumpfe Gerüche nach Moos und dem ausklingenden Tag, kein lautes Grün, nur schemenhafte Umrisse, verzerrt, wie in einem Traum. Blätter strichen schwarz über Lilians Gesicht, Brombeerzweige streiften ihre Beine und die unerbittlichen Dornen erinnerten sie daran, dass dies doch die Wirklichkeit war.

Tapp Tapp, Tapp Tapp. Der Pferdekörper war warm, wiegte sich im Gleichmaß und Lilian sich mit ihm. Sie spürte die Bewegungen der Stute, als wären es ihre eigenen. Tapp Tapp, Tapp Tapp. Wie lange war es her, dass sie das erlebt hatte? Warum hatte sie sich so dagegen gesperrt? Weil sie glaubte, an ihre Mutter denken zu müssen, sobald sie wieder auf einem Pferderücken saß? Tapp Tapp, Tapp Tapp. Lilian dachte an nichts, nahm nur die Düfte von Waldboden und Holz wahr, hörte die letzten Vogelstimmen des Tages, tauchte ein in dieses Leben, vor dem sie sich so lange gefürchtet hatte. Tapp Tapp, Tapp Tapp. Sie betrachtete ihren Vater, wie er auf dem Pferd vor ihr saß: aufrecht, still, verlässlich. Er führte sie.

Auf einmal raschelte es im Gebüsch. Was war das? Ein Stachelschwein? Lilian blieb keine Zeit, es heraus zu finden. Rebecca machte einen Satz und schoss so schnell durchs Unterholz, dass Lilian sie nicht mehr halten konnte.

David schloss die Akten und warf einen Blick auf die Uhr. Viertel nach sechs. Wo blieb Lilian nur? Sie wolle einen kurzen Abstecher nach Venturina und Follonica machen, hatte sie gesagt. Jetzt war sie schon den ganzen Nachmittag unterwegs. Er überlegte, ob er ihr eine vierte SMS schicken sollte, entschied sich aber dagegen. Man wusste nie, ob sie Zeit für eine Antwort hatte. Bis zum Abendessen war sie sicher zurück.

Er legte die Unterlagen auf die Kommode und verließ das Zimmer. Am nächsten Morgen hatte er wieder eine Reitstunde. Seltsamerweise freute er sich darauf. Als sie nach Italien gefahren waren, hatte er nicht im Traum daran gedacht, sich auf einen Pferderücken zu schwingen. Er fing das alles nur wegen Lilian an. Er wollte wissen, warum sie, obwohl sie mit Pferden aufgewachsen war und sogar ein eigenes besessen hatte, seit ihrem dreizehnten Lebensjahr auf kein einziges mehr gestiegen war. Sie äußerte sich nicht dazu. Aber sie sprach ohnehin selten über das, was in ihrem Inneren ablief. Sagte man Frauen nicht nach, dass sie ständig ihr Inneres nach außen kehrten und ihre Umwelt nervten? Lilian war anders. Dieser Rückzug verwirrte ihn, reizte ihn sogar. Doch eine Beziehung stellte er sich anders vor. Jeder durfte und sollte seine Geheimnisse haben, aber er wollte wissen, wie die Frau war, die er liebte. Außerdem erleichterte eine gewisse Offenheit das Zusammenleben.

Nachdenklich schlenderte er über die Wiese, die sich an die kleine Veranda vor ihrem Zimmer anschloss. Zusammenleben. Warum dachte er überhaupt darüber nach? Lilian lebte zufrieden in ihrer Regensburger WG mit Hanna und den Kindern, er genauso zufrieden in seinem viel zu großen Haus in Riegling, das nur alle zwei Wochen zum Leben erwachte. Dann besuchten ihn seine beiden Kinder und brachten Fußgetrappel, Hausaufgaben und Freunde mit. So ein Wochenendvater hatte er nie werden wollen. Einer, der seine Kinder verzog, weil er ein schlechtes Gewissen hatte, und über den die geschiedene Frau vor ihren Freundinnen die Nase rümpfte. Aber er wollte fair sein, Alexandra war es inzwischen auch. Es war lange her, dass sie sich getrennt hatten. Damals hoffte er, mit einer anderen Frau als seiner eigenen glücklich zu werden, sich ein Heim zu zweit und eine gemeinsame Zukunft zu erschaffen. Doch das Leben schlug oft andere Wege ein, als man es sich wünschte.

Zweige im Gesicht, Äste schrammten über die Hose, Dornen durchdrangen Lilians Haut. Aber sie spürte keinen Schmerz. Keine Zeit. Festhalten, das war wichtig, das Gleichgewicht finden, Fersen nach unten stemmen, Oberkörper zurück. Vor allem eins: ruhig bleiben. Rebeccas Kopf bäumt sich auf, sie dreht sich im Kreis, will wieder galoppieren. Bitte nicht! Nicht hier im Unterholz! Das Herz hämmert, das Blut rauscht in den Ohren. Verdammt, was, wenn sie doch los galoppiert? Festhalten! Nicht fallen, oben bleiben! Auf einmal kommt die Panik. Luft, Luft! Nein, bleib ruhig, Lilly, zwing dich. Was hat der Papa immer gesagt? Gleichmäßig atmen, dem Pferd gut zureden, auch wenn du nur noch schreien möchtest. Überwinde dich selbst. Schnauben, stampfende Hufe, der große Kopf geht wie wild, hoffentlich steigt Rebecca nicht. Sie dreht sich immer noch wie verrückt. Die Arme tun schon weh vom Halten, der ganze Körper ist angespannt, aber mach weiter! Wenn du die Angst zulässt, merkt das dein Pferd, dann rennt es erst recht. Siebte Lektion. Oder war es die achte? Egal. Hauptsache, Rebecca geht nicht noch mal durch.

Zusammenleben. Jeden Morgen neben Lilian aufwachen, über ihr Haar streichen, ihren Duft einatmen, wann immer David Lust danach verspürte. Eine überwältigende Vorstellung. Aber musste man deshalb gleich in eine gemeinsame Wohnung ziehen? Die Vertrautheit wuchs auch so und der Raum für einen selbst blieb. Aber manchmal sehnte er sich nach mehr. Wie immer, wenn er das tat, meldeten sich die üblichen Bedenken. Was würde sich verändern, wenn sie nicht mehr getrennt wohnten? Würde Lilian sich lautstark über seine Socken ärgern, die er meistens vor dem Wäschekorb liegen ließ? Würde er zu zetern anfangen, wenn sie die Spülmaschine nicht ausgeräumt hatte, obwohl sie an der Reihe war? Was würden seine Kinder zu dieser neuen Frau sagen? Als Freundin hatten sie sie akzeptiert, aber es wäre anders, wenn Lilian jede Nacht bleiben würde. Und was wäre mit Miriam – würde sie sich mit seinen Kindern auch dann noch gut vertragen, wenn sie im gleichen Haus leben müssten? Alles Fragen, die zu beantworten ihm zu anstrengend war. Im Moment schaffte er es, diese beiden Leben so gut wie möglich zu trennen, hin und wieder ein gemeinsames Abendessen oder ein Ausflug zu fünft. Immer, wenn es brenzlig wurde, war das Ende der Unternehmung schon in Sicht. Ein Zusammenleben würde vieles verändern. Wollte er diese Veränderung?

Vom Haus wehte ein Duft nach frischem Brot und Knoblauch herüber. Gut, dass bald Essenszeit war, denn Davids Magen meldete sich ungestüm zu Wort. Er schlenderte Richtung Küche und hörte Stimmen. Fiorella und Maria oder wer auch immer klapperten mit den Töpfen, plauderten, lachten.

David zog wieder das Handy aus der Tasche. Immer noch keine Nachricht von Lilian. Wo steckte sie nur?

Noch mehr Zweige, die die Arme zerkratzten, auf einmal spürte Lilian den Schmerz. Ein gutes Zeichen. Der erste Adrenalinschub war vorbei, sie konnte wieder klar denken. Rebeccas Kopf fuhr immer noch wie wild durch die Luft, aber sie drehte sich nicht mehr wie ein verrückt gewordener Kreisel, sondern reagierte jetzt auf Lilians Stimme und Schenkeldruck. Langsam wurde das Pferd ruhiger, stampfte nur noch hin und wieder mit den Hufen, bäumte sich nicht mehr auf. Endlich hatte Lilian keine Angst mehr, dass Rebecca erneut durchgehen würde. Ihr massiger Körper dampfte, auch Lilian schwitzte. Irgendein Tier musste die Stute erschreckt haben. Lilian fehlte die Übung, aber da sie als Kind regelmäßig und lange Zeit geritten war, wusste sie instinktiv, was zu tun war. Hinter sich hörte sie noch die Rufe ihres Vaters, aber wie sollte er ihr helfen? Auf einmal war sie auf sich selbst gestellt.

Vorsichtig und immer noch zitternd lenkte Lilian das Pferd aus dem Gebüsch, in das Rebecca in blinder Panik hinein gerast war. Lilians Glieder schmerzten, ihre Unterarme waren sicher heillos zerschrammt, auch auf dem Gesicht mussten Spuren zu sehen sein, sie hatte den bitter-süßlichen Geschmack von Blut im Mund. Mit der Zunge fuhr sie über die Lippen und merkte, dass die Haut über der Oberlippe aufgerissen war. Aber das würde heilen. Solche Wunden heilten immer.

31

»Du blutest.«

»Nur ein paar Kratzer«, sagte Lilian erschöpft.

Trotzdem zog Simon ein Taschentuch aus der Westentasche und betupfte vorsichtig die schmerzenden Stellen auf Lilians Gesicht.

»Ich wusste, dass du mit Rebecca zurechtkommst. Egal, wie viele Wildschweine sie erschrecken.«

Lilian lachte. »Das hast du immer gesagt. Sogar, als Scirocco mich einmal in hohem Bogen in eine Hecke geworfen hat. Weißt du noch?«

»Wie sollte ich das vergessen?« Sein Blick wurde weich. »Ich hatte solche Angst um dich.«

»Damals?«

»Und heute.«

»Warum sagst du das erst jetzt? Ich dachte immer, dir ist egal, was mit mir passiert.« Sie suchte seine Hand. Sie war feucht. »Warum hast du nie mit mir geredet, Papa?«

»Weil ich bin, wie ich bin.«

»Diese Antwort könnte glatt von mir sein.«

»Du bist meine Tochter.«

Sie lachten gemeinsam. Er steckte das Taschentuch ein, sie wendeten die Pferde und ließen sie langsam im Schritt gehen. Rebecca war nicht mehr anzumerken, dass sie noch vor wenigen Minuten so schnell davon gestoben war, als wäre ein Schlächter hinter ihr her. Entspannt und sicher schritt sie aus. Der Schotter auf dem Untergrund knirschte, sie ritten eine breite Forststraße entlang. Kastanien und knorrige Steineichen säumten den Weg, es war staubig und trocken. Die Hitze des Tages hatte die Feuchtigkeit der vergangenen Nacht aus allen Blättern vertrieben.

»Deine Mutter ist nie mit mir ausgeritten«, sagte Simon plötzlich. »Sie war eine ausgezeichnete Reiterin, wusstest du das?«

Lilians Augen wurden groß. Stumm schüttelte sie den Kopf.

»Wieder einer dieser unnötigen Machtkämpfe«, sagte er traurig. »Weil ich besser war als sie, hörte sie auf damit.«

»Und weil sie als Kind nicht Ballett tanzen durfte, musste ich das für sie tun«, ergänzte Lilian leise.

»Aber als sie merkte, dass du die gleiche Leidenschaft für die Pferde hattest wie ich und dich auf der Koppel wohler fühltest als im Ballettsaal, gingen diese ermüdenden Diskussionen los.«

Auf einmal waren diese lauten Stimmen aus der Küche wieder da. Fast glaubte Lilian, sie könnte die vorwurfsvollen Worte hören. »Ihr habt euch wegen mir gestritten?«

»Nur manchmal. Konflikte sind normal in einer Partnerschaft. Aber entscheidend ist, wie man damit umgeht.«

Sie dachte an die hektischen Schritte, die sie erst vor wenigen Nächten gehört hatte. »Gehst du denn heute anders damit um?«

»Ich versuche es, aber es gelingt mir nicht immer.« Müde strich er sich über die Augen. »Der Hauptstreitpunkt mit Fiorella ist meine Eifersucht.«

»Deine Eifersucht oder ihre Untreue?«

»Du meinst diesen lachhaften Direttore aus Piombino, der ihr schöne Augen macht?«

»Es ist nicht zu übersehen, wie nahe sie sich stehen.«

»Untreue«, murmelte er. »Ich mag dieses Wort nicht. Es bedeutet nur, dass man nicht ein Leben lang zu dem stehen kann, was man sich irgendwann einmal versprochen hat oder was die gesellschaftlichen Normen verlangen.«

»Sollte man sich nicht treu sein, wenn man sich liebt?«

Er schwieg.

»Jeder, der liebt, wünscht sich Treue«, beharrte Lilian.

»Und was ist mit einer Liebe, die in die Jahre gekommen ist? Ist sie auf einmal nichts mehr wert, nur weil man neue Anregungen braucht?«

Lilians Finger krampften sich so um das Seil, dass sie zu schmerzen anfingen. »Ich will David nicht teilen müssen.«

»Vielleicht ist es auch nur so, dass immer einer mehr liebt als der andere«, sagte Simon nur, als hätte er Lilians Worte nicht gehört.

Sie ritten an einer alten Korkeiche vorbei. Die dicke Korkschicht musste erst vor kurzem abgetragen worden sein, der freigelegte Stamm leuchtete sogar in der Dämmerung noch in einem sichtbaren, wenn auch nicht mehr so satten Zinnoberrot wie am Tage. Es würde viele Jahre dauern, bis dieser Teil des Baumes reif für die nächste Ernte war.

»Manchmal denke ich, dass Eifersucht nur Selbstsucht

ist«, fing Simon wieder an. »Wenn Fiorella in der Beziehung zu einem anderen Mann Erfahrungen machen kann, nach denen sie bei mir vergeblich sucht – was soll falsch daran sein? Solange sie bei mir bleibt und mich nicht weniger liebt ...«

Ruckartig wandte Lilian den Kopf. »Du meinst, es wäre möglich, zwei Menschen gleichzeitig zu lieben?«

Er sagte lange nichts. »Wohl nicht auf die gleiche Weise. Aber das heißt nicht, dass man den einen auf einmal weniger liebt als den anderen.«

»Warum bist du dann so sauer, wenn Fiorella sich für diesen Direttore hübsch macht?«

»Weil ich auch nur ein Mensch bin. Und Menschen tun sich bekanntlich in der Praxis schwerer als in der Theorie.«

»Warst du auch früher so eingestellt?« Sie zögerte. Aber jetzt konnte sie nicht mehr zurück. »Bei Mama?«

Lilian hielt den Atem an. Irgendetwas musste passieren. Vielleicht würde die Erde zu beben anfangen oder der Himmel sich verdunkeln? Immerhin hatte sie gerade ausgesprochen, was ihr seit dreiundzwanzig Jahren auf der Zunge brannte.

»Deine Mutter war nicht glücklich am Chiemsee – wie du. Sie kam aus der Stadt und wollte dorthin zurück«, entgegnete er langsam. »Aber das ging nicht. Der Hof, den ich von meinen Eltern geerbt hatte, war nun mal dort, wo er noch heute ist. Wir hatten alle Hände voll zu tun, mehr daraus zu machen. Die Landwirtschaft, mein Reitbetrieb, Veras kleine Pension, es gab genug Arbeit. Dann kamst du.« Er schwieg. »Und irgendwann kam Viktor, mein alter Freund.«

Auf einmal fing Lilian wieder an zu zittern.

»Es war Viktors Stimme, die damals aus der Küche kam«, flüsterte sie. »Wenn ich nicht schlafen konnte, hörte ich euch reden. Oft habt ihr auch gelacht.« Sie schluckte. »Oder gestritten. Du und Mama. Und manchmal Viktor.«

»Du bist aufgewacht?« Sanft strich er über ihren Arm. »Es ist schlimm für ein Kind, wenn sich die Eltern zanken.«

»Es fühlt sich schuldig. Es meint, die Welt geht unter.«

»Das ist sie nicht.«

»Doch.«

»Wie meinst du das?«

»Die Mama ist gestorben.«

»Es war ein Unfall. Ein Autounfall, das weißt du doch.«

Sie wurde still. Es drückte, drängte, brodelte. Es war kaum auszuhalten, obwohl sie es doch schon aushielt, seit sie dreizehn war.

»Du warst am Steuer«, sagte sie endlich. Sie wartete auf ein Überschäumen, auf ein explosionsartiges Entweichen dieser alten Gefühle, spürte aber nur, wie langsam, sehr langsam der Druck nachließ. Im Bauch, in der Brust, überall.

Simon brachte sein Pferd zum Stehen. Rebecca trottete noch ein paar Schritte, blieb dann auch stehen und Lilian drehte sich im Sattel um. Ihr Vater saß regungslos da und schaute sie an. Doch er sah sie nicht, das wusste sie genau. Seine Augen blickten in die Vergangenheit. Sie wendete das Pferd, ritt zurück und wartete.

»Es war ein Unfall«, wiederholte er tonlos. »In dieser

Nacht regnete es. Vera und ich kamen von einer Einladung zurück, bei irgendeinem Nachbarn in einem der Kuhdörfer, die sie so hasste. Wie das, in dem wir wohnten.«

Lilian erinnerte sich an jedes Detail, als wäre alles erst gestern passiert. Sie lag im Bett, der Regen hämmerte gegen die Scheiben, in der Küche wachte die mürrische Frau, die sonst die Putzarbeiten in der Pension erledigte. Wie immer, wenn ihre Eltern weggefahren waren, konnte sie auch an diesem Abend nicht schlafen.

»Als wir losfuhren, hatten wir ... einen Streit.«

»Warum?«

»Weil ich auf der Hinfahrt zu schnell gefahren war.«

»Wieso?«

»Ich war furchtbar wütend.« Er fuhr sich durch die Haare. »Am liebsten wäre ich mit dem Auto gegen die nächste Betonmauer gerast. Ich wollte, dass Vera endlich damit aufhörte.«

Sie schluckte. »Womit?«

»Mit Viktor.«

Bumm Bumm, Bumm Bumm, Bumm Bumm. Lilians Herz klopfte so laut wie der Regen in jener Nacht.

»Irgendwann nach diesen ewig gleichen Vorwürfen fingen wir an zu reden. Das erste Mal so richtig. Vera schüttete mir ihr Herz aus, erzählte mir von ihren Träumen, ihren Plänen. Davon, was sie sich vom Leben erwartet hatte und wie sie sich unsere Zukunft vorstellte.«

»Gab es denn eine Zukunft?« Lilians Mund war trocken.

»Ja! Endlich gab es sie wieder!« Plötzlich lächelte er. »Die erste Verliebtheit war sowieso vorbei. Sie versprach mir, dass sie ab jetzt nur noch Freunde sein würden. Sie und Viktor.«

Auf einmal verstand Lilian die vielen Rätsel in ihrem eigenen Leben. Sie selbst hatte Viktor immer als ihr persönliches Eigentum betrachtet und nie gewusst, warum. Er unterstützte sie, tröstete sie, umsorgte sie, wann immer es nötig war. Sie standen sich unerklärlich nahe und doch war es zwischen ihnen nie zu mehr als zu einem einzigen, leidenschaftlichen Kuss gekommen. Sogar auf Hanna, ihre beste Freundin, war sie eifersüchtig gewesen. Viktor betonte immer, dass er nur Lilians Freund sein wollte. Endlich konnte sie ihm danken.

»Als Vera mir das alles erzählte, verstand ich, dass Viktor ihr das gegeben hatte, was ich ihr nie hätte geben können. Von mir bekam sie einen Ehemann, ein Kind, ein Heim, viele Verpflichtungen und was man Liebe nennt.« Er versuchte ein Lachen. »Du kennst mich, ich bin ein Bauer. So ist auch meine Liebe.«

»Was bekam sie von Viktor?«

»Aufmerksamkeit, ein offenes Ohr für ihre Sorgen, vielleicht auch den nötigen Abstand, der einem im Laufe der Ehe verloren geht. Und diese besonderen Momente, die sie so schätzte. Er führte sie ins Theater nach Landshut aus, in die Oper nach München, einmal sogar zu ›Cats‹ nach Berlin.«

Jetzt verstand Lilian, was ihr Vater vorher hatte ausdrücken wollen. »Also auch Liebe.«

»Eine andere Art.«

»Aber kann man Liebe so aufteilen, Papa?« Sie dachte an David. »Für mich ist Liebe ein überwältigendes Gefühl. Ein solches Gefühl könnte ich nicht für mehrere Männer empfinden, einer käme immer zu kurz.«

»Vera konnte es.« Ein Schleier legte sich über seine Augen. »Sie war eine ungewöhnliche Frau.«

Lilian sah sie vor sich, wie sie mit ihren Stöckelschuhen und im Kostüm über den Hof trippelte, wie sie jeden Dienstag und Donnerstag Nachmittag ungeduldig an der Koppel stand, weil der Ballettlehrer nicht warten würde, und wie sie abends in Gummistiefeln den Kuhstall ausmistete, wenn sonst keiner Zeit dafür hatte. Immer, wenn ein neuer Gast aus München ankam, rötete sich ihr sonst so aristokratisch blasses Gesicht. Endlich einmal Neuigkeiten aus der Landeshauptstadt, wenn schon Veras eigene Wurzeln nach Landshut für immer durchtrennt waren.

»Du warst ihr und Viktor nicht böse?«

»Dann nicht mehr. Denn ich wusste, dass es bald vorbei sein würde.« Sein Blick wurde trübe. »Willst du wissen, was dann passiert ist?«, fragte er leise.

Ihr Herz schlug immer noch zu laut. »Ja.«

»Ich war glücklich. So glücklich, dass ich nicht mehr aufpasste. Ich hab den Laster erst gesehen, als es zu spät war. Wie aus dem Nichts tauchte er aus dieser verdammten Einfahrt auf. Es ging alles so schnell, ich bremste, das Auto kam ins Schleudern, überschlug sich. Es fing Feuer, trotz des Regens, überall waren auf einmal Flammen. Ich schrie. ›Vera, wir müssen raus!‹« Seine Stimme war laut geworden, er atmete schwer. »Aber sie sagte nichts. Sie war tot, ich sah es sofort. Doch ich wollte es nicht glauben, zerrte an ihr, versuchte, sie aus dem Auto zu ziehen. Es ging nicht, sie war eingeklemmt. Ich wollte die Beifahrertür aufstoßen, irgendwer musste ihr doch helfen! Diese verfluchte Tür! Sie ließ sich nicht öffnen.« Er redete wie gehetzt, als befände er sich immer noch in dem brennenden Auto. »Plötzlich war da dieser Mann, der Lastwagenfahrer, wie ich später erfuhr. Der schrie, schrie immer wieder, ich weiß nicht, was. Es war so heiß, überall dieser Rauch. Zwei Hände packten mich, zogen mich raus, schleppten mich fort, hinter einen Busch. Vera! Vera ist da drin! Ich muss sie holen! Ich wollte weg, obwohl ich mich kaum bewegen konnte. Der Mann hielt mich.« Simon sog scharf die Luft ein. »Auf einmal ein Knall, dann nur noch Prasseln. Und die Nacht, die so hell war wie der schönste Tag.«

Eine Weile blieb es still.

»Danach war alles anders«, sagte er irgendwann erschöpft. »Es war mühsam, den Hof weiter zu führen. Ohne Veras Energie, ohne ihr Organisationstalent, ohne ihr Händchen für Details. Auf einmal war meine Frau nicht mehr da.« Er wischte sich über die Augen. Sein Blick fand zurück, offen sah er Lilian an. »Meine geliebte Frau und deine Mutter.«

Jetzt lösten sich auch bei Lilian die Tränen, die sie seit dieser Nacht hinunter schluckte.

»Von einem Tag auf den anderen musste ich Dinge erledigen, um die ich mich nie gekümmert hatte«, fuhr er fort. »Kleider für dich kaufen, Hausaufgaben anschauen, mit dir über das Erwachsenwerden reden. Aber mit dem Reden taten wir uns beide schwer. Sei mir nicht böse, wenn ich ein schlechter Vater war. Mir fehlte einfach die Übung.«

»Manchmal warst du ein schlechter Vater. Aber meistens warst du ganz okay und hin und wieder sogar ziemlich gut.«

Er lachte.

»Nach der Beerdingung bin ich gestolpert, weißt du noch?«, fragte sie.

»Eine Sehnenzerrung. Nach ein paar Tagen war sie vorbei.«

»Aber ich bin trotzdem weder in die Reitstiefel noch in die Spitzenschuhe geschlüpft. Nie wieder.«

»Willst du mir sagen, warum?«

»Ich weiß es nicht, Papa.«

»Vielleicht hast du diese sinnlosen Kämpfe zwischen Vera und mir besser verstanden als wir selbst. Du wolltest dich weder auf die eine noch auf die andere Seite schlagen. Welches Kind will sich schon für ein Elternteil entscheiden müssen?« Er streichelte über ihre Wange. »Wenn du mit Ballett aufgehört hättest und geritten wärst – was du immer wolltest –, hättest du befürchten müssen, das Andenken an deine Mutter nicht zu achten. Also hast du mit beidem gebrochen.«

Sie schaute ihn lange an und dachte an die Sehnsucht, die sie nach Scirocco verspürt hatte. Ein eigenes Pferd, ihr sehnlichster Wunsch, seit sie denken konnte. An ihrem zehnten Geburtstag hatte ihr Vater diesen Traum verwirklicht. Jeden Tag besuchte sie Scirocco, liebkoste ihn, brachte ihm frische Äpfel, auch als sie wusste, dass sie ihn nie wieder reiten würde. Fast hörte sie, wie er erwartungsvoll herantrabte und spürte die weichen Nüstern, die sie in die Schulter stupsten. Komm, komm doch, schien er sagen zu wollen. Dann schaute er zu Lilians Vater hinüber, der im Stall arbeitete. Kein einziges Mal fragte der Papa, wann sie wieder in den Sattel steigen würde.

Simon drückte ihre Hand. »Mein tapferes Mädchen.«

32

Lieber Papa,

heut Nacht hab ich wieder von Mama geträumt. Warum ist sie fort? Ich sehe ihr Gesicht vor mir, klar und deutlich. Warme Augen, regelmäßige Zähne, die etwas zu große Nase. Ich will, dass sie wieder da ist. Sie soll mir vorlesen, mich zu Bett bringen, meine Zeichnungen bewundern. Sie fehlt mir. Auf einmal vermischt sich Mamas Gesicht mit dem der Tante. Die Tante war immer so streng zu mir, aber sie hat sich um mich gekümmert. Ihre Haare schlingen sich ineinander, schwarz und braun, braun und schwarz. Wer hatte blaue Augen, wer grüne? Am Schluss weiß ich nicht mehr, wer wer ist. Ich sehe ein Gesicht, das aus zwei Gesichtern besteht. Die Augen sind blau und groß wie reife Kastanien. Dann wieder grün und schmal, wie ein abnehmender Mond. Aber egal, wie sie aussehen, eins haben sie immer gemeinsam: Sie weinen.

Wenn ich aus dem Fenster schaue, sind da diese grünen Berge und das endlose Wasser. Mein Land, das weiß ich jetzt. Wie schön es ist. Auch Mama hat dieses Land geliebt. Früher wollte ich immer weg, in eine große Stadt, egal, bloß weg. Aber jetzt fühle ich mich wohl an diesem Ort. Ein guter Platz zum Bleiben.

Seit ich weiß, was ich zu tun habe, galoppiert es nicht mehr durch meine Träume. Mein wunderschönes, mein schreckliches Feuerross. Ich will es noch einmal zeichnen.

33

Sie aßen in Eintracht. Fiorella erzählte eine Anekdote nach der anderen und Simon hörte ihr aufmerksam zu, ohne bissige Bemerkungen zu machen. Bei jeder Pointe lachten die Gäste bereitwillig. Lilian war froh, dass niemand merkte, wie wenig sie bei der Sache war. Wenn sie jemand angesprochen hätte, dann hätte sie die Schrammen in ihrem Gesicht und die erschöpften Glieder als Grund angegeben. Sie war tatsächlich hundemüde, nach dem Abendessen würde sie schnurstracks im Bett verschwinden und es den ganzen nächsten Vormittag nicht mehr verlassen. Aber die Wahrheit war, dass das Gespräch mit ihrem Vater noch in ihr nachhallte. Sie war so erleichtert, dass Simon nichts mit dem Tod ihrer Mutter zu tun hatte. Auf einmal fühlte sie sich frei und unverwundbar. Sie blickte in Simons Gesicht und glaubte, in ihr Spiegelbild zu schauen. Das Leben war schön.

Als sie bei der Nachspeise waren, klingelte Lilians Handy.

»Störe ich?«

»Du störst nie, über alles geliebter Kollege«, flötete Lilian, warf einen entschuldigenden Blick in die Runde und ging nach draußen.

»Ich hab zwei wirklich sagenhafte Neuigkeiten«, verkündete Helmut.

»Lass mich raten. Erstens hat unser italienischer Kollege rausgefunden, dass Enzo auch mit drinhängt.«

»Das ist noch nicht ganz raus. Aber man hat Reifenspuren in der Nähe des Tatorts entdeckt, die weder von Giovanni Salvos noch von Bormanns Wagen stammen.«

»Ich dachte, in den Bergen ist es so staubig?«

»Die Abdrücke wurden in einem kleinen Waldstück gefunden, wo der Boden weicher ist. Der Laborbefund ist eindeutig.«

»Welches Fabrikat?«

»Irgendwas Großes, Schweres mit Allradantrieb, vielleicht ein Cherokee oder ...«

»Oder ein Lieferwagen?«, unterbrach ihn Lilian ungeduldig.

»Möglich.«

»Auf Enzos Firmengelände standen ein paar von den Dingern rum.«

»Du lässt die Finger davon, kapiert? Du hast keinerlei offizielle Befugnis. Nicht einmal den kleinen Zeh setzt du auf Enzos Speditionsgelände!«

»Krieg ich sonst mit dir Schwierigkeiten?«

»Zuerst mit Commissario Missironi, dann mit dem Herrn Oberstaatsanwalt, mit Schindlbeck sowieso und ...«

»Was war die zweite sensationelle Neuigkeit?«, versuchte Lilian abzulenken.

»Juri Karinkov hat gesungen.«

»Na, endlich!«

»Er will ganz zufällig an Haslingers Laden vorbei gekommen sein. Da blieb er stehen, guckte durchs Schaufenster und sah, dass der Laden leer war. Keiner da, der die Kasse beaufsichtigte. Wie wir wissen, war er mit Schnaps voll bis obenhin und ohne einen müden Euro in der Tasche. Die Tür war noch nicht abgesperrt, also ging er rein.«

»Und dann?«

»Er hörte Geräusche von hinten, Haslinger tauchte plötzlich auf. Mit einem Mann.«

»Der Lieferant! Konnte Karinkov ihn identifizieren?«

»Ja, es war eindeutig Bormann. Karinkov versteckte sich hinter einem Schrank. Zuerst unterhielten Haslinger und Bormann sich nur, aber irgendwann ging es immer hitziger zu. Offenbar konnten sie sich über den Preis von besonders wertvollen Ohrringen nicht einigen.«

»Die etruskischen Ohrringe!«

»Haslinger muss die Dinger zur Ansicht schon im Geschäft gehabt haben. Er jammerte Bormann die Ohren voll, er könne nicht den ursprünglich vereinbarten Preis bezahlen.«

»Wegen der erhöhten Miete«, sagte Lilian. »Wie reagierte Bormann?«

»Der hatte zwar Verständnis, musste aber auf seinen eigenen Geldbeutel achten. Das Riesenhaus, die Firma, die Autos – das alles ist ja nicht umsonst.«

»Und Haslinger?«

»Der fing mit irgendeiner Geschichte an, die ihm seine Tochter vor ein paar Wochen erzählt hat.«

»Was für eine Geschichte?«

»Aus Karinkov ist nicht mehr raus zuholen, der war ja ziemlich blau, und Deutsch versteht er auch nicht immer.«

»Wenn er will, versteht er alles.«

»Auf jeden Fall hört es sich so an, als ob Haslinger den Bormann mit irgendwas erpresst hätte. Auf einmal ein Riesenkrach, die Möbel fliegen durch die Gegend, ein Knall. Karinkov guckt um die Ecke und sieht, wie Bormann eine Waffe zu Boden fallen lässt. Haslinger muss sie während des Streites aus der Schublade geholt haben, und Bormann hat sie ihm irgendwie abgenommen.«

»Und die Kasse?«

»Die hat Bormann aufgebrochen. Dann nahm er das Geld und rannte nach hinten ins Treppenhaus.«

»Und Karinkov?«

»Der schnappte sich in seinem Suff die Kerzenleuchter, um nicht ganz leer auszugehen, und wollte verschwinden. Aber da stolperte er über die zerbrochene Ming-Vase, entdeckte ein Päckchen zwischen den Scherben, steckte es ein und torkelte davon. Zu Hause sah er, dass in dem Päckchen die alten Ohrringe waren.«

Lilian dachte nach. »Ich kann nicht glauben, dass Bormann die Kasse aufgebrochen hat. Er war Geschäftsmann, kein Raubmörder oder Gelegenheitsdieb.«

»Immerhin hat er antiken Schmuck nach Deutschland geschmuggelt und gewinnbringend verhökert.«

Sie schwieg. »Warum hat Karinkov das alles nicht früher gesagt?«

»Er klaut zwar alles, was er kriegen kann, aber in einen Mord wollte er nicht hineingezogen werden. Du weißt doch, wie groß sein Vertrauen in unsere Justiz ist.«

»Es hieß: Wir machen einen Ausflug«, wiederholte David und betrachtete skeptisch die Gegend.

Um diese Uhrzeit am Montagabend lag das Industriegebiet am Stadtrand von Follonica verlassen da. Bis auf das gleichmäßige Rauschen, das von der nahe gelegenen Schnellstraße von Cecina nach Grossetto zu ihnen drang, war kaum ein Geräusch zu hören. Hin und wieder bellte ein Hund, vermutlich waren einige der Industrieansiedlungen bewacht.

»Wie ruhig es ist.« In Lilians Augen sprühten Funken. »Der richtige Ort für ein Stelldichein.«

»Du hast mich angeflunkert«, sagte David streng.

»Hab ich das?«

»Wir machen weder einen Ausflug, noch hast du Lust auf erotische Spielchen. Du willst ohne Befugnis irgendwelche haarsträubenden Ermittlungen führen und ich soll Schmiere stehen.« Er sah sich demonstrativ um. »Oder was hätten wir sonst in diesem wunderschönen Industriegebiet zu tun, während alle einigermaßen vernünftigen Leute bei einem anständigen Abendessen sitzen?«

»Was ist mit diesen zwei da?«

Ein eng umschlungenes Liebespaar tauchte im schwachen Schein der einzigen Straßenlaterne weit und breit auf. Die beiden waren so mit sich beschäftigt, dass sie sich kaum von der Stelle bewegten.

»Die zählen nicht«, knurrte David.

»Wir sind in Italien. Da kann man auch noch um elf zum Essen gehen.« Lilian grinste. »Falls unser Einsatz vorher erledigt ist, auch früher.«

Das Paar hatte sich bis zum äußersten Rand von Enzos Speditionsgelände weitergeschoben. Das hemmungslose Geknutsche wich einem noch hemmungsloseren Gefummle.

»Trotzdem bin ich Anwalt und kein Bulle, der seine Kompetenzen überschreitet«, sagte David mit einem eindeutigen Seitenblick auf Lilian.

Sie gab ihm einen Kuss. »Dafür bin ja ich da.«

»Ich wette, dein Kollege Helmut wäre begeistert, wenn er wüsste, was du vorhast.«

»Was er nicht weiß, macht ihn nicht heiß.«

Der junge Mann schob das T-Shirt des Mädchens hoch, aber sie klebte so eng an ihm, dass nicht einmal das kleinste Stückchen Haut zu sehen war.

»Übertreibst du nicht ein wenig?«, schnaubte David. »Was du vorhast, ist illegal!«

»Hört, hört! Die Stimme des Gesetzes«, spöttelte Lilian. »Hast du auch so viel Gerechtigkeitssinn, wenn du eines dieser Dreckschweine verteidigst?«

»Jeder hat das Recht, seine Interessen vor Gericht mithilfe eines Anwalts vorzubringen. Wenn ich meine Mandanten nicht vertrete, tut es ein anderer.«

Auf einmal ging der junge Mann in die Hocke und machte sich am Zaun zu schaffen, während das Mädchen kichernd das T-Shirt in die ursprüngliche Lage zurückzog. Lilian kniff die Augen zu. Was tat er da bloß, während seine Angebetete so geduldig wartete? Warum ging sie ihm nicht an die Wäsche, während er ihr sein Hinterteil so günstig präsentierte?

»Wie willst du denn da überhaupt hinein kommen?«, fragte David seufzend.

»Wie die beiden da.«

Der junge Mann vollführte gerade bewundernswerte Verrenkungen, indem er gleichzeitig einen Arm und ein Bein durch ein Loch im Zaun steckte, dessen offene Enden er wohl eben auseinander gebogen hatte. Dann schob er den Kopf nach, schlüpfte ganz hindurch, reichte dem Mädchen die Hand und half ihr, auch auf die andere Seite zu klettern.

»Du siehst, ich tue nichts Ungesetzliches. Ich mache

das Gleiche wie diese armen italienischen Liebespaare, die sich nicht nach Hause trauen, weil ihre katholischen Eltern sonst einen Schreikrampf kriegen.«

»Wetten, dass die was anderes vorhaben als du?«

Lilian setzte das artigste Gesicht auf, das sie zustande brachte. »Fünfzehn Minuten«, versprach sie. »Ich schwöre!«

Er warf ihr einen ungläubigen Blick zu. »Hoch und heilig?«

»So heilig du willst.«

»So heilig soll es gar nicht sein. Ich würde jetzt auch lieber das tun, was die beiden da gleich anstellen werden.« Seine Finger tasteten nach ihren Oberschenkeln.

Sie nahm seine Hand und küsste sie. »Das machen wir später. Ich oben, du unten.«

»Das klären wir nachher. Fünfzehn Minuten! Wenn es länger dauert, fange ich zu hupen an.«

Sie schenkte ihm ein wirklich zauberhaftes Lächeln, obwohl er auch das im dunklen Wageninneren nicht sehen konnte, und sprang hinaus.

Das Loch im Zaun war zwar etwas eng, aber auch Lilian gelang es, sich hindurch zu zwängen, ohne sich die Jacke zu ruinieren. Hinter dem Zaun befand sich ein Rasenstück, das ihre Schritte dämpfte. Gerade, als sie überlegte, wo das Pärchen stecken mochte, hörte sie gedämpftes Stöhnen. Es kam aus einem Busch, der in der Dunkelheit kaum zu erkennen war. Die beiden schienen sich hier auszukennen. Obwohl Lilian sicher war, dass die zwei sie bei ihrer jetzigen Beschäftigung nicht bemerken würden, machte sie einen weiten Bogen um das Gebüsch. Das Stöhnen wurde immer lauter, je weiter sie sich entfernte. Im äußersten Eck des

Grundstückes, wo die LKW's und Lieferwägen standen, knipste sie vorsichtig ihre Taschenlampe an. Alle drei Lieferwägen waren an der Unterseite und den Seiten staubig. Aber das hieß erst mal gar nichts, Staub gab es in dieser Gegend mehr als genug. Sie bückte sich und leuchtete die Reifen ab.

»Ah! Ja! Das tut gut!«, japste das Mädchen in heller Begeisterung.

Lilian konzentrierte sich auf die Räder. Sie umrundete den ersten Lieferwagen, entdeckte aber in keinem einzigen Reifenprofil die erhoffte Erde.

»Tiefer, tiefer! Ja, so ist es ... himmlisch!«

Fehlanzeige auch beim zweiten. Möglicherweise übersah Lilian feine Spuren, denn es fiel ihr schwer, bei diesem Gekreische ruhig zu bleiben. Was wohl David auf seinem Lauschposten dazu sagen würde?

»Gleich, gleich! Oh, das halt ich nicht mehr aus! Ja, ja, jjjjaaaaaaa!«

Ein Schrei durchschnitt die Nacht. Wenn Lilian es nicht besser gewusst hätte, wäre sie dem Mädchen zu Hilfe geeilt. Aber auch Lilian kam zu dem, was sie erhofft hatte. Beim dritten Wagen wurde sie fündig. Sie klappte ihr Taschenmesser auf und kratzte eingetrocknete Erde aus dem Profil der Hinterreifen. Natürlich musste man erst eine Laboruntersuchung durchführen. Erst dann wäre geklärt, ob dieser Dreck hier die gleiche Zusammensetzung wie eine Probe des Waldbodens hatte, von dem Helmut ihr erzählt hatte. Aber sie war sicher, dass sie nicht umsonst hierher gekommen waren.

»Ahhhhh, war das gut! Komm, wir machen's gleich noch mal. Kannst du noch?«

Wildes Gequietsche folgte. Offenbar war die junge

Dame unersättlich. Aber auch Lilian war nicht so leicht zufrieden zu stellen. Sie würde die Gelegenheit nutzen und sich im Bürogebäude umschauen. Das Pärchen sorgte für Abwechslung, sodass David nicht langweilig wurde. Sie pirschte sich zu einer Tür und drückte die Klinke nach unten. Abgesperrt. Auch die nächste war verschlossen. Wie hatte sie nur denken können, man würde freundlicherweise alle Pforten für sie offen lassen?

Da fiel der Kegel der Taschenlampe auf ein Fenster, das anders als die anderen aussah. Lilian drückte dagegen und tatsächlich schwang es mühelos nach innen. Jemand musste übersehen haben, dass es nur angelehnt war. Sie leuchtete in den Innenraum. Zwei Schreibtische mit Bildschirmen und Telefonen, Stühle, an den Wänden Regale mit Aktenordnern, alles ziemlich neu. Die Firma schien gut zu laufen. Sie legte die Lampe zur Seite, schwang sich aufs Fensterbrett und kletterte auf der anderen Seite hinunter. Ein niederfloriger Teppich dämpfte ihre Schritte, sie brauchte nicht einmal besonders leise zu sein.

Wieder hörte sie hingebungsvolle Geräusche von draußen, ein zweiter, langgezogener Schrei folgte. Da konnte man direkt neidisch werden. Lilian war sicher, dass David sie mit Ungeduld erwarten und sie es kaum zum nächsten Strand schaffen würden. Aber erst die Arbeit, dann das Vergnügen.

Sicher waren die Rechner Passwort-geschützt. Sie schaltete die PCs erst gar nicht ein, sondern wandte sich gleich den Aktenordnern zu. Eine Weile blätterte sie in den Unterlagen, stellte die Ordner aber bald wieder zurück. In diesem Büro beschäftigte man sich nur mit Inlandsaufträgen. Sie ging in den Flur und leuchtete die Namensschilder an den Türen ab. Kein Lorenzo Agrippa. Also hinauf in den ersten Stock. Sie schlich den schmalen Gang entlang, folgte der Treppe nach oben, gelangte wieder in einen Flur, von dem allerhand verschlossene Türen abgingen. Der Lichtkegel ihrer Lampe huschte über Wände, Türen und in verborgene Winkel. Unheimlich war es hier. Jeden Moment erwartete sie, dass sie jemand aus dem Schatten ansprang. Aber alles blieb friedlich.

Am Anfang des Gangs eine weitere Etage höher entdeckte sie schließlich Enzos Büro. Vorsichtig öffnete sie die Tür. Der Lichtschein tastete sich über Büromöbel, die aussahen wie die im Erdgeschoss. Nur hier gab es auch ein Sofa mit Sessel und Tischchen, für den Chef durfte es ruhig ein wenig gemütlicher sein. Enzo schien ein Ordnungsfanatiker zu sein. Sein Schreibtisch war so sauber, als hätte hier nie jemand gearbeitet. Kein einziger Haftzettel, keine unaufgeräumten Stöße, das Eingangskörbchen beneidenswert leer. Nur im Ausgangskörbchen lag der Prospekt einer deutschen Firma, auf dem ein Post-it mit einer Anweisung für einen Untergebenen klebte. Lilian zog die Schreibtischschubladen auf. Der Größe nach geordnete Stifte, fein säuberlich gestapelte Schreibblöcke, akkurat aufeinander gelegte Papierblätter. Da sollte noch einer sagen, Italiener seien schlampig.

Lilian besah sich die beschrifteten Aktenordner in den massiven Holzregalen. Offenbar waren auch diese ein Zugeständnis an die Position des Büroinhabers, denn die Mitarbeiter im Erdgeschoss mussten sich mit wackeligen Stahlkonstruktionen zufrieden geben. SW-Saeco/2003-05, I-Pavoni/2004-05, G-Bosch/2004-05 hieß es da. Die Buchstabenfolgen vor den Firmenbezeichnungen mussten Länderkürzel sein – Swizzera für die Schweiz, Italien, Germania für Deutschland, während es sich bei den Zahlen um Jahreszahlen handelte. Enzo war ein vielseitiger Geschäftsmann. Er importierte, exportierte und verfrachtete Elektrogeräte der verschiedensten Fachrichtungen, von Medizintechnik über Haushaltsgeräte bis zur Computerbranche. Ein dicker Ordner war mit G-Bormann/2002-05 beschriftet. Lilian zog ihn heraus, fand aber nichts Auffälliges. Alle Lieferungen waren ordnungsgemäß dokumentiert, der Schriftverkehr zuverlässig abgelegt. Dann kam ein Aktenordner mit der Aufschrift SU-Coffbean/2004-05. Was verbarg sich hinter SU, irgendein osteuropäisches Land, von dem noch nie jemand gehört hatte? Der Korrespondenz zufolge lag der Firmensitz von Coffbean in Boston, USA. Also stand SU für Stati Uniti, die Vereinigten Staaten. Das erste Fax war auf den 27.09.2004 datiert. Offenbar ein neuer Kunde, den Enzo auf einer Fachmesse in den USA kennen gelernt hatte, wie Lilian einer ausgedruckten E-Mail entnahm.

Sie stellte den Ordner zurück. Sie war nicht wirklich weiter gekommen. Jetzt waren die italienischen Kollegen an der Reihe, hier mussten Spezialisten für Wirtschaftskriminalität und sonstige Ermittler ran. Immerhin hatte sie die Bodenprobe von den Reifen des Lieferwagens. Hoffentlich war der Befund eindeutig. Denn dann hätte sich, auch wenn in den PCs keine Hinweise auf unsaubere Geschäfte zu finden waren, dieser nächtliche Besuch trotzdem gelohnt.

Auf einmal merkte sie, wie ruhig es war. Sogar das Gekreische aus dem Busch war verstummt. Ob das Mädchen endlich befriedigt war? Die fünfzehn Minuten mussten schon lange um sein. Aber David schien es ihr nicht übel zu nehmen, denn es ertönte immer noch kein Hupen. Er war eben ein geduldiger Mann.

Als Lilian die Tür öffnete, lächelte sie. Doch ihr Gesicht erstarrte, als sie gegen die Gestalt prallte, die dort auf sie wartete.

34

Zum fünften Mal drückte Helmut auf die Taste. Lilian musste ihr Handy ausgeschaltet haben. Dann eben nicht. Auch am morgigen Dienstag wäre es früh genug, um ihr die neuesten Ermittlungsergebnisse mitzuteilen.

Die Kinder lagen im Bett, Maika war mit ihren Freundinnen bei einem Flamencoabend im Spanischen Zentrum in Stadtamhof. Als es an der Tür geläutet hatte, war sie mit roten Wangen und im gerüschten Carmen-Rock losgesaust. Der erste öffentliche Auftritt, was für eine Aufregung! Sie wies nicht einmal darauf hin, dass es spät werden würde. Er wusste ohnehin, dass sie jeden Abend genoss, den sie außerhalb der heimischen vier Wände verbringen konnte. Und Helmut war froh über die Stille im Haus. Endlich einmal in Ruhe Zeitung lesen, eine Flasche Bier zuviel trinken und im Fernsehen nach den obligatorisch leicht bekleideten Blondinen Ausschau halten, die spätabends in noch knapperem Outfit als sonst über die Mattscheibe turnten.

Er drückte auf die Fernbedienung. In einer Talkrunde outete sich eine Gesprächsteilnehmerin als sportsüchtig. Es war unglaublich, was für Probleme manche Leute hatten. Er zappte durch das Programm. Die Miezen in ihren appetitlichen Bikinis waren so aufreizend wie immer, fast schon langweilig. Und die austauschbaren Barbie-Gesichter entsprachen ohnehin nicht seiner Vorstellung. Da er wusste, er würde nichts versäumen, holte er sich ein zweites Bier. Wieder musste er an Lilian denken. Hoffentlich machte sie keinen Unsinn, er kannte sie lange genug. Wenn sie sich etwas in den Kopf gesetzt hatte, war sie schwer davon abzubringen.

Inzwischen hatten sie einiges über diesen Enzo herausgefunden. Ein smarter Industrieller mit einer Vorliebe für schöne Frauen, der regelmäßig in die Kirche ging und großzügige Spendenquittungen ausstellte. Nach außen einer der Vorzeige-Geschäftsmänner der Region, der der vorwiegend agrarisch strukturierten Gegend zu willkommenem Ansehen verhalf. In Insider-Kreisen hatte der gut aussehende Enddreißiger allerdings den Ruf, er betreibe einen Umschlagplatz von heißer Ware. Man munkelte, er handle mit Waffen oder Drogen, aber auf die Idee mit den geraubten Wertgegenständen war offenbar noch niemand gekommen. Commissario Missironi versuchte schon seit einiger Zeit, Enzo in die Enge zu treiben, aber der Kerl war wie ein nasser Fisch und entglitt ständig. Er hatte Kontakte zu allen Bereichen des gesellschaftlichen Lebens: Politik, Kirche, sogar die Polizei war im Gespräch. Enzo war ein Ass, wenn es darum ging, neue Geschäftsbeziehungen zu knüpfen. In der Regel pickte er sich zahlungskräftige Kunden heraus und startete erste legale Transaktionen. In den Lastwägen, die quer durch Europa rollten, enthielt jede Kiste genau das, was sie enthalten sollte. Aber wer überprüfte die unauffälligen Kleinlieferwägen, die zur gleichen Zeit das Lager verließen?

Helmut öffnete eine Tüte Chips, klemmte sich das Bier unter und schlurfte zurück zur Couch. Was machte er sich überhaupt solche Gedanken? Lilian war erwachsen, eine zuverlässige Polizistin und sowieso nur in Urlaub. David würde sicher auf sie aufpassen.

Die Pistolenmündung auf Lilians Brustkorb fühlte sich unangenehm an. Der glatzköpfige Hüne, der die Waffe hielt, drückte sie ihr unsanft in die Rippen. Sie wich zurück, die anderen folgten ihr langsam.

Sie waren zu Dritt. Außer dem Revolverhelden ein kleiner, drahtiger Kerl mit ungewaschenen Haaren und Brille. Der Lange im Designer-Anzug musste der Chef sein, nach den unterwürfigen Blicken der beiden anderen zu urteilen. Signor Enzo höchstpersönlich gab sich die Ehre.

»Ich hasse neugierige deutsche Polizistinnen«, sagte er liebenswürdig. »Vor allem in meinem Büro finde ich sie ausgesprochen unpassend.«

Der kleine Schmierige schob die Brille, die fast bis zur Nasenspitze gerutscht war, nach oben in die ursprüngliche Position. »Wie's aussieht, hat sie nichts angerührt.«

»Natürlich hat sie das. Aber gefunden hat sie nichts.« Enzo lachte schneidend. »Bei mir herrscht Ordnung, Signora. Wer hier was finden will, der muss früher aufstehen als Sie.«

»Sie haben allerhand zu verstecken, nehme ich an«, entgegnete Lilian unbeeindruckt.

Zeit gewinnen, das war das Wichtigste. Irgendwann würde auch David ungehalten werden. Wenn er sah, dass in einem der Büros im zweiten Stock das Licht angegangen war, würde er Hilfe holen. Vielleicht tippte er gerade die Notruf-Nummer in Lilians Handy ein, das sie im Wagen hatte liegen lassen. Dummerweise war die Nummer nicht eingespeichert, aber wofür gab's die Auskunft?

»Nicht mehr als jeder andere, der weiß, wie man gutes Geld verdienen kann«, entgegnete Enzo.

Er setzte sich auf die Lehne des Sofas, schlug die Beine übereinander und wies einladend auf den Sessel. Lilian setzte sich. Enzos Leibwächter postierten sich neben ihr, auf jeder Seite einer. Jetzt zückte auch der Zwerg eine Waffe und hielt sie auf Lilian gerichtet.

»Eins würde mich interessieren«, fing Enzo leutselig an. »Wie sind Sie auf mich aufmerksam geworden, Signora?«

»Giovanni Salvo. Es war ein Fehler, ihn umzulegen. Die Verbindung zu Ihnen musste früher oder später auffallen.«

Betrübt nickte er. »Puzzo hat mir versprochen, die Carabinieri würden dieses Missgeschick als Jagdunfall behandeln. Aber leider gibt es auch bei uns neunmalkluge Kriminalbeamte, die ihre Nase überall hinein stecken müssen.«

»Macisciallo Puzzo ... Der Chef der Carabinieri steht also auch auf Ihrer Gehaltsliste?«

»Hier bei uns überlässt man nichts dem Zufall.«

»Warum haben Sie Salvo erschossen? Er hat doch den etruskischen Schmuck für Sie besorgt.«

»Er wurde zu gierig. Ich mag keine gierigen Menschen, vor allem nicht solche, die meinen, sie könnten mich übertölpeln.«

»Salvo wollte direkt mit Bormann verhandeln?«

»Und dabei war ich so großzügig zu unserem lieben Giovanni!« Beifallheischend sah er in die Runde. Seine Handlanger nickten eifrig.

»Giovanni kannte die Berge besser als jeder andere. Erst wenige Tage vor diesem bedauernswerten Zwischenfall hat er ein neues Grab ausfindig gemacht«, erzählte Enzo bereitwillig. »Aber es mangelte ihm an Weitblick. Als er mit diesen zwei lächerlichen Vasen anrückte und mir weismachen wollte, er habe nicht mehr gefunden, wusste ich, dass er etwas plante.«

»In der Firma hat er rumposaunt, dass er bald das große Los ziehen wird«, piepste der Riese mit einer erstaunlich hellen Stimme und rammte Lilian die Waffe noch tiefer in die Seite.

»Sei nicht so grob zu unserem Besuch«, rügte ihn Enzo. »Die Signora kann doch nichts dafür, dass du nichts für Frauen übrig hast.«

Entschuldigend wackelte der Grobian mit dem Kopf. Der andere warf ihm einen mitfühlenden Blick zu und rückte die Brille zurecht.

»Natürlich habe ich Giovanni beschatten lassen«, fuhr Enzo fort. »Als ich erfuhr, dass er sich mit Bormann treffen würde, war mir klar, was er vorhatte.«

»Sie sind ihm gefolgt und haben ihn kaltblütig erschossen.«

Lilian warf einen verstohlenen Blick aus dem Fenster. Nichts zu sehen. Aber lange konnte es nicht mehr dauern. Sicher telefonierte David schon längst mit ihrem Vater und der hatte die Polizei informiert.

»Warum haben Sie Bormann nicht gleich mit erledigt?«

»Warum sollte ich?« Ein amüsiertes Lachen. »Ich bin Geschäftsmann und kein Unmensch. Bormann war mein Partner. Ich habe lediglich das kaputte Rädchen aus dem Getriebe entfernt.«

»Auf eine spektakuläre Art.«

»Das musste ich. So wusste Bormann, wie man bei uns mit Verrat umgeht.«

»Aber Bormann hat die Lektion nicht verstanden.«

»Warum das?«

»Sonst hätten Sie ihn nicht ein paar Stunden später abgeknallt.«

»Damit habe ich nichts zu tun, Signora Graf.«

»Sie enttäuschen mich.«

»Ach?«

»Als Lügner hätte ich Sie nicht eingeschätzt. Und woher kennen Sie meinen Namen?«

Er lachte schallend, das Handlanger-Duo stimmte mit ein. Der mit den fettigen Haaren vergaß sogar einen Moment lang, die Waffe auf Lilian zu richten. Aber der andere hatte sie genau im Visier.

»Wissen Sie nicht, dass hier sogar die Wände Augen und Ohren haben?« Amüsiert klopfte sich Enzo auf die Schenkel. »Natürlich spricht es sich herum, wenn die Tochter des eigenwilligsten Pferdezüchters weit und breit neugierige Fragen stellt. Und wenn sie eines schönen Sonntagnachmittags vor ausgerechnet meiner Firma auftaucht, dann weiß ich, was ansteht.«

»Jeder kennt jeden«, erinnerte sich Lilian resigniert.

»Eigentlich dachte ich, Sie würden gestern Abend schon vorbei schauen.« Leicht tadelnd zog er die Augenbrauen hoch. »Sagt man den Deutschen nicht nach, dass sie schnell und gründlich sind?«

»Tut mir leid, wenn ich Sie enttäuscht habe.«

Wieder huschte ihr Blick zum Fenster. Rührte sich schon etwas? Nein, die Kollegen waren erfahren. Vermutlich umstellten sie gerade so leise wie möglich das

Gebäude, während sich auf einem der gegenüberliegenden Bürohäuser die Scharfschützen postierten.

»Sonst noch Fragen?«, erkundigte sich Enzo liebenswürdig. »Wir haben Zeit.«

So waren sie, diese kriminellen Elemente. Eitel bis zum Letzten. Gut für Lilian und die italienischen Kollegen.

»Wer kauft Ihnen jetzt die etruskischen Grabgegenstände ab, wo Bormann tot ist?«

»Da gibt es genug Interessenten. Ich habe sogar einen Kontakt nach Übersee.«

»Coffbean in Boston.«

Er nickte anerkennend. »Schade, dass Sie für die falsche Seite arbeiten, Signora.«

»Tue ich das?«

»Habe ich Sie unterschätzt?« Erstaunt musterte er sie mit seinen dunklen, sanften Augen. »Hier die Bösen, da die Guten, mit einer klaren Grenze dazwischen. So einfach ist unsere Welt nicht, das wissen Sie.«

»Aber ich würde nie die Fronten wechseln.«

»Trotzdem haben Sie die gleiche kriminelle Energie wie ich. Die müssen Sie haben, sonst hätten Sie Ihren Beruf verfehlt.« Er strich über das feine Tuch seiner tadellos sitzenden Anzugshose. »Im Grunde kämpfen wir für die gleiche Sache, Signora, nur, Sie sind dieses Mal auf der Verliererseite.«

Der schmierige Winzling gluckste, der Riese japste.

»Warum brechen Sie das Gesetz? Warum betrügen Sie?«, fragte Lilian aufgebracht. »Warum erschießen Sie Menschen?«

»Weil ich Geld verdienen will. Viel Geld.« Enzo zeigte mit dem Finger auf sie. »Und Sie, Signora?«

»Ich breche das Gesetz nicht.«

»Sie haben sich ohne Durchsuchungsbefehl Zugang zu meiner Firma verschafft. Und Sie würden auf mich schießen, wenn Sie jetzt eine Waffe hätten.«

»Ohne zu zögern.«

»Sie würden mich töten, weil Sie Ihr Leben retten wollen. Aber auch, weil Sie mich hassen in diesem Moment. Ich hasse Sie nicht, im Gegenteil. Ich finde Sie sogar sehr anziehend.« Er grinste. »Ihr Gefühl ist eindeutig das Schlechtere. Also sind Sie die Böse, ich der Gute.«

»Sie verdrehen die Wahrheit.«

»Ich experimentiere mit der Wahrheit. Dazu ist sie da. Oder gibt es eine einzige, allgemeingültige Wahrheit?« Er stand auf. »Genug philosophiert. Wir haben noch etwas vor.«

Lilian hatte das unbestimmte Gefühl, dass es kein Kaffeekränzchen werden sollte. Der gemütliche Teil des Abends war vorbei.

Enzo ging vor, dann kam Lilian, der Hüne presste ihr die Waffe in den Rücken. Der Kleine machte das Schlusslicht. Fieberhaft dachte Lilian nach. Sie hatte nicht gehört, dass ein Auto vorgefahren war. Also mussten die drei den Wagen in einiger Entfernung vom Speditionsgelände abgestellt haben. Sie überlegte, wann der günstigste Zeitpunkt für eine polizeiliche Aktion wäre. Entweder, wenn sie und ihre Entführer das Bürogebäude verließen, oder wenn sie in Enzos Wagen stiegen. Die italienischen Kollegen wussten, dass Lilian mit einem Schusswechsel rechnete, beim ersten Knall würde sie sich zu Boden werfen. Sie war bereit.

35

David wusste, wo Lilian das Handy liegen gelassen hatte. Er konnte es sogar sehen. Himmelblau und silbern schimmerte es auf der Mittelkonsole, nur ein paar Zentimeter von seinem Gesicht entfernt. Aber er konnte es nicht erreichen. Seine Finger gehorchten ihm nicht mehr.

Er hatte nichts gehört. Er konnte sich nicht einmal richtig erinnern. Er wusste nur noch, dass plötzlich jemand die Tür aufgerissen hatte. Ein dumpfer Schmerz an der Schläfe, dann nur noch Schwärze. Keine Detonation. Also kein durchlöcherter Kopf, auch wenn der sich so anfühlte. Die Zunge pelzig, Stirn, Augen, Mund, Schultern, Finger wie aus Blei. Er konnte sich nicht bewegen. Derjenige, der da zugeschlagen hatte, wusste genau, wo man am wirkungsvollsten traf. Wie lange war er außer Gefecht gewesen? Es war so dunkel wie vorher, nur das Handy glitzerte im Licht der Straßenlaterne, die schummrig herüberleuchtete. Wo war Lilian? War ihr etwas passiert? Hatte dieser Schläger sie aufgespürt? David wollte nicht daran denken, was der Kerl mit ihr anstellte, wenn er sie entdeckte. Sie hatte keine Waffe dabei, schließlich war sie nur eine überneugierige Touristin. Aber David war sicher, dass der Überfall auf ihn etwas mit Lilians Ausflug zu tun hatte. Man hatte sein Auto bemerkt. Ein Auto mit deutschem Kennzeichen mitten in einer italienischen Industrieansiedlung würde jedem auffallen, nicht nur am Montagabend, wenn alle Büros geschlossen waren.

Zum wahrscheinlich hundertsten Mal versuchte er, seine Hände zu bewegen, irgendwie dieses verfluchte Handy zu erreichen. Aber er spürte die Finger nicht, sie waren einfach nicht mehr da. Auch das Dröhnen im Kopf gefiel ihm nicht. Und vor allem nicht diese verdammte Sorge um Lilian.

Wo blieben nur diese Langweiler von Polizisten? Jetzt saß Lilian mit den drei Typen schon in Enzos Wagen, der gemütlich die Straße entlang rollte, und nichts rührte sich. Keine Blaulichter, keine verzerrten Stimmen aus Lautsprechern, keine Hundertschaft im Einsatz. Vielleicht an der nächsten Ecke.

Aber da stand nur Davids Wagen, einsam und verlassen. Wo war David? Panik durchzuckte Lilian. Sie reckte den Kopf, wollte sich schon umdrehen, beherrschte sich aber mühsam. Die drei da durften nicht merken, dass sie das Auto kannte. Andrerseits – auch Gesetzesbrecher waren nicht blind ...

»Was machen wir mit dem anderen?«, fragte der Kleine, der Lilian trotz Brille immer mehr an eine Ratte erinnerte. Er saß vorne auf dem Beifahrersitz und machte eine ruckartige Kopfbewegung in Richtung von Davids Auto.

»Um den kümmern wir uns nachher«, lautete Enzos Anweisung. »Jetzt brauche ich jeden Mann, der Stein ist zu schwer für einen allein.«

»Wenn ich zuschlage, dann treffe ich«, quiekte der Hüne am Steuer beleidigt. »Der rührt sich bestimmt nicht mehr.«

»Aber das Auto müssen wir entsorgen«, gab die widerliche Ratte zu bedenken und legte ihrem Kumpel eine Hand auf den Oberschenkel.

»Später«, sagte Enzo und stützte mit einer Hand Lilian, die zusammen gesackt war. In der anderen Hand hielt auch er jetzt eine Pistole. Sanft strich er damit durch Lilians Haar. »Eigentlich schade, dass wir uns unter solchen Umständen kennen lernen, Signora Graf. Ich weiß schöne Frauen zu schätzen.«

Sie rappelte sich hoch und spuckte ihm ins Gesicht. »Halten Sie sich lieber an die zwei Süßen da vorne. Vielleicht lassen die Sie zusehen?«

Er lachte nur und wischte sich übers Kinn.

»Wenn Sie so geil auf Geld sind, dann vielleicht auch auf Männerärsche?«, keifte sie und rückte noch ein Stück weiter weg. Sie brauchte Bewegungsfreiheit. Einen Versuch war es immerhin wert.

»Kein Grund, ordinär zu werden, Signora«, wies er sie zurecht. »Ich lasse mich nicht provozieren. Und Sie werden es nicht schaffen, mir die Pistole aus der Hand zu schlagen.«

Müde lehnte Lilian sich zurück. Sie hätte auf Helmut hören sollen. Und auf David. Eine Leere breitete sich in ihr aus, die schwärzer war als die Dunkelheit, durch die sie fuhren. Ob David noch am Leben war? Der Gedanke, dass er mit zerschlagenen Gliedern in seinem Wagen verendete, beunruhigte sie fast mehr als die Aussicht auf das, was die drei mit ihr vorhatten.

»Auch Frauen müssen verlieren können«, sagte Enzo milde und legte die freie Hand in einem eisernen Griff um Lilians Schulter.

Lilians Handgelenke schmerzten. Das dünne Seil schnitt ihr in die Haut, so fest war es gebunden. Beim Aussteigen war sie auf den Kleinen losgegangen, aber wie erwartet hatten die drei leichtes Spiel mit ihr. Der Riese versetzte ihr einen solchen Hieb, dass sie fast umkippte. Trotzdem wollte Enzo kein Risiko mehr eingehen und der Zwerg holte den Strick aus dem Gepäckraum.

Sie gingen einen Trampelpfad entlang, der sie über offenes, unbewohntes Gelände führte. Bis auf ein paar Sterne war es stockdunkel. Aber Lilian wusste, wo sie sich befanden. Hier in den Bergen hatte man Giovanni Salvos Leiche gefunden. Enzo hätte es ihr nicht einmal erklären müssen, sie hätte auch so erraten, wohin man sie brachte.

Allmählich gewöhnten sich ihre Augen an die Finsternis und sie konnte den einen oder anderen Umriss ausmachen. Jetzt kamen sie in ein Waldstück, die Luft veränderte sich, Macchia umschloss sie. Der Hüne ging voraus, Enzo führte Lilian, die kleine Ratte machte die Nachhut. Niemand sprach. Lilians Gedanken kreisten um David. Ob er noch am Leben war? Ob jemand ihn im Auto fand und ihm half? Aber wer sollte da draußen zufällig vorbei kommen? Alles in ihr verkrampfte sich, sie musste sich zusammen reißen, damit sie sich nicht übergab. Ihr Starrsinn hatte sie in diese ausweglose Situation gebracht. Es war ihre Schuld, ihre verdammte, ganz persönliche Schuld, dass der Mann, den sie liebte, sterben würde oder schon tot war. Ihr Magen drehte sich wieder um, ihr wurde schlecht, sie stolperte. Enzo hielt sie. Sie ging in die Knie, würgte, aber nichts kam. Sie war leer, ohne Hoffnung. Sie redete sich zwar immer noch ein, dass sie es irgendwie schaffen würde, ihren Peinigern zu entkommen. Aber tief drinnen wusste sie, dass sie keine Chance hatte. Und wofür auch, ohne David? So mussten sich Tiere fühlen, die zur Schlachtbank geführt werden. Sie riechen die Gefahr. Lilian roch frische Nachtluft, feuchten Waldboden, Enzos dezentes Rasierwasser und ihre eigene Angst.

Sie blieben stehen. Eine Taschenlampe flammte auf, dann noch eine.

»Achten Sie darauf, wohin Sie treten«, raunte ihr Enzo zu. »Jetzt wird es holprig.«

»Ich hasse Leute, die vor meiner Nase mit Pistolen herumfuchteln«, knurrte Lilian. »Warum machen Sie sich so viel Mühe? Eine Kugel in den Kopf wäre einfacher.«

»Man kann jede Kugel zurückverfolgen«, entgegnete Enzo kalt. »Eine Leiche, die niemand findet, ist die sauberste Lösung.«

»Ach ja, ich vergaß, Sie achten auf Ordnung.«

Der Untergrund wurde weich. Sie stiegen seitwärts eine leichte Anhöhe hinauf. Lilian trat auf eine Wurzel, sie wankte, wieder stützte Enzo sie. Noch ein paar Schritte, dann hielten sie an.

»Soll ich sie runterbringen, Chef?«, fragte der große Glatzkopf.

»Das mach ich. Ihr kümmert euch um den Stein. Aber wartet, bis sie drin ist.«

Enzo leuchtete nach unten. Der Schein der Taschenlampe fiel in einen Schacht, der sich wie aus dem Nichts vor ihnen öffnete. Steile, grob gehauene Stufen führten etwa vier Meter hinunter ins Erdreich bis zu einer dunklen, viereckigen Öffnung. Die Wände des schmalen Schachtes waren aus dem gleichen Gestein wie die Treppe gehauen. Hatte der Direttore aus dem Museum nicht von Kalksandstein geredet? Der gut einen Meter hohe Eingang war in den Felsen geschnitten und wurde zur Hälfte von einem massiven Felsstein versperrt, der etwas größer war als die Öffnung selbst. In einer Ecke lehnte ein langer Holzpfahl.

»Ein Fossagrab«, sagte Lilian tonlos. »Ich wollte schon immer wissen, wie die Dinger aussehen.«

»Sie dürfen dieses da sogar von innen bewundern.«

Enzo hielt sie am Arm fest, drückte ihr trotz seiner zuvorkommenden Art die Pistole genauso fest wie zuvor in den Rücken und schob sie die Stufen hinunter. Je weiter sie hinunter stiegen, umso kälter und leiser wurde es. Die Nacht war immer ruhiger als der Tag, aber jetzt umgab sie eine dumpfe Stille, die kein Geräusch durchdrang. Grabesstille.

Einen Moment lang überlegte Lilian, ob sie sich einfach fallen lassen sollte. Sie könnte sich abrollen, und Enzo würde sich vielleicht das Genick brechen. Aber was würde ihr das bringen? Die beiden schwulen Schläger warteten oben. Auch wenn Enzo nur kampfunfähig wäre, gäbe es von unten keinen Ausweg. Die zwei würden sie ohne Anstrengung wie einen räudigen Hund abknallen. Ob Enzo ihr am Grabeingang die Fesseln abnehmen würde? So verschnürt würde sie kaum durch die schmale Öffnung kommen. Vielleicht gelang es ihr dann, ihn zu überlisten.

Langsam konnte Helmut die nichtssagenden Gesichter der mit den Hüften wackelnden Showsternchen nicht mehr sehen. Da halfen auch die halb- oder ganz nackten Brüste und super geilen Tangas nichts. Sein drittes Bier war fast leer, die Tüte Chips ebenso. Er würde sich noch ein viertes aufmachen, dann war Schluss.

Er hatte es noch zweimal probiert. Aber Lilians Handy war und blieb ausgeschaltet. Kurz überlegte er, ob er sich von der Auskunft die Nummer von Lilians Vater geben lassen sollte, entschied sich aber dagegen. Sie war kein Kind mehr. Warum war er bloß so unruhig?

Das vierte Bier besänftigte ihn. Er zappte weiter und fand endlich etwas nach seinem Geschmack. Ein Hochhaus, ein Hubschrauber, Männer, die mit angespannten Gesichtern durch endlose Gänge hetzten. Und der Super-Cop, der am Ende sämtliche Schurken besiegte. ›Die Hard‹ mit Bruce Willis. Entspannt lehnte Helmut sich zurück. In jeder noch so ausweglosen Situation schaffte Bruce Willis es immer wieder, der Gerechtigkeit zu ihrem Sieg zu verhelfen. Schade, dass die Wirklichkeit nicht so einfach war.

Es hatte keinen Sinn. Enzo hatte zwar das Seil entfernt, aber er achtete auf jede ihrer Bewegungen und zielte so genau auf sie, als hätte er sein Leben lang für diesen Moment geübt. Auch die schmierige Ratte passte mit der Pistole im Anschlag auf, dass alles glatt ging, während der Riese sich den langen Holzpfahl schnappte.

»Vorsicht, meine Eier!«, fauchte der Kleine. »Fuchtel nicht so rum, du Idiot!«

»Etwas mehr Ruhe, meine Herren.« Enzo deutete auf die dunkle Öffnung im Gestein. »Da hinein, Signora.«

Lilian zögerte, aber schon bohrte sich Enzos Waffe in ihren Rücken. War ein schneller Tod nicht vorzuziehen? Da drin würde sie langsam ersticken. Ob ein einsamer Waldspaziergänger ihre kläglichen Schreie hören würde? Ob hier überhaupt jemand vorbei kam? Der Druck in ihrem Rücken nahm ihr die Entscheidung ab. Sie kletterte am Felsen vorbei, hinein ins Grabesinnere.

Sie konnte aufrecht stehen, sah aber kaum etwas. Es war dunkel und klamm. Nur draußen tanzten die Lichtkegel hin und her, während Enzo seine Anweisungen gab. Er zielte immer noch auf Lilian. Sie sah seine schwarzen Augen, die sie jetzt erbarmungslos fixierten. Die beiden Handlanger hantierten offenbar mit dem Holzpfahl an dem Stein herum, er knirschte, ächzte, stöhnte. Vermutlich benutzten sie den Pfahl als Hebel, sie fluchten aus Leibeskräften und plötzlich bewegte sich der Felsen, die Öffnung wurde schmaler und schmaler, Lichtkegel zuckten, einer schrie »Vorsicht!«, Enzos Augen leuchteten auf, ein letztes Rumpeln. Dann nur noch Schwärze und Stille.

Ein paar Sekunden war Lilian wie gelähmt. Dann fiel sie nach vorne, prallte gegen diesen verfluchten Felsen, der jetzt den Weg in die Freiheit versperrte, hämmerte mit den Fäusten dagegen. Nichts rührte sich. Weit entfernt erklangen Schritte, jemand kletterte die Stufen hinauf. Ihre drei Henker. Die Ratte lachte, der Hüne piepste, Enzo redete von dem Mann im Auto, den man noch verschwinden lassen müsse. David! Lilian presste das Ohr gegen den Stein, um zu hören, was draußen vor sich ging. Langsam wurden die Schritte und Stimmen leiser und verstummten schließlich ganz.

Es roch modrig, nach alter, feuchter Erde. Erst jetzt merkte sie, dass ihr der Schweiß in Strömen den Rücken herunterlief, obwohl es in dieser steinernen Höhle eiskalt war. Sie hatte nur eine dünne Jacke an. Sie würde sich erkälten. Aber was machte sie sich Gedanken um ihre Gesundheit? Bevor sie krank wurde, würde sie ersticken. Der Sauerstoff hier drin würde nicht ewig reichen. Allerdings spürte sie einen feinen Luftzug an den

Rändern des Felsens, da mussten Ritzen sein. Ein kleiner Trost. Dann würde sie also verhungern. Nein, zuerst verdursten. Mehr als drei Tage konnte man nicht ohne Wasser überleben. Sie zitterte, rang nach Luft, am liebsten hätte sie angefangen zu schreien. Aber eisern zwang sie sich, so ruhig wie möglich zu atmen. Wenn sie jetzt zu hyperventilieren anfing, wäre ihr nicht geholfen. Sie dachte an Rebecca. Wie sie davon galoppiert war, wie Lilian in Panik geraten war, wie sie es dann doch geschafft hatten. Gemeinsam. Auch jetzt musste es einen Ausweg geben. Für sie und für David.

36

Davids Kopf dröhnte. Die Schmerzen waren inzwischen kaum mehr auszuhalten. Dieser Kerl musste ihm einen gewaltigen Schlag versetzt haben. Wenn er den erwischte, dann ... Ja, was dann?

Das Handy schimmerte nicht mehr, die Laterne war ausgegangen. Zuerst hatte David es gar nicht bemerkt, er musste weggedöst sein. Immer mal wieder verlor er das Bewusstsein, die meiste Zeit fühlte er sich mehr schlafend als wach. Irgendwann war ein Auto vorbei gezuckelt. Eine Sekunde lang hoffte er, der Fahrer würde halten. Aber der Wagen fuhr weiter. Dann war es wieder still. Bis auf die Hunde, die hin und wieder bellten.

Wo Lilian steckte? Ob sie dem Schläger entkommen war? Aber dann hätte sie Hilfe geholt. Er wollte nicht daran denken, dass sie jetzt irgendwo lag, wie weggeworfen, hilflos. So hilflos wie er.

Auf einmal musste er an Lilians Haar denken. Er würde gerne darüber streichen, jetzt und jeden Morgen. Egal, wie sehr er sich an das Allein-Leben, an seine Eigenständigkeit, an sein angenehmes Fast-Junggesellen-Dasein gewöhnt hatte. Wie schnell doch das Leben dahin floss, während man dachte, man lebte ewig. Aber die Schmerzen im Kopf und sein tauber Körper erzählten ihm eine andere Geschichte. Warum wurde man erst klüger, wenn es zu spät war? Warum genoss man nicht vorher die wirklich entscheidenden Momente, versuchte vielleicht sogar, sie festzuhalten, sich sein Leben so einzurichten, dass sie Bestand hatten? Stattdessen jagte man jeden Tag seiner eigenen Bequemlichkeit hinterher und scheute Veränderungen, die die Gegenwart lebenswert machten.

Wie in einem Film rauschten Bilder vor Davids geistigem Auge vorbei. Lilian im Nachthemd mit verschlafenem Gesicht, Lilian mit zerfurchter Stirn, weil der Cappuccino zu heiß war, Lilian schnurrend, wenn er ihr den Rücken streichelte, Lilian schweigend, wenn sie merkte, dass er zu müde für ein Gespräch war. Und dieses Lächeln, das sie ihm schenkte, ohne es selbst zu merken. Jetzt war es also soweit. Es hieß, das eigene Leben ziehe an einem vorbei, wenn man an der Schwelle des Todes stünde. Aber er sah nur Lilian.

Plötzlich Schritte. Er lauschte. Nichts. Er musste sich verhört haben. Sein Kopf fühlte sich ohnehin so an, als würde ein Hammer erbarmungslos auf ihn einschlagen. Da kam es auf die paar Halluzinationen mehr oder weniger auch nicht an. Halt, schon wieder! Feste, schnelle Schritte. Wer war das? Jemand, der ihm helfen würde? Oder der Schläger, der seine Arbeit zu Ende bringen wollte? David versuchte zum tausendsten Mal, wenigstens einen einzigen Finger zu bewegen. Es gelang ihm nicht. Die Schritte kamen näher. Schuhe stampften, trommelten, hämmerten, als wären es hundert Soldaten, nein, tausend, millionen. Davids Stirn pochte noch mehr. Diese abscheulichen Schmerzen, fast so schlimm wie diese viel zu lauten Schritte. Sie sollten verschwinden! Aber sie dröhnten, als wären sie ein Kanonenhagel, der auf ihn zuraste. Wer hatte es so eilig? Sein eigener Tod?

Er sollte sich Sorgen machen. Aber alles, was er tat, war an Lilian zu denken.

Zwei mal zwei Meter. Höchstens. Nein, eher zwei mal einsfünfzig. Lilian hatte sich ein paar Mal die Felsenwände entlang getastet. Die Mauer, an der sich der Eingang befand, und die gegenüberliegende schienen kürzer zu sein als die anderen zwei. Ein Rechteck also, kein Quadrat. Wenn sie die Hände ausstreckte, berührte sie die Decke, die wie die Wände vor langer Zeit aus dem Felsen gehauen worden war. Auf dem Boden fühlte sie schmale, niedrige Simse. Sie verliefen parallel zu den zwei Meter langen Mauern und unterteilten den Raum in drei Kammern. Wofür sie wohl dienten? Vermutlich waren sie als Abtrennungen für die Grabbeigaben und die Urne mit den Überresten des Verstorbenen gedacht. Immerhin wusste Lilian jetzt, wie dieses Grab aussah, das sie nicht sehen konnte. Ihr eigenes Grab.

Sie fror. Zitternd vor Kälte kauerte sie sich auf den Boden. Er war aus festgetretenem Lehm oder was immer das war. Gut, dass es so dunkel war. Sonst hätte sie in dieser winzigen Zelle Platzangst bekommen. Inzwischen war sie ruhig, fast benommen. Der Schlag, den ihr der Riese verpasst hatte, hatte sicher seinen Anteil daran, ihre aussichtslose Lage aber noch mehr. Wie lange sie wohl schon hier eingeschlossen war? War es immer noch Nacht oder wieder Tag? Sie hatte jegliches Gefühl für Zeit verloren. Zwischendurch hatte sie versucht, auf Geräusche von draußen zu achten, kroch zu diesem Felsen, den sie so hasste, spürte wieder den kaum wahrnehmbaren Luftzug, klammerte sich an diese irrwitzige Hoffnung, dass irgendwann wissbegierige Touristen die

Treppen herunter steigen würden und sie sich bemerkbar machen könnte. Aber wenn es je dazu kommen sollte, wäre sie zu schwach, einen Laut hervor zu bringen, geschweige denn, sich zu rühren.

In ihrem Kopf tanzten Worte, Gesichter, Erinnerungen. David, ihr Vater, Miriam. So viel ungesagt, ungetan, für immer verloren. Noch nicht einmal verabschiedet hatte sie sich von den Menschen, die sie liebte. Sie war nicht bereit zum Sterben. Auf einmal tauchte Enzo vor ihr auf, der letzte Mensch, den sie gesehen hatte, und wie aus dem Nichts Luisa und Angelina neben ihm. Sie verschwammen zu einer Gestalt, waren eins. Die beiden hatten keine Verbindung zu Enzo, kannten ihn nicht einmal. Aber Lilian wusste plötzlich, dass es da einen Zusammenhang gab. Etwas, was Enzo gesagt hatte, führte zu Angelina und dem Mädchen. Nur was?

Überall Lichter, die ihn blendeten. Überall Menschen mit seltsam schemenhaften Gesichtern. Überall Lärm. So hatte David sich den Himmel nicht vorgestellt. Er sehnte sich nach Wolken, die ihn sicher trugen, nach wohliger Helligkeit, nach Frieden. Und nach Lilians Gesicht, das ihm zulächelte.

Stattdessen zerstach man ihm die Unterarme, bettete ihn ständig um, belästigte ihn mit Fragen, die er nicht verstand. Redete man im Himmel nur zu schnelles Italienisch? Irgendwann kam ein Engel mit langen, roten Haaren und einem unerträglichen Akzent, aber immerhin sprach er Deutsch.

»Was wollten Sie vor dieser Spedition?«

»Ich? Nichts.«

»Wer war der Mann, der Sie zusammen geschlagen hat?«

»Weiß ich nicht.«

»Kannten Sie ihn?«

»Nein.«

»Waren Sie alleine im Wagen?«

»Nein.«

»Wer war bei Ihnen?«

»Lilian.«

»Wer ist das?«

»Mein Freundin.« Das stimmte nicht. »Die Frau, die ich liebe. Mit der ich für immer zusammen sein will.«

»Wunderbar. Und wo ist sie jetzt?«

»In der Spedition.«

»Dort wurde niemand gefunden.«

»Oh, Gott ...«

»Was soll das heißen?«

»Der Kerl ... dieser Schläger ...«

»Sie meinen, der hat Ihre Freundin auch zusammen geschlagen? Davon haben die beiden nichts gesagt.«

Pause. Dann eine männliche Stimme, die sich nicht nach dem Lieben Gott anhörte und italienische Salven in atemberaubender Geschwindigkeit von sich schmetterte. Vielleicht ein Arzt, der den fragenden Engel bremsen wollte? Inzwischen neigte David zu der Annahme, dass er sich noch auf Erden, aller Wahrscheinlichkeit nach in einem Krankenhaus befand.

»Der Herr von der Polizei sagt mir gerade, dass unser Pärchen beobachtet hat, wie dieser riesige Kerl nach dem Angriff auf Sie in der Spedition verschwunden ist. Zusammen mit zwei anderen Männern.«

»Welches Pärchen?«

»Mirella Agnello, 18 Jahre, wohnhaft in Follonica und Flavio Marchiuso, 19, ebenfalls wohnhaft in Follonica.«

»Kenn ich nicht.«

»Die beiden haben Ihnen das Leben gerettet«, kam es vorwurfsvoll von dem rothaarigen Engel, bei dem es sich vermutlich um eine Dolmetscherin handelte.

Allmählich dämmerte David, von wem sie sprach. »Sind das die zwei, die's hinterm Busch getrieben haben?«

»Wie bitte?«

»Die sind durch den Zaun geklettert, haben georgelt, was das Zeug hielt, dann sind sie wieder abgezogen. Ein lustiger Zeitvertreib, denen zuzuhören. Deshalb hab ich auch nicht mitgekriegt, wie dieser Irre antanzte.« Er schnappte nach Luft. »Jetzt versteh' ich ...!«

»Wieso georgelt? Da gibt's doch keine Kirche!«

David fühlte sich nicht verpflichtet, der Dame Nachhilfeunterricht in Gossensprache zu erteilen. Das erste Mal in dieser verfluchten Nacht konnte er wieder klar denken.

»Und da waren also noch zwei, sagen Sie?«, fuhr er atemlos fort. »Die sind in die Spedition rein? Die hatten also einen Schlüssel. Da steckt dieser Enzo mit drin, glauben Sie mir! Die haben Lilian überwältigt und verschleppt!«

»So geht das aber nicht«, ließ sich eine dritte Stimme vernehmen, die David sogar verstand, da sie so langsam sprach, als redete sie mit ungezogenen Kindern. »Der Pa-tient braucht Ru-he! Ab-so-lu-te Ru-he! Der Dottore hat ge ...«

»Hören Sie zu!«, schnitt David der fürsorglichen

Schwester das Wort ab und schenkte ihr trotz seines fast auseinander brechenden Kopfes ein so umwerfendes Lächeln, dass sie sofort versöhnt schwieg. »Die Polizei muss sich in dieser Spedition umsehen. Die haben Lilian irgendwohin gebracht. Weit können sie nicht sein!«

Wieder überschlugen sich die italienischen Stimmen, auch die Schwester mischte mit, ein Dottore kam hinzu, wirres Fußgetrappel, noch mehr Fragen. Aber David fühlte sich plötzlich doch fast wie im Himmel.

Vielleicht lebte Lilian noch!

Die Sekunden wurden zu Minuten, die Minuten zu Stunden. Alle waren sie schwarz, kalt und schwer. Lilians Füße fühlten sich wie Eisklumpen an, die Finger wie Eiszapfen, die Kleidung klebte feucht an ihrem Körper. Sie wagte kaum zu atmen, denn die Luft schien immer dünner zu werden. Einbildung, pure Einbildung. Der Sauerstoff war ihre geringste Sorge. So lange konnte sie noch nicht hier drinnen eingeschlossen sein.

Sie musste ihre Gedanken ordnen, das war das Einzige, was sie bei Verstand hielt. Sonst drehte sie noch durch. Wobei es egal war, ob sie ausrastete und sich den Kopf in diesem verfluchten Felsengrab blutig schlug oder ob sie in nicht allzu ferner Zukunft jämmerlich verdurstete. Den knurrenden Magen ignorierte sie eisern, nur die ausgedörrte Kehle konnte sie nicht länger leugnen. Aber sie würde nicht klein beigeben.

Also noch mal von vorne: Bormann und Giovanni Salvo wollten eigene Wege gehen und Enzo übertrumpfen, der die Geschäfte mit Bormann bisher abgewickelt hatte. Salvo war Enzos bester Mann, er kannte die Lage aller ungeöffneten Gräber. Er vereinbarte mit Bormann einen Treffpunkt in der Nähe des zuletzt geplünderten Grabes und brachte ihm als Zeichen seines guten Willens den etruskischen Goldring mit. Enzo erfuhr von dem heimlichen Treffen in den Bergen und lauerte den beiden auf. Er hielt beide in Schach: Bormann, der vermutlich die von Dr. Kohlmeier geliehene, aber nicht entsicherte Walther in der Jackentasche stecken hatte, und Salvo, der genauso überrumpelt war und das Jagdgewehr zu Boden werfen musste. Dann erschoss Enzo den undankbaren Salvo. Ein Geniestreich: Zum einen würde Maresciallo Puzzo den Mord als Unfall tarnen, zum anderen machte Enzo sich Bormann gefügig. Bormann – froh, mit dem Leben davon gekommen zu sein – flüchtete in sein Hotel und fing an zu packen, um auf schnellstem Weg das Land zu verlassen. Bald darauf suchte Enzo seinen deutschen Geschäftspartner auf, da er inzwischen der Meinung war, ein toter Zeuge wäre besser als ein lebendiger.

War es so gewesen? Enzo hatte gesagt, er habe mit Bormann weiter Geschäfte machen wollten. Aber er hatte Coffbean aus Boston schon als neuen Kunden angeworben, er brauchte Bormann nicht mehr. Doch warum ließ er den Deutschen dann gehen? Er hätte Bormann in den Bergen leichter erledigen können als im Hotel. Allerdings wäre es für Puzzo bei zwei Leichen noch schwieriger gewesen, daraus einen Jagdunfall zu konstruieren. Warum leugnete Enzo den zweiten Mord? Einmal ist keinmal ging hier nicht durch, der Mord an seinem Untergebenen wog genauso schwer wie der an seinem Geschäftspartner. Immerhin schreckte Enzo auch nicht vor dem Mord an einer Polizistin zurück. Menschenleben waren einkalkulierbare Risiken, ein Missgeschick, das man beseitigte.

Lilian schrak hoch. Waren das Stimmen gewesen? Sie robbte zum Eingang, drückte das Ohr gegen den Stein. Nichts. Weniger als Nichts. Ihre Phantasie hatte ihr einen Streich gespielt. Also ging es schon los: Sie wusste nicht mehr, wo die Wirklichkeit aufhörte und wo das Wünschen begann.

37

»Ich weiß nicht, wovon Sie reden. Noch dazu zu dieser Uhrzeit.«

Commissario Missironi beherrschte sich mühsam. »Verarschen Sie mich nicht!«

Enzo lachte. »Wo bleibt Ihre Kinderstube, Commissario?«

»Lachen Sie nur. Hier hilft Ihnen kein Maresciallo Puzzo, keine saubere Weste, kein gar nichts!«

»Ich kenne diese – wie soll sie heißen? – Dame überhaupt nicht.«

»Graf, Liliana Graf. Deutsche, sechsunddreißig Jahre alt, blonde Haare bis zum Kinn, ziemlich hübsch, klein und etwas mollig.«

»Leider«, sagte Enzo bedauernd. »Ich würde mich daran erinnern, glauben Sie mir. Hübsche Frauen vergesse ich nie.«

Angewidert verzog Missironi das Gesicht. »Wo waren Sie heute Abend?«

»Wann?«

»Zwischen acht und zehn.«

»Ich war bei meinen Schwiegereltern zum Abendessen eingeladen.« Enzo zog die Brauen hoch. »Sie wissen vielleicht, dass mein Schwiegervater stellvertretender Direktor der Universität von Pisa ist.«

»Sie waren in Pisa?«

»Ja.«

»Zwei Stunden sind etwas knapp für eine Fahrt nach Pisa, ein Abendessen und das Gleiche wieder zurück.«

»Ich bin um vier los gefahren und um halb elf zurückgekommen.«

»Wie kommt es dann, dass Ihr Wagen um Viertel vor neun in einer Seitenstraße in der Nähe Ihrer Spedition in Follonica gesehen wurde?«

»Ich besitze drei Autos, meine Frau zwei. Ich muss meine Angestellten befragen, ob sich einer von ihnen einen Wagen ausgeliehen hat.«

»Sie sind sehr großzügig.«

»Man tut, was man kann. Gutes Personal ist schwierig zu finden. Es zu halten, noch schwieriger.«

»Wo waren Sie vergangenen Montag, zwischen sieben Uhr abends und sagen wir ein Uhr morgens?«

»Am Montag, sagen Sie? Da war ich auch bei meinen Schwiegereltern.«

»Sie scheinen enge familiäre Bande zu pflegen.«

»Ich bitte Sie, Commissario! Sie sind doch auch Italiener!«

»Ihr Herr Schwiegervater würde das bezeugen?«

»Mein Schwiegervater, meine Schwiegermutter, meine Frau und der Bruder meiner Frau. Der ist übrigens Magistrato in Livorno.« Enzos Lächeln wurde noch eine Spur selbstsicherer. »Er ist mit dem Questore befreundet, Ihrem Chef. Ziemlich eng sogar.«

Missironi fletschte die Zähne. Der Polizeipräsident war ihm schon lange suspekt. »Kennen Sie einen gewissen Rolf Bormann? Deutscher, wie Signora Graf.«

»Selbstverständlich, einer meiner besten Kunden«, entgegnete Enzo, von einer Sekunde auf die andere tief betrübt. »Wie ich hörte, ist er einem Raubüberfall zum

Opfer gefallen. Ist das nicht tragisch? Noch dazu in unserem wunderschönen Land!«

Lilian fuhr hoch. Sie musste eingeschlafen sein. Jetzt tat ihr der Nacken weh, die Position war ungemütlich, auf dem bloßen Boden, ohne Decke, ohne Kissen. Der Schmerz zog sich bis in die rechte Schulter. Sie schloss wieder die Augen. Es blieb so finster, wie es gewesen war. Ein unruhiger Schlaf. Aber das Wachsein war noch unruhiger. Sie wünschte sich, wieder einzuschlafen, hinüber zu gleiten in ein Land, wo es noch Illusionen gab. Nur diesen Traum von eben wünschte sie sich nicht mehr zurück. Ein Kaleidoskop aus Menschen: David, Lilians Vater, irgendwo der tote Bormann, seine Frau mit einer Rose im Haar, lachend und weinend zugleich, Angelina mit neckischem Augenaufschlag, neben ihr Luisa und Alessandro, in einer anderen Ecke Enzo, ein Teufel mit einladendem Lächeln und kalten Augen. In der Mitte ein Kreis. Darin loderte eine Gestalt, schwarz wie die Nacht, die Ränder aus züngelnden Flammen. Was war das? Ein Pferd, das nicht brannte, aber alles verbrannte, ein Ross aus Feuer. Das Blut auf Bormanns durchschossener Brust vermischte sich mit dem Rot der sprühenden Funken, Angelinas Haare wurden zur Mähne des Höllentieres, Enzo stand abseits und warf Luisa eine Kusshand zu, die Alessandro abfing und mit verzerrtem Gesicht davonschleuderte. Auf einmal sah er ganz anders aus, nicht wie ein besorgter Vater, sondern wie ein betrogener Liebhaber.

Woher kannte Lilian diesen Traum? Wieder war er nicht ihrer. Ein fremdes Bild, das sich in ihren Schlaf schlich, diesen Schlaf, aus dem sie nicht erwachen wollte.

Und auf einmal wusste Lilian, was sie übersehen hatte, jetzt, wo es nicht mehr zählte. Sie kannte dieses Feuerross. Es war das gleiche wie das auf den Blättern, die Luisa in den Müllcontainer geworfen hatte. Etwas stimmte damit nicht, instinktiv hatte Lilian beim Anblick des Bildes eine Bedrohung gespürt. Was es bedeutete, wusste Lilian nicht, und erst recht nicht, warum sie davon träumte. Vielleicht deshalb, weil sie selbst eine starke Bindung zu Pferden hatte. Aber was drückte es für Luisa aus? Was wusste Lilian über Luisa? Sie malte gern, schrieb beeindruckende Geschichten, war ihren Altersgefährten voraus, litt unter dem Verschwinden ihrer Mutter und wurde von ihrem Vater mehr behütet, als ihr lieb war. Es machte ihr Spaß, ihre Wirkung auf Männer zu testen und sich in Florenz hofieren zu lassen. Ob sie noch einen Schritt weiter gegangen war? Ob Iris Bormann recht hatte? Hatte Luisa ihren Mann provoziert? Man sollte zwar von einem so betagten Geschäftsmann erwarten können, dass er seine sexuellen Triebe im Zaum halten konnte. Trotzdem hatte er eine Schwäche für Mädchen, je jünger desto besser. Als er seine dritte Frau kennen gelernt hatte, war sie nur ein Jahr älter als Luisa gewesen. Iris Bormann hatte erzählt, Alessandro habe mit Bormann einen Streit gehabt, am Abend seines Todes. Warum hatte Alessandro Lilian nichts davon gesagt? Hatte Alessandro Bormann beobachtet, wie er seiner Tochter nachstellte? Wollte Alessandro ihn zur Rede stellen und Bormann zog die Waffe? Alessandro wusste, dass Iris Bormann bis spät in die Nacht an der Bar saß und keine Gefahr bedeutete. Und wenn er nachts durch die Gänge seines eigenen Hotels schlich, würde das niemandem auffallen …

Nein, das glaubte Lilian nicht. Das wollte sie nicht glauben. Und wenn sie es täte, würde es nichts verändern.

»Da unten soll sie sein?«

Ungläubig schüttelte der junge Polizist den Kopf, während er mit der Taschenlampe den Felseneingang ableuchtete. Commissario Missironi achtete nicht auf ihn und gab seine Anweisungen.

»Ihr zwei, runter da! Der Holzpfahl lehnt in der Ecke. Aber vorsichtig! Und vor allem brauchen wir mehr Licht. Wo sind die Scheinwerfer?«

Keine Antwort, nur hektisches Fußgetrappel auf den steilen Stufen, die zum Fossagrab hinunter führten.

»Na, wird's bald? Licht, verdammt noch mal! Was ist da los? Avanti, avanti, venite subito!«

Irgendjemand hatte mal wieder nicht aufgepasst, und jetzt befanden sich die Scheinwerfer am Ende des kleinen Konvois, der durch den Wald stolperte. Wenn man sich nicht um alles selbst kümmerte ... Mühsam schluckte Missironi seinen Ärger hinunter. Es dauerte ein Weilchen, bis die Lampen herbei geschafft wurden und den Zugang zum Grab erhellten. Inzwischen war es halb fünf Uhr morgens und immer noch stockdunkel.

Die beiden Polizisten in vorderster Reihe versuchten, den gewaltigen Stein mit Hilfe des Holzpfahls zu bewegen. Aber er rührte sich keinen Millimeter von der Stelle.

»Stellt euch nicht so an«, bellte Missironi sie an. »Wenn diese zwei Süßen das schaffen, dann werdet ihr das wohl auch hinbekommen!«

Der eine Polizist lief dunkelrot an, der andere guckte zerknirscht und hielt dem Commissario den Pfahl hin.

»Keine Ahnung, wie die das gemacht haben. Versuchen Sie's, Commissario.«

Missironi schnappte sich den Holzpfahl, presste die Lippen aufeinander und schob das lange Ding unter den Felsen, der den Eingang versperrte. Dahinter befand sich die deutsche Signora. Nach Auskunft des Archäologen, den er aus dem Bett geklingelt hatte und der jetzt irgendwo auf der Schnellstraße durch die Dunkelheit raste, würde der Sauerstoff in der Kammer noch mehrere Tage reichen. Sie hatten also noch Zeit. Man wusste allerdings nicht, wie schwer die Signora verletzt war. Die Schläger des sauberen Enzo Agrippa, den er selbst schon seit langem im Visier hatte, waren nicht zimperlich.

Missironi wischte sich den Schweiß von der Stirn. Die zwei hatten recht, es ging nicht. »Wir brauchen einen Kran«, entschied er.

»Wo sollen wir jetzt einen Kran herbekommen?«, wagte der zweite Polizist zu fragen. »Und wie sollen wir den durch den Wald transportieren? Das kann Tage dauern.«

»Das ist mir scheißegal. Ich brauche diesen Kran. Sofort.«

»Commissario ...«

»Einen Kran!« brüllte er. »Ed assolutamente subito!«

Wieder ging ein Ruck durch Lilian. Sie musste tief und lange geschlafen haben. Sie hatte einen schlechten Geschmack im Mund, aber vor allem wurde ihr Durst immer unerträglicher und sie fror von Sekunde zu Sekunde erbärmlicher. Dieses Mal hatte sie von Alessandro, Luisa und Angelina geträumt. Alessandro umarmte seine Tochter so, wie kein Vater das tun sollte, und Angelina versuchte, ihn daran zu hindern. Sie schrieen und tobten, aber es klang seltsam gedämpft, als befänden sie sich hinter einer Wand, und die Frauenstimmen hörten sich wie die von jungen Männern an. Dazwischen ertönten ständig irgendwelche Motorengeräusche, die Lilian nicht einordnen konnte.

Auf einmal Stimmen. Träumte sie immer noch? Sie blinzelte. Nichts hatte sich verändert, auch jetzt umgab sie diese alles verschlingende Schwärze. Jetzt bildete sie sich sogar ein, Schritte zu hören. Weit weg waren sie, so weit wie die Stimmen. Wie durch einen Nebel hörte sie ein Poltern, Quietschen, Rumpeln. Sie schloss die Augen. Ihre Phantasie spielte ihr wieder einen Streich. Aber dann hörte sie erneut Menschen durcheinander rufen, Befehle, irgendwo ein dumpfer Knall. Waren das nicht die Stimmen aus ihrem Traum? Augen auf, Augen zu, Augen auf. Dunkelheit überall. Nur sie und das Nichts. Sie wollte weiter schlafen. Der Schlaf war barmherzig. Sie wusste, dass niemand kommen würde, um sie zu retten.

Das Krachen wurde lauter. Dann sah sie Licht.

38

»Wie geht's dir?«

»Jetzt bin ich wirklich urlaubsreif«, sagte Lilian und streckte sich.

Sie war hundemüde und überglücklich. Die Unterkühlung sei nicht allzu schlimm, bald habe sie sich wieder ganz erholt, so der leitende Stationsarzt. Der machte einen besseren Eindruck als der hektische Notarzt, der sie vor dem Grab untersucht hatte. Aber da war sie froh um jeden. Hauptsache, dieser Alptraum war vorbei. Hauptsache, David war am Leben. Der wollte Lilian umarmen, aber die Infusion an seinem Arm behinderte ihn. Sie beugte sich zu ihm und küsste ihn zärtlich auf Stirn, Augen und Mund.

»Ich hatte Angst, du ...« Er vollendete den Satz nicht.

»Ich auch«, sagte sie leise. »Ich bin so froh, dass du gesund bist.«

»Na ja, so einigermaßen. Die Herren Dottori sind sich einig, dass eine so schwere Gehirnerschütterung und vorübergehende Amnäsie nicht immer so glimpflich ablaufen. Ich habe großes Glück gehabt.« Er holte tief Luft: »Tu das nie wieder!« Dann streichelte er ihre Hand, wenigstens das ließ die Kanüle zu. »Das nächste Mal, wenn du in so einer dummen Spedition herumschnüffeln musst, nimmst du mich mit.«

»Damit wir gemeinsam auf den Tod warten?« Entrüstet wippten ihre Haare hin und her. »Wer soll mich dann retten?«

»Mirella Agnello, 18 Jahre, wohnhaft in Follonica und Flavio Marchiuso, 19, ebenfalls wohnhaft in Follonica.«

»Kenn ich nicht.«

»Unsere beiden Turteltäubchen.«

Über Lilians Gesicht ging ein Leuchten. »Das nächste Mal gönne ich Mirella einen dritten Orgasmus, den hat sie sich wirklich verdient.«

»Und Flavio?«

»Dem auch.«

Sie strahlten sich an.

»Wenn du hier raus kommst, dann machen wir Urlaub«, versprach Lilian. Einen Moment dachte sie an Alessandro und Luisa und ihr Magen drehte sich um. Aber dann spürte sie wieder die gleiche Erleichterung wie vor ein paar Stunden, als Commissario Missironi ihr versichert hatte, David sei wohlauf. »Dauert nur noch ein paar Tage, hat mir die Schwester zugeflüstert.«

»Richtigen Urlaub? Ohne irgendwelche Ermittlungen?«

»Ich schwöre es.«

»Das hältst du nie aus.«

»Wetten?«

»Worum wetten wir?«

Sie klimperte mit den Lidern. »Wenn ich verliere, widme ich mich beim nächsten Abendessen nur dir und meinem Teller und höre auf nichts anderes als auf deine erotische Stimme.«

»Die Wette gilt.«

»Erklär mir nur noch eins, bevor diese besorgte

Schwester wieder rein kommt und mich endgültig davon scheucht.«

»Alles, was du willst.«

»Wie hat unser Commissario diesen sauberen Enzo dann doch aus der Reserve gelockt?«

»Hat er nicht.«

»Aber woher wussten die italienischen Kollegen, wo sie mich suchen sollen?«

»Helmut hat deinen Vater angerufen und ihm von den etruskischen Gräbern und deinem geplanten Alleingang erzählt. Simon hat sich mit Missironi kurz geschlossen und der hat Enzos Helfershelfer abgepasst, als die bei der Spedition aufkreuzten, um mich endgültig alle zu machen. Mirella und Flavio konnten die zwei ziemlich gut beschreiben.«

»Ein schmieriger Winzling und ein piepsender Riese.«

»Von den beiden gibt's schon eine dicke Akte. Missironi hat sich den Knirps geschnappt und ihm vorgeflunkert, sein Kumpel hätte was mit Enzo und die beiden wollten ihn ausbooten.« David wechselte die Position, aber seine Hand blieb in Lilians. »Da wurde der Zwerg so eifersüchtig, dass er vor lauter Zetern alles verraten hat.«

»Eifersucht war noch nie gut.«

Schweigend sah David sie an.

»Sag' was«, forderte sie ihn kampflustig auf.

»Was soll ich sagen?«

»Irgendwas richtig Kluges. Du bist doch Jurist.«

»Wie wär's mit: Der Beginn einer neuen Ära?«

Sie grinste.

»Das meine ich ernst«, sagte David leise. »Ich wollte dich nämlich was fragen.«

»So?«

»Willst du ...?«

»Nein!«, unterbrach sie ihn entschieden.

»Du weißt doch gar nicht, was ich sagen wollte.«

»Aber wehe, du fragst das, was du mich – wie du weißt – nie, nie, nie fragen sollst!«

Er schmunzelte. »Wie wär's, wenn wir unsere momentane Wohnsituation überdenken?«

»Gefällt dir Fiorellas Zimmer nicht?«

»Ich meine, zu Hause in Regensburg.«

Lilians Mund blieb offen. »Das ist ja fast so schlimm wie ein Heiratsantrag!«

»Überleg doch mal«, beharrte David. »Was wir an Zeit vertun mit diesem ständigen Durch-die-Gegend-kutschieren. Du fährst zu mir nach Riegling, ich fahre zu dir nach Regensburg. Du hast grundsätzlich die falschen Klamotten dabei, ich vergesse jedes Mal meine Lieblings-CDs. Wenn wir zusammen ziehen, wäre das ... praktischer.«

»Ist das der einzige Grund? Weil es praktischer ist?«

»Nein.«

»Warum dann?«

»Weil ich dich liebe.«

Später konnte Lilian sich kaum mehr an die verregnete Fahrt ins ›Vigneto‹ erinnern. Nach endlosen Unterredungen mit Commissario Missironi war ihr Vater gekommen, der darauf bestand, dass seine Tochter Ruhe brauchte. Enzo und die zwei fürs Grobe würden auch so ihrer gerechten Strafe nicht entgehen. Missironi entpuppte sich als unerwartet verständnisvoller Kollege und entließ Lilian mit den besten Wünschen.

Simon brachte Lilian trotz strömenden Regens wohlbehalten auf das Landgut zurück, wo Fiorella den besten Tee aufbrühte, den Lilian je getrunken hatte. Danach sank sie in ihr Bett. Eine Sekunde lang überlegte sie, wann sie ihren Vater über Alessandros Beziehung zu Luisa ausquetschen würde. Aber bevor sie etwas sagen konnte, war sie schon eingenickt. Sie schlief und schlief und schlief. Tief und traumlos.

Als sie erwachte, war ihr erster Gedanke, sie hätte Tage oder gar Wochen im Bett verbracht. Aber ein Blick auf die Uhr sagte ihr, dass dem nicht so war. Mittwochvormittag, elf Uhr. Sie hatte sechzehn Stunden geschlafen. Draußen pfiff ein böiger Wind ums Haus, aber in Lilians Bett war es warm und gemütlich.

Es klopfte.

Simon steckte den Kopf zur Tür herein, wedelte entschuldigend mit dem Telefonhörer und verschwand wieder.

Es war Helmut.

»Seit neuestem bist du gar nicht mehr per Handy zu erreichen«, grunzte er. »Die Dinger können Leben retten, schon mal gehört?«

»Das meine liegt wohl immer noch in Davids Auto.«

»Guten Morgen erst mal. Wie geht's dir, liebe Kollegin?«

Seine Stimme klang nicht die Spur ironisch. Lilian vergaß sogar den Tee, den Fiorella ihr unbemerkt ans Bett gestellt hatte.

»Warum so schweigsam?«, fragte Helmut. »Wer von den Toten auferstanden ist, sollte singen vor Glück.«

»Wie oft kommt es vor, dass du mich wie ein ganz normaler, höflicher Mensch begrüßt?«

»Ich werde euch nie verstehen«, jammerte Helmut.

»Wen?«

»Euch Frauen. Sonst beschwerst du dich, dass ich dich nur anbelle. Und wenn ich mich einmal freundlich nach deinem Befinden erkundige, passt es dir auch nicht.« Ein Stoßseufzer. »Außerdem hab ich Neuigkeiten.«

»Weißt du was?«

»Was?«

»Deine Neuigkeiten interessieren mich nicht. Ich bin in Urlaub.«

Stille.

»Bist du noch dran?«, fragte Lilian.

»Meinst du das ernst?« Ein verhaltenes Schnauben. »Ich reiß mir hier den Arsch auf, setze Himmel und Hölle in Bewegung, um dich aus diesem Loch da rauszuholen, und du ...«

Das war der Helmut, den sie kannte. »Also, fang schon an! Was gibt's?«

»Karinkov war's doch!«

Lilian brauchte einen Moment, um sich zu orientieren. »Bormann hat Haslinger also nicht erschossen?«

»Nein. Ich hab mir die Fotos vom Tatort noch mal angesehen. Um das Päckchen aus den Scherben der Ming-Vase herauszufischen, musste Karinkov über Haslingers Leiche steigen. Der Schrank, hinter dem er sich versteckt hat, steht aber vorne bei der Ladentür. Also kann er nicht gleich zur Tür raus sein, nachdem Bormann verschwunden ist.«

»Hat Karinkov ein Geständnis abgelegt?«

»Mehr oder weniger. Als er aus seinem Versteck kam, war Bormann schon weg und Haslinger lag bewusstlos auf dem Boden. Bei dem Kampf muss er so dumm gegen die Schreibtischkante geknallt sein, dass er ohnmächtig wurde. Die Gelegenheit war günstig.«

»Also hat Karinkov die Kasse aufgebrochen?«

»Ja. Wie wir wissen, war er betrunken und brauchte Geld. Außerdem war er auf Haslinger schlecht zu sprechen, weil der ihn ein paar Tage vorher angemacht hatte. Da lungerte Karinkov vor Haslingers Laden rum und bettelte die Passanten an. Eine Zeugin hat sich gemeldet, die Karinkov eindeutig erkannt hat. Das war auch der Grund, warum Karinkov in Haslingers Laden rein ist.«

»Warum hat man kein Geld bei Karinkov gefunden?«

»In der Kasse war nichts.«

»Pech aber auch.«

»Vor allem für Haslinger. Der kam wohl genau in dem Moment zur Besinnung, als Karinkov wütend vor der leeren Kasse stand. Da drehte Karinkov durch, holte sich die Walther, die auf dem Boden lag, und drückte ab.«

»Es ist immer das Gleiche.«

»Was?«

»Das Töten. In den Filmen und Büchern machen sie eine Riesensache daraus. Aber in der Wirklichkeit ist es so banal.« Sie spuckte in ein Taschentuch, um den schalen Geschmack im Mund loszuwerden. »Manchmal hasse ich diesen Beruf.«

Helmut schwieg.

»Hab ich was Falsches gesagt?«, fragte Lilian.

»Nein. Aber du hast überhaupt was gesagt. Du hast noch nie erzählt, wie's dir damit geht.«

»Man ändert sich.«

Er lachte.

»Warum lachst du?«

»Dieser Urlaub scheint dir gut zu tun.«

»Wenn ich aus dem Bett raus bin, geht's mir noch besser.« Sie dachte nach. »Was war das für eine Geschichte mit Haslingers Tochter, mit der Haslinger den Bormann erpresst haben soll? Hat Karinkov sich das auch ausgedacht?«

»Nein. Die Hanke hat mit dem Mädchen gesprochen. Es gab einen Vorfall, muss gegen Ende Februar gewesen sein. Da hatte der Haslinger den Bormann zu einem Termin bestellt, bei sich zu Hause. Die Tochter war allein, eine Schulstunde war ausgefallen und sie früher heimgekommen. Sie ließ Bormann rein – sie kannte ihn – und versorgte ihn mit einem Glas Apfelsaft. Haslinger rief an und sagte den Termin ab, es sei ihm was dazwischen gekommen. Bormann hat die Kleine sexuell belästigt.«

Lilian dachte an Luisa. »Wie alt ist das Mädchen?«

»Zwölf.«

Lilian sog scharf die Luft ein. »Wie weit ist er gegangen?«

»Hätte für 'ne Anzeige gereicht. Aber Bormann muss dem Mädchen ziemlich Angst gemacht haben. Dann hat er ihr auf einmal dreihundert Euro in die Hand gedrückt, damit sie die Klappe hält. Viel Kohle für einen Fast-Teenie, der von Mami und Papi knapp gehalten wird. Handy, Schminkzeug, Cola und Popcorn im Cinemaxx – kostet alles Geld.«

»Haslinger wusste davon?«

»Irgendwann hat sie's nicht mehr ausgehalten und ihrem Vater alles gesagt. Wetten, dass der stocksauer auf Bormann war? Gleichzeitig muss er aber einen Ausweg aus seinem finanziellen Dilemma gesehen haben.«

»Also setzte er Bormann unter Druck.« Lilian nickte. »Deshalb dieser Streit, der so eskalierte.«

»Der Fall ist geklärt«, sagte Helmut zufrieden. »Außerdem weiß ich jetzt, wo unsere Iris ihren Geburtstag verbracht hat.«

»Wo?«

»In Burghausen.«

»In ...?« Lilian dämmerte, wo genau. »Sie war in der Schauspielschule?«

»Beim Vorsprechen.«

»Hat sie bestanden?«

»Die endgültige Entscheidung steht noch aus.«

»Wie hast du das erfahren?«

»Hakan hat es aus dem Computer heraus gezaubert. Ist schon von Vorteil, wenn sich einer mit den Dingern auskennt.« Er schmunzelte. »Am 28. April wurde sie um 11.53 Uhr auf der B299 zwischen Burgkirchen und Altötting geblitzt, das ist kurz vor Burghausen.«

»Gibt es ein Foto?«

»Ein gestochen scharfes sogar. Sie hatte es ziemlich eilig, hundertdreißig Sachen hatte sie drauf. Die Prüfung dauerte den ganzen Nachmittag, danach war sie mit ihrem früheren Lehrer beim Essen.«

»Wann ist sie nach Regensburg zurück gefahren?«

»Gegen neun.«

Lilian trank einen Schluck Jasmintee. »Warum hat sie das verschwiegen?«

»Der Lehrer meinte, für sie sei das eine Frage von Sein oder Nichtsein. Seiner Meinung nach wird sie erst was sagen, wenn sie sicher weiß, dass sie die Aufnahmeprüfung bestanden hat.«

Das leuchtete Lilian ein. »Und – schafft sie's?«

»Der Lehrer meint, schon. Er hält große Stücke auf sie.«

»Ich drück ihr die Daumen.« Lilian überlegte. »Deshalb drängte sie darauf, dass wir uns den Safe vornehmen. Sie wollte so schnell wie möglich wissen, ob ihr Mann das Testament tatsächlich geändert hat.«

»Kapier ich nicht.«

»Es wäre ja möglich gewesen, dass er sie ganz enterbt hätte, nachdem er schon so seltsam war in den letzten Wochen. Stell dir vor: Sie besteht die Aufnahmeprüfung, kann aber am Ende die Gebühren für die Schauspielschule nicht bezahlen. So was geht richtig ins Geld. Und das Erbe einzuklagen, ebenso.«

»Aber deshalb gleich die Polizei einschalten?«

»Heimfahren und selber nachschauen ging ja schlecht.«

»Nie werde ich die Frauen verstehen, einfach nie«, jammerte Helmut. »Aber das war nur die erste Neuigkeit.«

»Und die zweite?«

»Wir haben Sybille Bormann ausfindig gemacht.«

»Wie das?«

»Hakan hat fünf Sybilles aufgespürt, die in diesem Ministerium arbeiten, beim Europarat. Drei konnten wir von vornherein abhaken, die vierte ging nie ans Telefon und bei der fünften meldete sich nur der Anrufbeantworter.«

»Was ist mit Sybille Bormanns Vater, Rolf Bormanns Bruder? Habt ihr über ihn etwas erfahren?«

»Er ist vor zehn Jahren nach Australien ausgewandert, hat da wieder geheiratet und ist vor vier Wochen an einer Überdosis Morphium gestorben. Er war unheilbar krank und konnte offenbar die Schmerzen nicht mehr ertragen.«

»Wie habt ihr Sybille Bormann schließlich gefunden?«

»Hakan hat eine Kollegin von ihr aufgetrieben. Sybille Bormann hat vor acht Jahren geheiratet und den Namen ihres Mannes angenommen. Sie hat sich zwar nach zwei Jahren wieder scheiden lassen, den angeheirateten Namen aber behalten.«

»Was sagt sie zu ihrem unverhofften Reichtum?«

»Frag du sie, falls du sie triffst.«

»Was soll das heißen?«

»Sie macht in der gleichen Ecke Urlaub wie du.«

»Wie bitte?«

»Laut dieser Kollegin ist Sybille Bormann von einem Tag auf den anderen in die Toskana gefahren. Brauchte wohl so dringend Erholung, dass sie ihren Sommerurlaub dafür geopfert hat. Deshalb war ständig der Anrufbeantworter eingeschalten.«

»Wie heißt sie jetzt?«

»Käfer. Außerdem benutzt sie, seit sie nach Brüssel gezogen ist, ihren zweiten Vornamen. Sie heißt jetzt Angela Käfer.«

Ein Blitz durchzuckte Lilian. Er war so heftig, dass ihr schwindelig wurde. Angela – Angelina! Das war nicht möglich! Angelina sollte Sybille Bormann sein? Dann wäre Rolf Bormann ihr Onkel gewesen. Es konnte kein Zufall sein, dass beide im gleichen Hotel abgestiegen waren. Aber Angelina hatte Lilian gesagt, sie habe Bormann nur flüchtig gekannt. Wusste sie am Ende nicht einmal, dass er ihr Onkel war?

»Hat's dir die Sprache verschlagen?«

Das hatte es tatsächlich. Lilians Kopf drehte sich, ihre Kehle war trocken, es war ein gewaltiger Kraftakt, vom Tee zu nippen. Wenigstens ein kleiner Aufschub, um die Gedanken zu ordnen. Sie musste Helmut einweihen. Natürlich. Doch etwas hielt sie zurück.

»Mir ist auf einmal so komisch«, krächzte sie. »Ich glaub', das war doch alles ein bisschen viel. Ich schlaf noch ein Weilchen.«

»Tu das. Gute Besserung!«

Sie murmelte ein ›Ciao‹ und legte auf. Dann sprang sie aus dem Bett und zog sich an, so schnell sie konnte.

39

Lieber Papa,

mein Ross ist wunderschön geworden. Es leuchtet, als wäre es aus reinem Feuer. Ich lasse es für Luisa auf dem Schreibtisch, dann muss sie nicht wieder danach suchen. Ich weiß jetzt, dass sie in mein Zimmer geht, wenn ich nicht da bin. Sie will mich nicht teilen. Weder mit dir und meinen Briefen an dich noch mit den Bildern aus meinen Träumen. Trotzdem habe ich sie gebeten, nichts mehr weg zu werfen.

Als Alessandro mich gefragt hat, ob ich die Stelle übernehmen will, habe ich ihretwegen ja gesagt. Sie war so glücklich. Was wird sie sagen, wenn ich nicht mehr da bin? Manchmal fühle ich mich wie ihre große Schwester. Sie ist mir ähnlich, muss ohne Mutter groß werden, denkt mehr nach, als ihr gut tut, obwohl das kaum einer merkt. Aber sie hat Spaß an den Jungs. Das ist schön. Sie braucht sie nicht, um sich vor sich selbst zu verstecken. Ihr fehlt diese bittere Erfahrung, die ich machen musste. Ich habe sie davor bewahrt. Bin ich doch zu etwas nütze?

Wäre alles anders, wenn ich nicht hergekommen wäre? Du hast mir geraten, nicht in der Vergangenheit zu graben, weil manche Menschen sich nie ändern. Aber nachdem ich deinen Brief zu Ende gelesen hatte, war nichts mehr wie zuvor. Ich musste diesen Privatdetektiv anrufen, ob ich wollte oder nicht. Ich musste IHN finden.

Es wird Zeit für mich. Die Entscheidung ist schon

in dieser einen Nacht gefallen. Als ich das viele Blut sah, wusste ich endgültig, dass ich so nicht weitermachen kann. Dieser Anblick würde mich mein Leben lang verfolgen, wie vorher seine Hände und mein totes Kind. Ich habe den richtigen Ort dafür ausgesucht. Einer, der auch Mama gefallen würde. Von dir weiß ich, dass sie das Meer so liebte wie ich und sich immer grüne Hügel wünschte anstelle des flachen Landes an der Nordsee. Ich will hinauf zu den Felsen, wo Meer und Himmel sich berühren, wo ich dir und Mama nahe sein kann, wo es keine Grenzen gibt. Vielleicht bin ich dort endlich frei.

Bis bald, Papa.
Dein Engelchen

40

Lilian jagte über die Straße Richtung Golfo di Barrati. Der Wind riss die Akazienblüten von den Zweigen und fegte durch die Baumkronen am Straßenrand, aber sie achtete nicht darauf. Fieberhaft überlegte sie, was Angelina von sich erzählt hatte. Sie stammte aus Norddeutschland und war in der Nähe des Meeres aufgewachsen. Hamburg käme also in Frage. Viel zu jung hatte sie die Mutter verloren – was hieß das? Vermutlich als Kind oder als Heranwachsende. Ihr Vater hatte sie Engelchen genannt – deshalb die Verwendung des zweiten Vornamens, als Erinnerung an ihn. Als sie sechs war, waren sie umgezogen. Warum? Vielleicht als Reaktion auf den frühen Tod der Mutter? Ihr Weg führte sie nach Mainz, später nach Freiburg, die Ausbildung zur Eurosekretärin machte Angelina in Baden-Baden. Sybille Bormann alias Angela Käfer arbeitete in einem Ministerium im Europarat, vermutlich auch als Eurosekretärin. Was wusste Lilian noch? Angelinas Vater war vor vier Wochen gestorben – wie Sybille Bormanns Vater. So viele Übereinstimmungen waren kein Zufall.

»Angelina macht einen Strandspaziergang«, antwortete Alessandro.

»Bei dem Wind?«, fragte Lilian atemlos.

»Sie geht oft spazieren. Und heute muss sie natürlich über vieles nachdenken.«

»Wie das?«

»Ich hab ihr die freie Stelle angeboten. Sie lebt zwar in Brüssel und ist von dort sicher einen lukrativeren Arbeitsplatz gewohnt, aber offenbar freut sie sich auf die Veränderung.« Er lachte über das ganze Gesicht. »Es war Luisas Idee.«

»Wo genau wollte Angelina hin?«

»Keine Ahnung. Aber normalerweise bleibt sie nicht länger als eine Stunde weg. Willst du auf der Terrasse warten?«

»Lieber in Angelinas Zimmer. Ich bin immer noch ziemlich k.o. und würde mich gerne hinlegen«, flunkerte Lilian.

»Das geht leider nicht.«

»Bitte, nur zehn Minuten. Wenn sie dann noch nicht da ist, geh ich runter.«

Alessandro zögerte. »Also gut. Aber nur, weil du Simones Tochter bist.«

Auf dem Weg nach oben erzählte er von seinem missratenen Töchterchen. Ein Bekannter hatte ihn angerufen und ihm mitgeteilt, er habe Luisa am letzten Abend mit einem Mann in Venturina gesehen. Dabei hatte sie sich doch angeblich mit einer Freundin zum Lernen getroffen.

»Der hab ich die Leviten gelesen!«, ereiferte sich Alessandro. »Ich wette, das war dieser Kerl aus Florenz, über den meine Schwester so geschimpft hat.«

»Sag' mal, was war das für eine Auseinandersetzung, die du und Bormann am Abend vor seinem Tod hattet?«

»Was?« Er sperrte das Zimmer auf. »Ach so, das! Ich hab dir doch erzählt, dass er mir unbedingt eine von seinen Espressomaschinen aufdrängen wollte. Als er keine Ruhe gab, wurde ich ungehalten.«

»Das war alles?«, fragte Lilian erleichtert.

Er nickte. »Zehn Minuten. Ich schau auf die Uhr!«

Sie schlüpfte hinein. Sie musste nicht einmal suchen, eine orange-rote Zeichnung leuchtete ihr von weitem entgegen: das brennende Pferd, von dem sie schon zweimal geträumt hatte. Aber jetzt merkte sie, dass die Strichführung anders war als bei Luisas Bild. Jemand anders hatte es gemalt.

Auf dem Schreibtisch lag ein aufgeklapptes Taschenmesser. Der Griff war mit Perlmutt überzogen, in das die Konturen eines galoppierenden Pferdes eingraviert waren. Haltung und Aussehen des Tieres erinnerten an das Feuerross auf der Zeichnung. An der Schneide klebte Blut. Daneben befanden sich drei Briefbögen. Der eine bestand nur aus wenigen Worten: ›Lilian, es tut mir leid – Angelina‹. Der zweite begann mit ›Lieber Papa‹, zog sich über eine Seite und war in der gleichen, geschwungenen Handschrift geschrieben wie der erste. Der dritte stammte von Angelinas Vater.

Meine liebe Tochter,

lange habe ich dir nicht mehr geschrieben, bitte verzeih. Seit meinem letzten Brief ist viel passiert. Ich war beim Arzt. Seine Diagnose: Lungenkrebs. Es scheint in der Familie zu liegen, mein Vater ist schon daran gestorben. Ich hätte zu den Vorsorgeuntersuchungen gehen sollen. Doch jetzt ist es zu spät. Vielleicht hab ich noch ein halbes Jahr. Aber die Schmerzen sind schon jetzt so schlimm, dass ich nicht weiß, ob ich bis zum Schluss durchhalte.

Deshalb schreibe ich dir heute einen anderen Brief als die wenigen, die ich dir im Laufe der letzten Jahre geschickt habe. Bitte erschrick nicht. Aber ich muss mit der Vergangenheit abschließen, muss diese erdrückende Schuld loswerden, mit der ich lebe, seit wir von Hamburg weggezogen sind. Damals warst du sechs. Zu klein für die Wahrheit. Du hast nie etwas gesagt, deshalb hoffte ich, du würdest alles vergessen. Als du nach Baden-Baden gegangen bist, waren deine Zehennägel aber immer noch wie früher: blutend und zerschnitten. Da wusste ich, dass es tief in dir schläft, wartet, dich auffrisst. Warum habe ich damals nichts gesagt? Ich war feige. All diese Jahre habe ich geschwiegen, zuerst aus Scham, später aus Mutlosigkeit und irgendwann aus schrecklicher Angst, dass es ohnehin zu spät wäre. Das ist die Schuld, die auf mir lastet.

Vielleicht hast du es in der Zwischenzeit ja wirklich vergessen – oder verdrängt? Wer kann schon mit solchen Erinnerungen leben? Ich weiß nicht, wann er damit angefangen hat. Als ich ihn zur Rede stellte, leugnete er, dass es schon von Anfang an so ginge. Aber ich fürchte, er hat das nur gesagt, damit ich ihn nicht doch noch totschlage.

Du warst vier, als deine Mutter starb. Das war eine schlimme Zeit. Ihr Tod auf der einen Seite, dein und mein Leben auf der anderen. Ich wusste nicht, wie ich alles organisieren sollte. Ich war meinem Bruder dankbar, als er mir anbot, in sein Haus zu ziehen. Seine Frau war den halben Tag da, er den ganzen. Damals hatte er das Büro noch daheim. Was für eine praktische Lösung – so konnte ich zur Arbeit gehen und für dich war gesorgt.

Als du immer stiller wurdest, dachte ich, der Tod dei-

ner Mutter wäre der Grund. Aber einmal kam ich früher heim und erwischte ihn. Meinen eigenen Bruder. Er ... Oh Gott, nicht einmal jetzt weiß ich, wie ich das, was er getan hat, zu Papier bringen soll. Sprechen könnte ich nie darüber. Sogar jetzt noch, nach all diesen Jahren, bekomme ich Schweißausbrüche, wenn ich nur daran denke.

Lilian starrte auf die nächste Zeile, ihr stockte der Atem. Hektisch überflog sie den Rest und Angelinas Brief an ihren Vater. Und auf einmal verstand sie, warum Angelina bei ihrer ersten Begegnung dort oben am Felsen gestanden und ins Meer gestarrt hatte.

Lillian ließ die Briefe fallen, rannte hinaus, die Treppe hinunter, beachtete Alessandro nicht, der hinter ihr herrief, hastete weiter auf den Parkplatz, sprang ins Auto. Der Motor jaulte, fast überfuhr sie einen Abgrenzungspfosten. Doch es kümmerte sie nicht, sie schoss aus der Parkplatzeinfahrt, raste über die Küstenstraße. Sie verlief parallel zu dem Weg, auf dem Lilian vor ein paar Tagen entlang gejoggt war. Vor ein paar Tagen erst ...

An der Stelle, wo der Trampelpfad sich den Berg von Populonia hinauf schlängelte, gab es am Straßenrand eine Ausbuchtung. Ein einsames Auto stand da. An der Farbe erkannte sie, dass es Angelinas Wagen war. Warum war ihr das belgische Kennzeichen nicht schon früher aufgefallen?

Lilian rannte los. Der Wind peitschte ihr ins Gesicht. Mühsam stemmte sie sich ihm entgegen, kämpfte sich den Weg hinauf, immer weiter. Bald fühlte sie ein Stechen in der Brust, ihr Atem ratterte wie ein schlecht geschmierter Motor. Doch sie rannte und rannte und rannte. Sie durfte jetzt nicht langsamer werden. Sie musste es schaffen, auch wenn es in ihr noch so pochte und pulste. Hauptsache, sie kam rechtzeitig.

Ja. Mein Bruder hat dich missbraucht.

Ich schlug ihm ins Gesicht, brüllte ihn an, verlangte eine Erklärung. Doch dann wollte ich nur noch weg und dich in Sicherheit bringen, den Kontakt zu ihm abbrechen. Sonst hätte ich ihn umgebracht. Noch am gleichen Tag sind wir ausgezogen, ein paar Tage später setzten wir uns in den Zug nach Mainz. Rolf wusste unsere Adresse nicht, ich habe ihn nie wieder gesehen. Ich hasse ihn, sogar jetzt noch, nach dieser langen Zeit.

Ich habe Angst vor deinen Augen. Wie sehen sie wohl aus, wenn du diese Zeilen liest? Wen verabscheust du mehr – meinen Bruder, weil er dir das angetan hat, oder mich, weil ich geschwiegen habe? Es ist ein Teil deiner Kindheit, den wir nicht leugnen können, auch wenn wir das beide wollen. Wenn ich darüber geredet hätte, hättest du eine Chance gehabt, damit leben zu lernen. Ich kann es nicht mehr ändern, so gerne ich es täte, glaub' mir. Ich bin mir sicher, dass du leidest. Ein Mensch, der so etwas erlebt hat, muss in sich zerrissen sein und weiß vielleicht nie, warum.

Als du nach Baden-Baden gezogen bist, bin ich nach Australien gegangen. Du warst alt genug, um auf eigenen Füßen zu stehen und mir tat der Abstand gut. Hier habe ich eine neue Frau gefunden und mir ein zweites Leben aufgebaut. Vor ein paar Jahren fing ich endlich an, mir Bücher über dieses Thema zu kaufen, das mich mein Leben lang beschäftigte. Ich weiß jetzt, dass es Rolf nicht um Sex, sondern um Machtausübung ging. Menschen wie er sind krank. Sie befriedigen ihren Hunger nach Macht mit einer sexuellen Handlung und suchen sich dafür jemanden aus, der verfügbar ist und sich nicht wehren kann. Aber ich will ihn nicht entschuldigen. Ich versuche nur zu verstehen, wie mein eigener Bruder ausgerechnet dir, meiner Tochter, so etwas antun konnte.

Trotzdem konnte ich nicht mit dir reden, bei diesen seltenen Gelegenheiten, wenn wir uns trafen. Ich fühle mich schuldig, weil ich die Zeichen nicht erkannt und dich nicht beschützt habe. Und später, weil ich meine eigenen Gefühle über deine gestellt habe.

Ich habe oft darüber nachgedacht, ob ich vor meinem Tod ein letztes Mal nach Deutschland fahren sollte. Zuerst wollte ich nicht, weil ich Angst hatte. Wie würdest du reagieren, wenn ich mit dieser alten Geschichte anfinge, überlegte ich. Jetzt würde ich gerne mit dir reden, aber ich glaube, dass ich die Reise ohnehin nicht überstehen würde.

Wir werden uns nicht wieder sehen. Versprich mir nur eines, meine liebe Tochter: Wenn du an mich denkst, tu es nicht mit Hass – oder mit so wenig wie möglich. Ich wünsche dir die Kraft, mir zu verzeihen. Und die Kraft, mit dieser Last weiter zu leben.

Ich wünsche dir alles Gute. Ich werde dich immer lieben, egal, wo ich sein werde.

Dein Vater
Sydney, 17. März 2005

41

Hier oben tobte der Wind mit ungebrochener Kraft. Doch sonst war alles so wie an dem Morgen, als Lilian Angelina das erste Mal begegnet war. Regungslos stand Angelina am äußersten Wegrand und schaute in die aufgepeitschte See hinunter. Der Wind heulte und rüttelte an ihrem kurzen Kleid. Wie immer trug sie diese Schuhe, die nur an den Fersen offen waren. Jetzt wusste Lilian, warum Angelina nie aus ihnen herausschlüpfte: Sie musste die verunstalteten Zehennägel verbergen.

Lilian bemühte sich, keine ruckartigen Bewegungen zu machen, um Angelina nicht auf sich aufmerksam zu machen. Bloß keine Panikreaktion verursachen! Es fiel ihr schwer, denn das aufgestaute Adrenalin suchte nach einem Weg, um ungehindert abzufließen. Ihre Glieder zitterten, der Atem rasselte. Aber die Böen verschluckten ohnehin jedes Geräusch.

Als sie bis auf wenige Meter herangekommen war, drehte Angelina sich plötzlich um. Ihre Augen waren seltsam ruhig und schimmerten in einem dunklen, fast schwarzen Grün. Bei ihrem Anblick musste Lilian wieder an Seetang denken, aber dieses Mal trieb er irgendwo auf dem offenen Meer.

»Ich wusste, dass du kommst.« Angelina wandte sich wieder dem Abhang zu. »Hast du meinen Brief an dich gelesen?«

»Es ist kalt hier«, sagte Lilian nur. Sie bemühte sich

um einen unverfänglichen Ton. »Komm, gehen wir zurück ins Hotel.«

»Ich entscheide, wann ich gehe.«

Angelinas Zehenspitzen bewegten sich noch einen Zentimeter nach vorne. Jede Sekunde konnte es zu spät sein, jede Sekunde konnte sie springen. Es hatte keinen Sinn, noch länger Versteck zu spielen.

»Ich habe auch die anderen Briefe gelesen, die du für mich liegen gelassen hast«, sagte Lilian.

»Dann weißt du ja Bescheid.«

»Immerhin verstehe ich jetzt, warum du mir geraten hast, das Gespräch mit meinem Vater zu suchen.« Lilians Stimme wurde weich. »Du hättest mit deinem so gern über die Vergangenheit geredet. Aber es ging nicht mehr. Deshalb hast du angefangen, ihm Briefe zu schreiben.«

»Ich hatte keine Erinnerung an das, was damals passiert ist.« Eine Weile schwieg sie, schaute nur hinunter in das tosende, graue Blau. »Das einzige, was ich nicht verdrängen konnte, waren diese großen Hände. Onkel Rolfs Hände, wie ich seit zwei Monaten weiß.«

Vorsichtig tasteten sich Lilians Füße über den Untergrund, näherten sich, Millimeter um Millimeter. Sie musste schneller sein als Angelina.

»Als ich diesen Brief von meinem Vater bekam, sah ich plötzlich alles vor mir. Zack, auf einmal war ich wieder mitten drin.«

»Ein Flashback.«

»Ich sah mich im Wohnzimmer spielen, im Haus war es still, die Tante und der Papa waren in der Arbeit. Auf einmal hörte ich, wie Onkel Rolf nach mir rief. Die Tür ging auf. Ich lief ihm entgegen.« Sie schaute an Lilian vorbei, starrte ins Nichts. »Sein Gesicht sah anders aus als sonst. Er kam näher und näher, seine Hände streckten sich aus, packten mich, zwangen mich nach unten ... Er ...«

»Du brauchst nicht darüber zu reden.«

»Ich kann nicht darüber reden«, stieß Angelina hervor. Sie schwankte, Kiesel rollten nach vorne, fielen hinab in den Abgrund. Lilian wollte ihr schon zu Hilfe eilen, aber Angelina fuhr wütend mit den Händen durch die Luft und rief: »Bleib, wo du bist!« Sie fing sich wieder, blickte hinunter und wurde ruhiger. »Er sagte, ich dürfe nichts erzählen. Die Tante würde mich sonst hassen, weil er mich schöner fände als sie, und mein Vater würde sich schämen. Er sagte, er könne mir nicht widerstehen, ich sei schuld an allem. Nur ich allein.«

In Lilian zog sich alles zusammen. Fast glaubte sie, die kleine Angelina vor sich zu sehen, die nicht nur diesem erbarmungslosen Missbrauch ausgeliefert war, sondern auch einer ständigen Angst und Manipulation.

Der Wind zerrte an Lilians Kleidern, er pfiff nur so an ihr vorbei. Sie schob sich weiter auf Angelina zu, die immer noch in die Tiefe schaute.

»Irgendwann hörte es auf. Ich weiß nur noch, dass mein Vater plötzlich da stand und sich auf Onkel Rolf stürzte.« Angelina schluckte mühsam. »Ich glaube, ich war immer halb ohnmächtig, während Onkel Rolf ...« Sie sackte zusammen, raffte sich aber gleich wieder auf. »Ich erinnere mich an die Zugfahrt nach Mainz. Es ratterte und ratterte, mein Vater saß neben mir, und ein paar Stunden lang war alles gut. Nie, wirklich niemals hat er je wieder von seinem Bruder gesprochen.« Erneut wandte sie den Kopf und starrte Lilian an. Ihre

Augen weiteten sich, wurden groß und rund und ganz dunkel von all den unausgesprochenen Fragen. »Ich spürte Vaters Angst, aber was war mit meiner? Warum hat er nie mit mir geredet, wenn er mich schon nicht beschützt hat?«

»Er hat dich weggebracht.«

Angelina schwieg.

»Ich glaube, er hat sehr gelitten.« Lilian dachte an seinen Brief. »Trotzdem hat er dich allein gelassen.«

»Dafür hab ich ihn gehasst!«

Fast spuckte sie die Worte aus. Dann senkte sie den Kopf und Lilian schlich weiter, langsam, ganz langsam.

»Aber noch mehr hasste ich mich selbst. Ich wollte meinen Körper zerstören, schließlich war er schuld daran, ich zerbiss meine Fingernägel und zerschnitt die Fußnägel. Es tat mir gut, wenn mein Fleisch zu bluten anfing.« Stolz reckte sie die Hände in die Luft: rubinroter Lack auf makellosen Nägeln. »Bei den Händen schaffte ich es irgendwann, schließlich sprach mich jede Lehrerin wegen meiner abgenagten Finger an. Aber willst du meine wunderschönen Zehen sehen? Jeder Schritt tut mir weh!«

»Es war nicht deine Schuld«, sagte Lilian mit fester Stimme. »Weder dein Körper, noch du, noch dein Vater konnten etwas dafür. Nur Rolf Bormann.«

Angelina starrte Lilian an, als hätte sie etwas Unanständiges gesagt, etwas ganz und gar Abscheuliches. Sie schüttelte ihren Kopf, immer aufgebrachter, warf ihn auf einmal wild hin und her, verlor das Gleichgewicht, strauchelte. Lilian schoss nach vorne, griff nach Angelinas Armen, umfing sie ganz, riss sie zurück. Die Bewegung war so heftig, dass sie zu Boden fielen. Aber sie landeten auf sicherem Grund. Nur Steinchen rieselten in den Abgrund.

»Du kannst nichts dafür«, wiederholte Lilian sanft und streichelte Angelinas Gesicht, über das die Tränen wie Gewitterregen strömten. »Dieser Mann hat ein Kind missbraucht, ihm die Sprache verboten und es noch dazu für seine Taten verantwortlich gemacht. Etwas Schlimmeres gibt es nicht. Was immer in dieser Montagnacht geschehen ist, Rolf Bormann hat kein Mitleid verdient.«

»Ich weiß nicht, was passiert ist«, schluchzte Angelina und barg den Kopf an Lilians Schulter. »Nichts da. Kein Bild, kein Geräusch, einfach nichts. Bis auf diese toten Augen und das viele Blut. Und die Waffe in meiner Hand.«

»Du kannst dich nicht mehr erinnern?«

»Ich weiß nur noch, was vorher und nachher war.« Sie atmete schnell und viel zu flach. »Von dieser Geschichte mit Luisa beim Aufzug hab ich dir erzählt.«

»Was hast du wirklich zu ihm gesagt?«

»Lass sie in Ruhe, Onkel Rolf. Einmal ist genug.«

»Hat er dich erkannt?«

»Zuerst nicht. Aber dann blitzte es in seinen Augen auf und er verschwand so schnell, als stünde der Teufel vor ihm.«

Angelinas Atem ging etwas ruhiger, auch die Tränen versiegten allmählich. Der Wind heulte mit ungebrochener Macht, inzwischen fröstelte Lilian wieder, die durch das Laufen entstandene Wärme war verflogen. Aber sie und Angelina mussten das zu Ende bringen. Hier und jetzt.

»Nach dem Abendessen ging ich zu seinem Zimmer«,

fuhr Angelina fort. »Ich hatte seine Frau in der Bar gesehen und wusste, sie würde uns nicht stören. Aber Onkel Rolf war nicht da.«

»Er traf sich mit einem Grabräuber. Aber das ist eine andere Geschichte.«

»Auf dem Parkplatz sah ich, dass sein Auto weg war. Also ging ich aufs Zimmer, um auf ihn zu warten. Es ist auf dem gleichen Flur, er musste daran vorbei, sobald er zurückkam.«

»Wann war das?«

»Um viertel nach zehn. Er rannte fast, es war nicht zu überhören.«

Die meisten Hotelgäste waren um diese Zeit noch mit Essen, einem Drink an der Bar oder einem nächtlichen Spaziergang beschäftigt. Deshalb hatte keiner der Gäste aus dem ersten Stockwerk etwas bemerkt.

»Du bist zu ihm gegangen?«

»Ja. Er machte mir auf, aber er sah mich nicht richtig. Er war völlig durcheinander. Ich stand in der Tür, während er wahllos Kleidung aus dem Schrank riss.«

Rolf Bormann hatte mit angesehen, wie Enzo seinen Angestellten Salvo kaltblütig erschossen hatte. Alles, was Bormann wollte, war verschwinden.

»Ich wollte wissen, warum er mir das angetan hatte. Irgendeine Erklärung musste er mir doch geben«, sagte Angelina mit so hoffnungsloser Stimme, dass Lilian sie noch sanfter hielt. »Also machte ich die Tür zu und redete auf ihn ein. Zuerst hörte er mich gar nicht, aber irgendwann ließ er die Kleidungsstücke liegen. Er fing mit seinem schlechten Gewissen an, das ihn in letzter Zeit immer öfter plage. Aber es sei eine Sucht, er könne nichts dafür, dieser Zwang überfalle ihn, einfach so. Auf einmal faselte er was von einem Testament. Ich bekäme viel Geld, als Entschädigung.«

Sie bäumte sich auf und Lilian umarmte sie fester.

»Ich will dein Geld nicht, rufe ich, ich will eine Entschuldigung! Wie kannst du glauben, du könnest dich freikaufen? Was ist mit mir? Ich will mich nicht mehr wie das letzte Stück Scheiße fühlen! Das hab ich mein Leben lang getan! Jetzt ist Schluss!«

Angelina war wieder in Rolf Bormanns Hotelzimmer. Ihre Hände machten unkontrollierte Bewegungen, die Beine zuckten, das Gesicht verzerrte sich zu einer Grimasse.

»Für ihn ist alles erledigt, Schuld bezahlt. Ich solle endlich verschwinden, fährt er mich an, er habe es eilig. Dann stopft er wieder seine Klamotten in den Koffer.« Sie holte tief Luft. »Aber ich kann nicht gehen. Ich heule und brülle. Sag' deiner Frau, was für ein Dreckschwein du bist! Bei Luisa hast du's wieder versucht! Du machst immer so weiter, hör endlich auf damit, all diese jungen Leben zu zerstören!« Sie erstarrte. »Plötzlich hat er eine Waffe in der Hand. Verschwinde, zischt er. Erst, wenn du mich um Verzeihung bittest, schreie ich. Hau ab, du kleines Luder! Nimm mein Geld und lass mich in Ruhe! Er packt mich und hält mir die Pistole ins Gesicht.«

»Und dann?«

»Dann?« Der Seetang in Angelinas Augen irrte auf der Wasseroberfläche herum, verfing sich in sich selbst und verlor sich schließlich irgendwo in der Weite des Meeres. »Dann lag er tot auf dem Bett. Das Ende dieses großen, viel zu großen Mannes, der er für mich immer gewesen war.«

Eine Weile schwiegen sie. Die Windstöße schienen

langsam schwächer zu werden. Doch Angelina suchte immer noch Schutz bei Lilian.

»Was hast du danach getan?«, fragte Lilian behutsam.

»Zuerst lange nichts, aber irgendwann fing ich an, meine paar Fingerabdrücke abzuwischen und mir Gedanken zu machen, was ich mit dieser verdammten Pistole anstellen sollte.«

»Du hast sie am Strand ins Gebüsch geworfen.«

»Mir fiel nichts Besseres ein.« Angelina schluchzte wieder. »Ich weiß nicht, wie lange ich einfach nur vor seinem Bett stand und ihn anstarrte. Ich dachte wohl, ich könnte mich so von meiner eigenen Vergangenheit verabschieden.«

»Aber das konntest du nicht. Sonst wären wir nicht hier oben.«

»Ich wollte mich umbringen. Das war der einzige Grund, warum ich überhaupt noch hier geblieben bin. Was für einen Sinn hat so ein Leben wie das meine?« Ihr schmaler Körper fing von neuem zu beben an. »Eine gescheiterte Ehe, zerbrochen an meinen ständigen Männergeschichten und diesen Ansprüchen, die kein Mann erfüllen kann. Dann der Tod meines Kindes – das war der endgültige Auslöser für die Scheidung. Natürlich war ich damals noch zu jung, erst einundzwanzig. Aber es war kein Unfall, wie ich meinem geschiedenen Mann weismachen wollte. Ich habe mich absichtlich die Treppe hinunter fallen lassen. Ich hoffte, wir wären beide tot. Seither kann ich keine Kinder mehr bekommen, obwohl ich so gerne ...« Sie wimmerte. »Und jetzt bin ich auch noch an Onkel Rolfs Tod schuld ...«

»Du bist nicht schuld daran.«

»Woher willst du das wissen?«

»Er wollte dich erschießen und du hast es irgendwie geschafft, ihm die Waffe abzunehmen.« Lilian dachte daran, über welche ungeahnten Körperkräfte diese zarte, junge Frau verfügte. Den ganzen langen Weg nach Baratti hatte sie Lilian geschleppt. »Es war Notwehr.«

»Du warst doch nicht dabei! Und ich kann mich nicht mehr erinnern ...«

»Das ist gut so«, sagte Lilian milde. »Auch wenn die Erinnerung eines Tages zurückkommt – denk daran: Es war Notwehr.«

»Aber ...« Ratlos starrte Angelina Lilian an. »Gibt es denn keine Untersuchung?«

»Warum? Die Polizei hat einen habgierigen Mörder, der einen armen Kerl hier in der Nähe erschossen hat. Er wollte auch mich und David töten und hätte das fast geschafft. Mein italienischer Kollege ist überglücklich, weil er diesen gewieften Verbrecher endlich überführen konnte. Bestimmt hat der Kerl auch Bormann auf dem Gewissen.« Lilian fletschte die Zähne. »Auf einen Mord mehr oder weniger kommt es nicht an.«

»Aber ... Du bist doch Polizistin!«

»Stimmt«, sagte Lilian, rappelte sich hoch und reichte Angelina die Hand. »Polizistin im Urlaub.«

42

Vier Wochen später hatte der Alltag schon lange wieder Einzug gehalten. Wie immer hetzte Lilian ihrem Zeitplan hinterher und ärgerte sich, weil ihr Überstundenkonto von Tag zu Tag größer wurde. Sie schaffte es nicht einmal, das Buch fertig zu lesen, das sie in den letzten Urlaubstagen angefangen hatte. Umso glücklicher war sie, als David sie gegen elf im Büro anrief und zu einem abendlichen Spaziergang an der Donau mit anschließender Einladung in Regensburgs In-Pizzeria ›L'Osteria‹ überredete.

Es war ein lauer Juniabend. Sie parkten auf dem Donaumarkt und schlenderten durch die Gasse ›Unter den Schwibbögen‹ Richtung Altstadt, vorbei am alten Römertor, der Porta Praetoria. Kurz vor der Goliathstraße bogen sie rechts zur Donau ab, überquerten an der Fußgängerampel die Thundorferstraße, atmeten den altbekannten Duft von Regensburgs ältester Wurstbraterei ›Wurstkuchl‹ ein und spazierten am Donauufer entlang bis zum Eisernen Steg. Der Blick auf den Fluss und die Wöhrdinsel im rötlichen Glanz der untergehenden Sonne war vertraut und so überwältigend wie sonst. Nach und nach flammten die ersten Lichter in den Häusern auf. Auf der Steinernen Brücke, zu der sie sich umdrehten, schaute das historische ›Bruckmandl‹ noch wie vor Jahrhunderten zum Dom hinüber, als hätte sich die Stadt seit damals nicht verändert. Doch die Straßen und Plätze der alten Stadt sprachen eine andere Sprache. Schick zurecht gemachte Regensburgerinnen flanierten durch die Gassen und betrachteten die nicht weniger herausgeputzten Regensburger genauso interessiert wie die Auslagen der Geschäfte, egal ob alteingesessen oder wieder einmal neu eröffnet. Besucher aus dem Rest der Welt tummelten sich nach einem langen Tag erfolgreicher Museenjagd erschöpft, aber zufrieden auf den Bänken der lauschigen Biergärten. Musikklänge wehten aus den Kneipen herüber, Gelächter und Stimmen aus den Straßencafés, Motorengeratter aus den engen Gässchen, in denen sich die Patriziertürme drängten.

»Heut fühle ich mich fast wie in Italien«, sagte Lilian und schmiegte sich an David.

»Inzwischen ist es bei uns auch genauso warm wie dort.«

»Apropos – heut hab ich einen Brief aus der Toskana bekommen.«

»Von wem?«

»Von meinem Vater.«

»Was schreibt er?«

»Auf dem Landgut geht alles seinen gewohnten Gang. Sein Freund Alessandro hat sich von dem Trubel erholt und ist überglücklich, weil er die freie Stelle im Hotel so optimal besetzen konnte.«

»Wie geht es Angelina?«

»Der Golf von Barrati ist zwar nicht Brüssel, aber sie fühlt sich von Tag zu Tag wohler.«

»Sie hat dort genau den Familienanschluss, den sie braucht«, stellte David fest. »Und keine Geldsorgen. So was wünsche ich mir auch, wenigstens einmal im Leben!«

Eine späte Sühne für unerträgliche Schmerzen, dachte Lilian. »Iris Bormann hat das Testament nicht angefochten«, sagte sie laut. »Ihr Teil ist groß genug. Ich freue mich für sie. Sie hat mit dem Trinken aufgehört und wird endlich das werden, was sie immer sein wollte: Schauspielerin.«

»Ich hab sie nie kennen gelernt.« David sah Lilian von der Seite an. »Und wie geht's deinem Vater?«

Sie strahlte. »Er freut sich, dass wir im Sommer wieder kommen.«

»Bekomme ich dann deine Antwort?«

»Welche Antwort?«

»Auf diese Frage, die ich dir im Krankenhaus von Piombino gestellt habe.«

Sie drückte ihm einen dicken Kuss auf den Mund. »Wer weiß?«

ENDE

Anmerkungen der Autorin

Alle Personen, Namen und Handlungen sind frei erfunden und Übereinstimmungen mit der Wirklichkeit sind rein zufälliger Natur.

Mein besonderer Dank gilt Daniele und Vilma vom Podere La Cerreta, die mir großzügige Einblicke in den Ablauf ihrer toskanischen Hazienda gewährt haben. Der natürliche Reitstil, den ich in vorliegendem Roman beschreibe, ist kein Fantasieprodukt, sondern entstammt Danieles langjährigem Lernprozess auf der Suche nach Harmonie zwischen Pferd und Mensch. Die Verbindung zu den Etruskern und einige Assoziationen der Traum-Bilder verdanke ich Vilma und den zahlreichen Gesprächen mit ihr.

Außerdem möchte ich Herrn Michael Rebele, Pressesprecher der Polizeidirektion Regensburg und Herrn Albert Stürzer, Leiter der Kriminalpolizei Regensburg für die freundliche Unterstützung bei meinen Fragen zu polizeilichen Ermittlungen danken.

Des weiteren danke ich meinen fleißigen Testlesern für die hilfreichen Anregungen und die Zeit, die sie investiert haben, sowie Dr. Leo Rupprecht, der mich wie immer bei meinen Fragen zu medizinischen Details unterstützt hat.

Hildegunde Artmeier
Drachenfrau

332 Seiten. 11 x 18 cm. Paperback.
ISBN 3-89977-610-0. € 9,90

Ein Mann wird in seiner Wohnung in Regensburg grausam ermordet. Die Situation am Tatort deutet auf einen Lustmord hin. Der Tote ist an sein Bett gekettet, die Pulsadern sind aufgeschnitten und die Tatwaffe liegt ein paar Meter vom Opfer entfernt – neben einer Peitsche – Lilian Graf, die toughe Kommissarin und ihr Kollege stehen zunächst vor einem Rätsel. Wer ist die unbekannte Frau im schwarzen Lackmantel? Hat sie etwas mit dem Mord zu tun? Und was ist mit der seltsamen Thea? Auch die Firma BioMed gibt Rätsel auf. Und dann gerät Lilians Privatbereich auch noch ins Wanken, als sie überraschend ihrer großen Liebe begegnet und die alten Gefühle wieder aufflammen.

Hildegunde Artmeier
Schlangentanz

324 Seiten. 11 x 18 cm. Paperback.
ISBN 3-926633-618-6. € 9,90.

In einer einsamen Kapelle bei Regensburg wird am Neujahrstag die Leiche einer brutal ermordeten Frau entdeckt. Die Polizei steht vor einem Rätsel: Wer war die unbekannte Schöne? Was haben die Briefe und seltsamen Gedichte des unauffindbaren Miro mit diesem grausamen Todesfall zu tun? Und warum ist die ebenso undurchschaubare wie attraktive Viola nicht kooperativer? Fragen über Fragen – und ein Kommissar in Nöten. Helmut Brunner, der für die Ermittlungen zähneknirschend seinen letzten Urlaubstag opfern muss, wird aus dem neuen Fall nicht so recht schlau. Gut, dass wenigstens seine Kollegin Lilian Graf aus dem Weihnachtsurlaub zurückkommt und ihm unter die Arme greift ...

KRIMI IM GMEINER-VERLAG

Hilgegunde Artmeier
Katzenhöhle

277 Seiten, 11 x 18 cm, Paperback.
ISBN 3-89977-641-0. € 9,90.

Ein neuer Fall für Kommissarin Lilian Graf: – Die international gefeierte Balletttänzerin Mira Scheid wird in der Wohnung ihrer Zwillingsschwester Lena in Regensburg tot aufgefunden. War es Raubmord? Doch der einzige wertvolle Gegenstand, eine Statue, liegt neben der Leiche und entpuppt sich als Tatwerkzeug. Angeblich wusste niemand vom Rückzug der Primaballerina in die verträumte Stadt an der Donau, wo sie sich über ihr zukünftiges Leben klar werden wollte. Umso erstaunlicher, dass ausgerechnet jetzt der eine oder andere aus den renommierten Londoner Künstlerkreisen in Regensburg auftaucht – jeder mit einem Motiv, aber nicht jeder mit einem Alibi.

Friederike Schmöe
Käfersterben

323 Seiten, 11 x 18 cm, Paperback.
ISBN 3-89977-681-X. € 9,90.

Eine spektakuläre Verbrechensserie im kalten Bamberger Frühsommer: VW-Käfer werden rituell ›erdolcht‹ und in der Stadt ›ausgestellt‹. Die Polizei glaubt an einen Spinner, doch Privatdetektivin Katinka Palfy hat schlimmere Sorgen: Warum verschwindet ihre Freundin, die Wiener Bildhauerin Dani Zanini, kurz vor einer wichtigen Ausstellung? Und wer stellte den ›erdolchten‹ Spielzeug-Käfer vor Danis Haustür ab? Als Katinka einen Hilferuf von Dani erhält, sucht sie Rat bei ihrem kunstverständigen Vater. Doch Ignaz Palfy verheimlicht seiner Tochter etwas und bringt sie damit in größte Gefahr …

KRIMI IM GMEINER-VERLAG

Das neue Krimijournal ist da!

2 x jährlich das Neueste aus der Gmeiner-Krimi-Bibliothek

KRIMI*Journal*

Nr. 5 www.gmeiner-verlag.de Die Zeitung für Krimifreunde 2/2006

Der Terror ist mit einem Mal zum Greifen nah ...

Deutschland im September 2001

Norbert Klugmanns Kabinettstück

Der Marchese und die Mafia

ISBN 3-89977-950-9
kostenlos

In jeder Ausgabe:

- Vorstellung der Neuerscheinungen
- Hintergrundinformationen zu den Themen der Krimis
- Interviews mit den Autoren und Porträts
- Allgemeine Krimi-Infos (aktuelle Krimi-Trends, Krimi-Portale im Internet, Veranstaltungen etc.)
- Die Gmeiner-Krimi-Bibliothek (Gesamtverzeichnis der Gmeiner-Krimis)
- Großes Gewinnspiel mit ›spannenden‹ Buchpreisen

Erhältlich in jeder Buchhandlung oder direkt beim:

GMEINER-VERLAG

Im Ehnried 5
88605 Meßkirch
Tel. 07575/2095-0
Fax 07575/2095-29
info@gmeiner-verlag.de
www.gmeiner-verlag.de